Travessias

Raul Pompéia

O Ateneu

Orientação pedagógica: Douglas Tufano

Notas de leitura: Cláudio A. Tafarello

Capa: aquarela de Rogério Borges

Moderna

Moderna

COORDENAÇÃO EDITORIAL Maristela Petrili de Almeida Leite
COORDENAÇÃO DA PREPARAÇÃO Luiz Vicente Vieira Filho
PREPARAÇÃO DO TEXTO Delza Rocha de Freitas Menin
COORDENAÇÃO DE PRODUÇÃO GRÁFICA Fernando Dalto Degan
EDIÇÃO DE ARTE Giuseppina
PESQUISA ICONOGRÁFICA Vera Lúcia da Silva Barrionuevo
CAPA Ricardo Postacchini
ILUSTRAÇÕES Raul Pompéia
EDITORAÇÃO ELETRÔNICA Carlos Flaquer da Rocha
CARTOGRAFIA Mario Yoshida
DIAGRAMAÇÃO Flavia Maria Susi
COORDENAÇÃO E REVISÃO Lisabeth Bansi Giatti
COORDENAÇÃO DE TRATAMENTO DE IMAGENS Américo Jesus
COORDENAÇÃO DE PRODUÇÃO INDUSTRIAL Wilson Aparecido Troque
IMPRESSÃO E ACABAMENTO *Bartira Gráfica e Editora Ltda.*

Dados Internacionais de Catalogação na Publicação (CIP)
(Câmara Brasileira do Livro, SP, Brasil)

Pompéia, Raul, 1863-1895.
O Ateneu / Raul Pompéia ; orientação pedagógica Douglas Tufano ; notas de leitura Cláudio A. Tafarello. — 4. ed. — São Paulo : Moderna, 2004. — (Coleção travessias)

1. Romance brasileiro I. Tufano, Douglas, 1948-. II. Tafarello, Cláudio A. III. Título. IV. Série.

03-6338 CDD-869.93

Índices para catálogo sistemático:
1. Romances : Literatura brasileira 869.93

ISBN 85-16-03973-0

EDITORA MODERNA LTDA.
Rua Padre Adelino, 758 - Belenzinho
São Paulo - SP - Brasil - CEP 03303-904
Vendas e Atendimento: Tel. (0_ _11) 6090-1500
Fax (0_ _11) 6090-1501
www.moderna.com.br
2005

Impresso no Brasil

1 3 5 7 9 10 8 6 4 2

Livros antigos para um público jovem

Para o público de hoje, a leitura de um romance do século XIX pode parecer uma tarefa pouco prazerosa. Além da dificuldade de se compreender bem o sentido de muitas palavras e expressões de épocas passadas, da estranheza de certas construções sintáticas pouco usuais hoje em dia, há nessas obras uma sensibilidade artística bem diferente da nossa, valores morais que privilegiam outros comportamentos. Mas não será possível ao leitor contemporâneo compreender essas obras e até mesmo extrair delas o prazer da leitura?

A Editora Moderna apostou no "sim" e investiu numa edição diferenciada dos clássicos. A exemplo do que já é feito em outros países, em que uma mesma obra é editada com diferentes níveis de informação, os clássicos da Coleção Travessias apresentam um minucioso trabalho de comentários à margem do texto integral.

O leitor iniciante tem muito a ganhar com essa leitura sinalizada, em que informações históricas e esclarecimentos sobre a linguagem da época e as características literárias da obra em questão são apresentadas por uma competente equipe de professores, sob a coordenação de Douglas Tufano, reconhecido autor de livros didáticos.

Nossa intenção principal é aproximar passado e presente, levando o leitor a descobrir nos enredos dos livros antigos as mesmas emoções humanas que nos empolgam hoje.

4

O Realismo

O Realismo é um movimento literário que teve início na França, em 1857, com a publicação do romance *Madame Bovary*, de Gustave Flaubert.

Constituindo uma oposição ao idealismo romântico, o Realismo propõe uma representação mais objetiva e fiel da vida humana. O romance não é mais visto como distração e sim como meio de crítica às instituições sociais, denunciando principalmente a hipocrisia e a corrupção da classe burguesa.

Influenciados pelos métodos experimentais postos em voga em meados do século XIX pelas ciências naturais, os escritores realistas procuram criar suas personagens com base na observação direta da realidade. Por isso, saem a campo para fazer pesquisas e colher dados sobre o assunto que vão desenvolver, esforçando-se por dar aos romances um valor de documento da realidade.

Situação histórica

A partir da segunda metade do século XIX, a sociedade européia apresenta significativas mudanças. A civilização burguesa, industrial e materialista começa a firmar-se; as idéias liberais espalham-se, provocando agitações políticas em muitos países; as cidades industriais crescem e atraem um grande número de operários, que começam a organizar-se em associações. As ciências naturais, por sua vez, desenvolvem-se, e os métodos de experimentação e observação da realidade passam a ser considerados os únicos capazes de explicar o mundo físico.

Eis alguns pensadores e cientistas importantes dessa época:

- Auguste Comte (1798-1857) — pensador francês considerado criador da Sociologia, que, segundo ele, devia utilizar os mesmos métodos positivos das outras ciências: observação, experimentação, comparação. Para Comte, só o conhecimento das leis da natureza ou da sociedade permitiria ao homem intervir para evitar ou provocar certos fenômenos.
- Proudhon (1809-1865) — pensador e político francês, anarquista e ateu, foi um ferrenho inimigo da sociedade burguesa. Propunha a construção de uma sociedade livre e absolutamente igualitária.
- Charles Darwin (1809-1882) — naturalista inglês que revolucionou o mundo com sua teoria sobre a evolução das espécies. Na base dessa teoria está a luta pela vida: em cada espécie animal existe uma permanente concorrência entre

os indivíduos, e somente os mais fortes e aptos conseguem sobreviver. Para Darwin, a própria natureza se incumbe de realizar essa seleção natural, que é o principal fator de evolução dos seres vivos. As idéias de Darwin provocaram enorme impacto, tendo sido violentamente combatidas pelos que acreditavam na criação do mundo por intervenção divina.

- Claude Bernard (1813-1878) — médico francês que se dedicou a pesquisas fisiológicas, fazendo importantes descobertas. Ajudou a dar bases científicas à Medicina, fundamentando suas conclusões na observação e investigação dos fenômenos biológicos.
- Karl Marx (1818-1883) — pensador alemão que elaborou uma teoria política que explica a história humana como a história das lutas de classes. Marx predizia o fim do capitalismo como decorrência de suas contradições internas, que culminariam na revolução do proletariado, que então assumiria o poder.
- Friedrich Engels (1820-1895) — socialista alemão, grande colaborador de Marx, com quem redigiu algumas obras importantes. Em seu livro *A situação das classes trabalhadoras na Inglaterra*, de 1845, denuncia a cruel exploração do operariado na fase inicial do capitalismo.
- Joseph-Ernest Renan (1823-1892) — historiador francês, racionalista e anticlerical, manifestou a confiança na ciência como libertadora do gênero humano. Escreveu *História das origens do cristianismo*, cujo primeiro volume é *Vida de Jesus*, um livro que provocou muita polêmica pela humanização da figura de Cristo.

O Naturalismo

Nas obras de alguns escritores realistas, podemos distinguir certas características que definem uma tendência chamada Naturalismo.

O Naturalismo enfatiza bastante o aspecto materialista da existência humana. Para os escritores naturalistas, influenciados pelas teorias das ciências experimentais da época, o homem era um simples produto biológico, cujo comportamento resultava da pressão do ambiente social e da hereditariedade psicofisiológica. Nesse sentido, dadas certas circunstâncias, o homem teria sempre as mesmas reações, instintivas e incontroláveis. Caberia ao escritor, portanto, armar em sua obra uma certa situação experimental e agir como um cientista em seu laboratório: descrever as reações sem nenhuma interferência de ordem pessoal ou moral.

Eis como o escritor francês Émile Zola (1840-1902), um dos principais nomes do Naturalismo, descreve o trabalho do romancista: "O observador apresenta os fatos tais como os observa, assenta o ponto de partida e estabelece o terreno sólido sobre o qual vão mover-se as personagens e desenvolver-se os fenômenos. Então, aparece o experimentador e institui a experiência, quero dizer, faz com que as personagens se movimentem numa história particular para nela mostrar que a sucessão dos fatos será tal como o exige o determinismo dos fenômenos que se põem em estudo".

O Realismo no Brasil: 1880-1900

Contrariamente ao que acontecia na Europa, onde um vertiginoso processo de industrialização começava a tomar conta dos principais países, na década de 1880 o Brasil monarquista ainda era um país agrário e escravocrata.

Segundo o censo de 1890, a população brasileira era constituída de 14,3 milhões de habitantes. Os estados mais populosos eram Minas Gerais (3,18 milhões), Bahia (1,9 milhão), São Paulo (1,3 milhão) e Pernambuco (1 milhão). A cidade mais populosa era a capital, Rio de Janeiro, com 522 mil habitantes. O censo de 1900 indicava que a população havia crescido para 17,3 milhões de habitantes. Desse total, 64 por cento viviam no campo.

Apesar dos movimentos liberais, só nos últimos anos da década de 1880 ocorreriam a Abolição da Escravidão (1888) e a Proclamação da República (1889). E a República recém-proclamada ainda enfrentaria, antes da virada do século, três grandes problemas: a Revolução Federalista (1893-1895), no Rio Grande do Sul; a Revolta da Armada (1893-1894), no Rio de Janeiro; a Rebelião de Canudos (1896-1897), no interior da Bahia.

Principais autores brasileiros

No Brasil, o Realismo tem seu início marcado pela publicação, em 1881, de dois romances: *O mulato*, de Aluísio Azevedo, e *Memórias póstumas de Brás Cubas*, de Machado de Assis.

Os autores realistas brasileiros mais importantes são: Machado de Assis, Aluísio Azevedo, Raul Pompéia, Adolfo Caminha, Inglês de Sousa, Manuel de Oliveira Paiva e Domingos Olímpio.

Romances realistas mais importantes

1881 *O mulato* (Aluísio Azevedo)
Memórias póstumas de Brás Cubas (Machado de Assis)
1884 *Casa de pensão* (Aluísio Azevedo)
1888 *O missionário* (Inglês de Sousa)
O Ateneu (Raul Pompéia)
1890 *O cortiço* (Aluísio Azevedo)
1891 *Quincas Borba* (Machado de Assis)
1893 *A normalista* (Adolfo Caminha)
1895 *Bom-Crioulo* (Adolfo Caminha)
1899 *Dom Casmurro* (Machado de Assis)
1903 *Luzia-Homem* (Domingos Olímpio)
1904 *Esaú e Jacó* (Machado de Assis)
1908 *Memorial de Aires* (Machado de Assis)

Quem lia literatura?

Se ainda hoje o número de leitores no Brasil é muito reduzido, há um século a situação era desanimadora.

Numa crônica de 15 de agosto de 1876, Machado de Assis relatava: "A nação não sabe ler. Há só trinta por cento dos indivíduos residentes neste país que podem ler; desses, uns nove por cento não lêem letra de mão. Setenta por cento jazem em profunda ignorância".

E, cinco anos mais tarde, em 1881, o crítico Sílvio Romero perguntava: "Quem entre nós escreve e quem entre nós lê? Não são decerto os lavradores, os negociantes, os criadores, os industriais, os políticos, nem os administradores. Somente as classes acadêmicas e alguns empregados públicos saídos dessa classe. É a regra geral".

Isso explica por que as tiragens dos romances eram, em média, muito baixas (seiscentos a mil exemplares), limitando ainda mais a difusão da literatura.

Em 1887, era o escritor Artur Azevedo quem dizia numa crônica: "Pode-se afirmar, sem receio de exageração, que o grosso do nosso público, em coisas de literatura, só lê e só conhece o folhetim-romance e as seções alegres das folhas diárias, mas que não excedem uma coluna".

Essa era a situação enfrentada pelos escritores brasileiros no final século XIX.

Quadro cronológico dos movimentos literários no Brasil

1500 Descoberta do Brasil.

LITERATURA INFORMATIVA

1601 Publicação do poema *Prosopopéia*, escrito por Bento Teixeira.

BARROCO

1768 Publicação do livro *Obras*, que reúne poesias de Cláudio Manuel da Costa.

ARCADISMO

1836 Publicação do livro *Suspiros poéticos e saudades*, escrito por Gonçalves de Magalhães.

ROMANTISMO

1881 Publicação dos romances *O mulato*, de Aluísio Azevedo, e *Memórias póstumas de Brás Cubas*, de Machado de Assis.

REALISMO • NATURALISMO • PARNASIANISMO

1893 Publicação dos livros *Missal* e *Broquéis*, de Cruz e Sousa.

SIMBOLISMO

1902 Publicação do livro *Os sertões*, de Euclides da Cunha.

PRÉ-MODERNISMO

1922 Realização da Semana de Arte Moderna, em São Paulo.

MODERNISMO

Raul Pompéia

Fatos biográficos

1863 Nasce, a 12 de abril, Raul d'Ávila Pompéia, em Jacuecanga, município de Angra dos Reis, no Estado do Rio de Janeiro.

1873 Muda-se com a família para a Corte, onde é matriculado como interno no Colégio Abílio, cujo diretor era o doutor Abílio César Borges, Barão de Macaúbas. Nessa escola, redige e ilustra um jornalzinho chamado *O Archote*.

1879 Transfere-se para o Imperial Colégio D. Pedro II, onde termina seus estudos secundários.

1880 Publica seu primeiro romance: *Uma tragédia no Amazonas*.

1881 Matricula-se na Faculdade de Direito do Largo de São Francisco, em São Paulo. Participa ativamente de movimentos abolicionistas e republicanos, sendo companheiro de Luís Gama.

1882 Começam a ser publicados, em folhetins da *Gazeta de Notícias*, do Rio de Janeiro, os capítulos de seu segundo romance: *As jóias da Coroa*.

1883 Começa a publicar, no *Jornal do Commercio*, de São Paulo, os poemas que comporão o livro *Canções sem metro*.

1885 Transfere-se para a Faculdade de Direito do Recife, onde conclui seu curso.

1888 Publica, em folhetins da *Gazeta de Notícias*, o romance *O Ateneu*. Começa a escrever, nesse mesmo jornal, uma seção de crítica de arte.

1890 Participa calorosamente dos debates políticos dos anos iniciais da República.

1891 É nomeado professor de mitologia da Escola Nacional de Belas-Artes.

1892 Envolve-se em acirradas polêmicas. Ofendido por Olavo Bilac, desafia-o para um duelo a espada, que não chega a ocorrer por interferência dos padrinhos.

1894 É nomeado diretor da Biblioteca Nacional.

1895 Discursa nos funerais de Floriano Peixoto, de quem era adepto ferrenho, e suas palavras são vistas como desacato ao novo presidente, Prudente de Morais, provocando, mais tarde, sua demissão do cargo de diretor da Biblioteca Nacional. As polêmicas em que se envolve culminam com a publicação de um artigo de Luís Murat intitulado "Um louco no cemitério", que continha críticas e insultos a Raul Pompéia, que não encontrou nenhum jornal disposto a publicar-lhe a resposta. Aos nervos hipersensíveis do escritor, essa desonra foi demais; profundamente deprimido, suicidou-se no dia 25 de dezembro com um tiro no coração, deixando a seguinte nota: "Ao jornal *A Notícia*, e ao Brasil, declaro que sou um homem de honra".

Obras

Prosa

Uma tragédia no Amazonas (romance), 1880, *Microscópios* (contos), 1881, *As jóias da Coroa* (romance), 1882, *O Ateneu* (romance), 1888.

Poesia

Canções sem metro (poemas em prosa), 1900.

O Ateneu

Publicado em 1888, *O Ateneu* é um dos mais importantes romances brasileiros do século XIX.

Ao longo de doze capítulos, acompanhamos o relato que Sérgio faz dos dois anos que passou no Ateneu, famoso colégio interno dirigido pelo doutor Aristarco Argolo de Ramos e freqüentado principalmente pelos filhos da elite brasileira.

Narradas por Sérgio adulto, as recordações e as impressões que marcaram a sua vida durante os anos de escola constituem a matéria do romance, que adquire assim um caráter memorialista, indicado, aliás, pelo subtítulo: "Crônica de saudades". Nesse sentido, o romance não pretende ser um registro fiel e impessoal dos fatos que aconteceram no internato, mas sim o registro das impressões pessoais do narrador sobre esses fatos. O mundo da escola é sempre visto a partir da perspectiva particular de Sérgio.

Desse modo, não apenas a instituição como também os alunos, os professores e o diretor são analisados em função de uma ótica pessoal, claramente caricatural, que projeta e realça os erros, as ambições, as hipocrisias e as mazelas do Ateneu e, no fundo, também do sistema social que o faz existir, pois o internato é visto como um reflexo da sociedade.

O Ateneu é também um romance introspectivo, de análise psicológica do sensível e frágil Sérgio, que, saindo do aconchego do lar, choca-se no início com o ambiente agressivo, cruel e sensual do colégio: "Vais encontrar o mundo, disse-me meu pai, à porta do Ateneu. Coragem para a luta". Essas são as palavras iniciais do romance, que antecipam assim o caráter simbólico da escola.

Ao entrar para o Ateneu, o menino Sérgio vai, de fato, encontrar o mundo. Aos poucos, vai se ambientando e começa a descobrir a realidade e a perder a ingenuidade e as ilusões. Descobre a hipocrisia na figura do diretor Aristarco, mais preocupado com a situação financeira da escola do que com os ideais educativos que vive apregoando. Descobre a falsidade e a imoralidade dos colegas. Descobre o autoritarismo de um sistema de ensino baseado na corrupção e na violência, bem diferente dos discursos de propaganda do diretor. Descobre também a amizade sincera e o sexo.

O Ateneu é, pois, um romance de análise psicológica e de crítica social, uma crítica contundente de aspectos da sociedade brasileira do final do século XIX que, um século depois, infelizmente ainda não se modificaram muito.

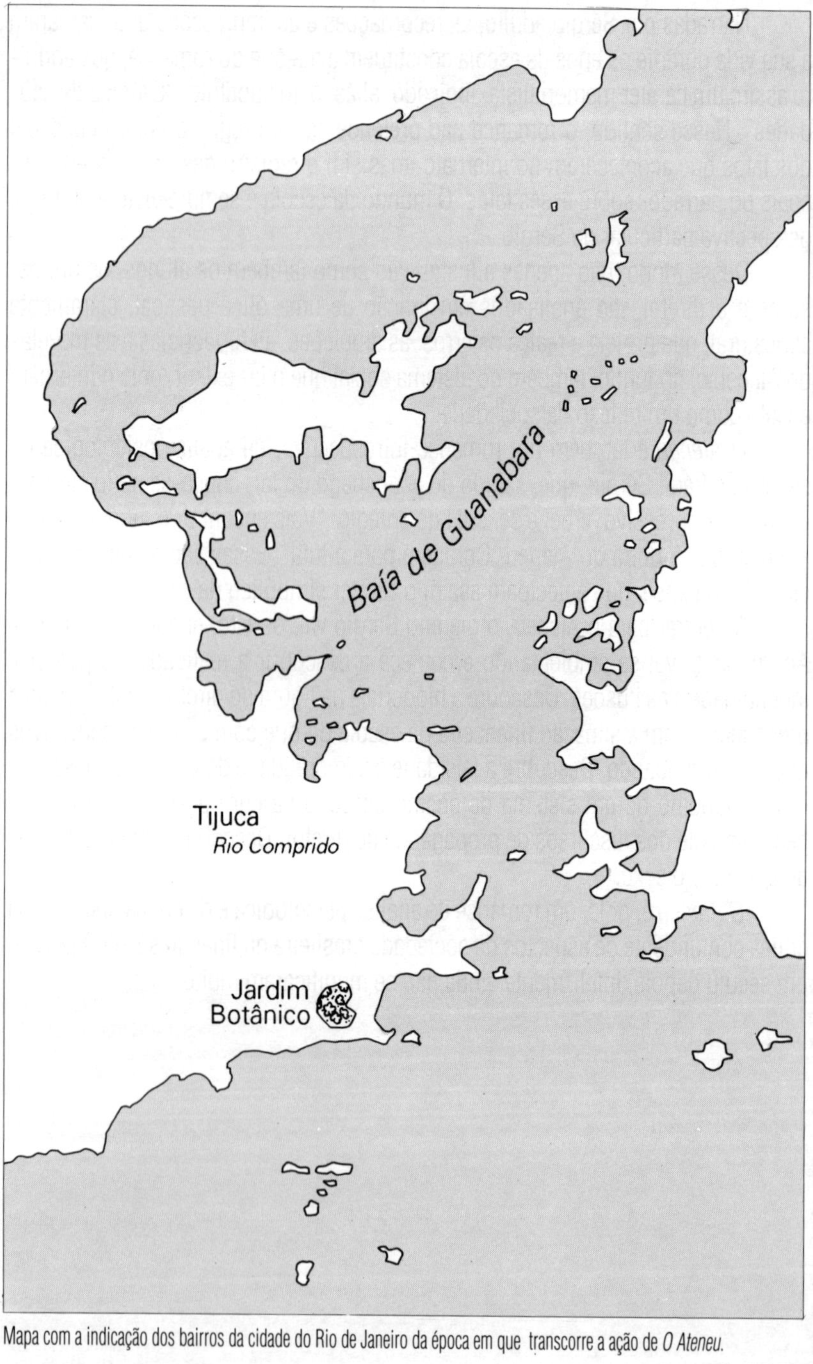

Mapa com a indicação dos bairros da cidade do Rio de Janeiro da época em que transcorre a ação de *O Ateneu.*

Painel Fotográfico

Raul Pompéia (1863-1895).

O Colégio Abílio, no Rio de Janeiro, registrado em foto do século XIX. Raul Pompéia aí estudou, em regime interno, de 1873 a 1879, inspirando-se nesse educandário para desenhar o Ateneu.

Vista de uma sala de aula no final do século XIX. A foto é do Colégio Caetano de Campos, em São Paulo, dá uma idéia de como eram as salas descritas por Raul Pompéia.

O uniforme era presença marcante na vida escolar.

No final do século XIX, o ensino no Brasil era para as elites. Os alunos das escolas ricas já contavam com o "ônibus" escolar à saída.

Uma das últimas fotos de dom Pedro II e a família real pouco tempo antes do exílio. A princesa Isabel e seu marido, o conde D' Eu (na extremidade à direita), são citados por Raul Pompéia ("A princesa sereníssima, com seu augusto esposo, chegou pontualmente às duas horas...").

CASA LEUZINGER

O Largo dos Leões, no Rio de Janeiro, no final do século passado, vendo-se ao fundo o Corcovado, onde os alunos do Ateneu costumavam fazer excursões.

FRITZ BÜSCH

Vista da alameda central do Jardim Botânico, no Rio de Janeiro, com suas imponentes palmeiras-reais. A foto é de cerca de 1875. No capítulo 8, Raul Pompéia descreve um piquenique nesse local.

CASA LEUZINGER

A Lagoa Rodrigo de Freitas e os Dois Irmãos, fotografados por volta de 1880. São locais citados n'*O Ateneu*.

1

"Vais encontrar o mundo", disse-me meu pai, à porta do Ateneu. "Coragem para a luta."

Bastante experimentei depois a verdade desse aviso, que me despia, num gesto, das ilusões de criança educada exoticamente na estufa de carinho que é o regime do amor doméstico; diferente do que se encontra fora, tão diferente que parece o poema dos cuidados maternos um artifício sentimental, com a vantagem única de fazer mais sensível a criatura à impressão rude do primeiro ensinamento, têmpera brusca da vitalidade na influência de um novo clima rigoroso. Lembramo-nos, entretanto, com saudade hipócrita, dos felizes tempos; como se a mesma incerteza de hoje, sob outro aspecto, não nos houvesse perseguido outrora, e não viesse de longe a enfiada das decepções que nos ultrajam.

Eufemismo, os felizes tempos, eufemismo apenas, igual aos outros que nos alimentam, a saudade dos dias que correram como melhores. Bem considerando, a atualidade é a mesma em todas as datas. Feita a compensação dos desejos que variam, das aspirações que se transformam, alentadas perpetuamente do mesmo ardor, sobre a mesma base fantástica de esperanças, a atualidade é uma. Sob a coloração cambiante das horas, um pouco de ouro mais pela manhã, um pouco mais de púrpura ao crepúsculo, a paisagem é a mesma de cada lado, beirando a estrada da vida.

Eu tinha onze anos.[1]

Freqüentara como externo, durante alguns meses, uma escola familiar do Caminho Novo, onde algumas senhoras inglesas, sob a direção do pai, distribuíam educação à infância como melhor lhes parecia. Entrava às nove horas, timidamente, ignorando as lições com a maior regularidade, e bocejava até as duas, torcendo-me de insipidez sobre os carcomidos bancos que o colégio comprara, de pinho e usados, lustrosos do contato da malandragem de não sei quantas gerações de pequenos. Ao meio-dia, davam-nos pão com manteiga. Essa recordação gulosa é o que mais pronunciadamente me ficou dos meses de externato; com a lembrança de alguns companheiros — um que gostava de fazer rir à aula, espécie interessante de mono louro, arrepiado, vivendo a morder, nas costas da mão esquerda, uma protuberância calosa que tinha; outro, adamado, elegante, sempre retirado, que vinha à escola de branco, engomadinho e radioso, fechada a blusa em diagonal do ombro à cinta por botões de madrepérola. Mais ainda: a primeira vez que ouvi certa injúria crespa, um palavrão cercado de terror no estabelecimento, que os partistas denunciavam às mestras por duas iniciais como em monograma.

Lecionou-me depois um professor em domicílio.

Apesar desse ensaio da vida escolar a que me sujeitou a família, antes da verdadeira provação, eu estava perfeitamente virgem para as sensações novas da nova fase. O internato! Destacada do conchego placentário da dieta caseira, vinha próximo o momento de se definir a minha individualidade. Amarguei por antecipação o adeus às primeiras alegrias; olhei triste os meus brinquedos, antigos já! Os meus queridos pelotões de chumbo! Espécie de museu militar de todas as fardas, de todas as bandeiras, escolhida amostra da força dos estados, em proporções de microscópio, que eu fazia formar a combate como uma ameaça tenebrosa ao equilíbrio do mundo; que eu fazia guerrear em desordenado aperto, massa tempestuosa das antipatias geográficas, encontro definitivo e ebulição dos seculares ódios de fronteira e de raça; que eu pacificava, por fim, com uma facilidade de Providência Divina, intervindo sabiamente, resolvendo as pendências pela concórdia promíscua das caixas de pau. Força era deixar à ferrugem do abandono o elegante vapor da linha circular do lago, no jardim, onde talvez não mais tornasse a perturbar com a palpitação das rodas a sonolência morosa dos peixinhos, rubros, dourados, argentados, pensativos, à sombra dos tinhorões, na transparência adamantina da água...

Mas um movimento animou-me, primeiro estímulo sério da vaidade: distanciava-me da comunhão da família, como um homem! Ia por minha conta empenhar a luta dos merecimentos; e a confiança nas próprias forças sobrava. Quando me disseram que estava a escolha feita da casa de educação que me devia receber, a notícia veio achar-me em armas para a conquista audaciosa do desconhecido.

---

1 Um narrador adulto e em primeira pessoa vai buscar na memória o drama de seu passado. Os fatos foram vivenciados pelo Sérgio adolescente, mas o enfoque é fornecido pelo Sérgio adulto.

Um dia, meu pai tomou-me pela mão, minha mãe beijou-me a testa, molhando-me de lágrimas os cabelos, e eu parti.

Duas vezes fora visitar o Ateneu antes da minha instalação.

Ateneu era o grande colégio da época. Afamado por um sistema de nutrida reclame, mantido por um diretor que de tempos a tempos reformava o estabelecimento, pintando-o jeitosamente de novidade, como os negociantes que liquidam para recomeçar com artigos de última remessa, o Ateneu desde muito tinha consolidado crédito na preferência dos pais; sem levar em conta a simpatia da meninada, a cercar de aclamações o bombo vistoso dos anúncios.

O doutor Aristarco Argolo de Ramos, da conhecida família do Visconde de Ramos, do norte, enchia o Império com o seu renome de pedagogo.[1] Eram boletins de propaganda pelas províncias, conferências em diversos pontos da cidade, a pedidos, à sustância, atochando a imprensa dos lugarejos, caixões, sobretudo, de livros elementares, fabricados às pressas com o ofegante e esbaforido concurso de professores prudentemente anônimos, caixões e mais caixões de volumes cartonados em Leipzig, inundando as escolas públicas de toda a parte com a sua invasão de capas azuis, róseas, amarelas, em que o nome de Aristarco, inteiro e sonoro, oferecia-se ao pasmo venerador dos esfaimados de alfabeto dos confins da pátria. Os lugares que os não procuravam eram um belo dia surpreendidos pela enchente, gratuita, espontânea, irresistível! E não havia senão aceitar a farinha daquela marca para o pão do espírito. E engordavam as letras, à força, daquele pão. Um benemérito. Não admira que em dias de gala, íntima ou nacional, festas do colégio ou recepções da coroa, o largo peito do grande educador desaparecesse sob constelações de pedraria, opulentando a nobreza de todos os honoríficos berloques.

Nas ocasiões de aparato é que se podia tomar o pulso ao homem. Não só as condecorações gritavam-lhe do peito como uma couraça de grilos: Ateneu! Ateneu! Aristarco todo era um anúncio. Os gestos, calmos, soberanos, eram de um rei: o autocrata excelso dos silabários; a pausa hierática do andar deixava sentir o esforço, a cada passo, que ele fazia para levar adiante, de empurrão, o progresso do ensino público; o olhar fulgurante, sob a crispação áspera dos supercílios de monstro japonês, penetrando de luz as almas circunstantes — era a educação da inteligência; o queixo, severamente escanhoado, de orelha a orelha, lembrava a lisura das consciências limpas — era a educação moral. A própria estatura, na imobilidade do gesto, na mudez do vulto, a simples estatura dizia dele: aqui está um grande homem... Não vêem os côvados de Golias[2]?!... Retorça-se sobre tudo isso um par de bigodes, volutas maciças de fios alvos, torneadas a capricho,

---

1 Aristarco, em grego, quer dizer "o melhor governo, a melhor direção". Acompanhe as atitudes do diretor e verifique se elas combinam com o nome.

2 Referência ao gigante Golias que, segundo a Bíblia, foi morto por Davi. Côvado é uma antiga medida de comprimento equivalente a 66 centímetros. Segundo o relato bíblico, Golias teria seis côvados e um palmo. (I Samuel 17). Note a ironia: Golias era um homem grande; Aristarco seria um grande homem?

cobrindo os lábios, fecho de prata sobre o silêncio de ouro, que tão belamente impunha como o retraimento fecundo do seu espírito.

Teremos esboçado, moralmente, materialmente, o perfil do ilustre diretor. Em suma, um personagem que, ao primeiro exame, produzia-nos a impressão de um enfermo, dessa enfermidade atroz e estranha: a obsessão da própria estátua. Como tardasse a estátua, Aristarco interinamente satisfazia-se com a afluência dos estudantes ricos para o seu instituto. De fato, os educandos do Ateneu significavam a fina flor da mocidade brasileira.

A irradiação da reclame alongava de tal modo os tentáculos através do país, que não havia família de dinheiro, enriquecida pela setentrional borracha ou pela charqueada do Sul, que não reputasse um compromisso de honra com a posteridade doméstica mandar dentre seus jovens, um, dois, três representantes abeberar-se à fonte espiritual do Ateneu.

Fiados nessa seleção apuradora, que é comum o erro sensato de julgar melhores famílias as mais ricas, sucedia que muitos, indiferentes mesmo e sorrindo do estardalhaço da fama, lá mandavam os filhos. Assim entrei eu.

A primeira vez que vi o estabelecimento, foi por uma festa de encerramento de trabalhos.

Transformara-se em anfiteatro uma das grandes salas da frente do edifício, exatamente a que servia de capela; paredes estucadas de suntuosos relevos, e o teto aprofundado em largo medalhão, de magistral pintura, onde uma aberta de céu azul despenhava aos cachos deliciosos anjinhos, ostentando atrevimentos róseos de carne, agitando os minúsculos pés e as mãozinhas, desatando fitas de gaze no ar. Desarmado o oratório, construíram-se bancadas circulares, que encobriam o luxo das paredes. Os alunos ocupavam a arquibancada. Como a maior concorrência preferia sempre a exibição dos exercícios ginásticos, solenizada dias depois do encerramento das aulas, a acomodação deixada aos circunstantes era pouco espaçosa; e o público, pais e correspondentes em geral, porém mais numeroso do que se esperava, tinha de transbordar da sala da festa para a imediata. Dessa ante-sala, trepado a uma cadeira, eu espiava. Meu pai ministrava-me informações. Diante da arquibancada, ostentava-se uma mesa de grosso pano verde e borlas de ouro. Lá estava o diretor, o ministro do Império, a comissão dos prêmios. Eu via e ouvia. Houve uma alocução comovente de Aristarco; houve discursos de alunos e mestres; houve cantos, poesias declamadas em diversas línguas. O espetáculo comunicava-me certo prazer respeitoso. O diretor, ao lado do ministro, de acanhado físico, fazia-o incivilmente desaparecer na brutalidade de um contraste escandaloso. Em *grande tenue*[1] dos dias graves, sentava-se elevado no seu orgulho como em um trono. A bela farda negra dos alunos, de botões dourados, infundia-me a consideração tímida de um militarismo brilhante, aparelhado para as campanhas da ciência e do bem. A letra dos cantos, em coro dos falsetes indisciplinados da puberdade, os discursos,

---

1 Expressão francesa que tem o sentido de "traje de gala". Aristarco tinha uma roupa especial quando presidia as reuniões solenes da escola.

visados pelo diretor, pançudos de sisudez, na boca irreverente da primeira idade, como um Cendrillon[1] malfeito da burguesia conservadora, recitados em monotonia de realejo e gestos rodantes de manivela, ou exagerados, de voz cava e caretas de tragédia fora de tempo, eu recebia tudo convictamente, como o texto da bíblia do dever; e as banalidades profundamente lançadas como as sábias máximas do ensino redentor. Parecia-me estar vendo a legião dos amigos do estudo, mestres à frente, na investida heróica do obscurantismo, agarrando pelos cabelos, derribando, calcando aos pés a ignorância e o vício, misérrimos trambolhos, consternados e esperneantes.

Um discurso principalmente impressionou-me. À direita da comissão dos prêmios, ficava a tribuna dos oradores. Galgou-a firme, tesinho, o Venâncio, professor do colégio, a quarenta mil-réis por matéria, mas importante, sabendo falar grosso o timbre de independência, mestiço de bronze, pequenino e tenaz, que havia de varar carreira mais tarde. O discurso foi o confronto chapa dos torneios medievais com o moderno certame das armas da inteligência, depois, uma preleção pedagógica, tacheada de flores de retórica a martelo; e a apologia da vida de colégio, seguindo-se a exaltação do mestre em geral e a exaltação, em particular, de Aristarco e do Ateneu. "O mestre", perorou Venâncio, "é o prolongamento do amor paterno, é o complemento da ternura das mães, o guia zeloso dos primeiros passos, na senda escabrosa que vai às conquistas do saber e da moralidade. Experimentando no labutar cotidiano da sagrada profissão, o seu auxílio ampara-nos como a Providência na Terra; escolta-nos assíduo como um anjo de guarda; a sua lição prudente esclarece-nos a jornada inteira do futuro. Devemos ao pai a existência do corpo; o mestre cria-nos o espírito (sorites de sensação), e o espírito é a força que impele, o impulso que triunfa, o triunfo que nobilita, o enobrecimento que glorifica, e a glória é o ideal da vida, o louro do guerreiro, o carvalho do artista, a palma do crente! A família é o amor no lar, o estado é a segurança civil; o mestre, com o amor forte que ensina e corrige, prepara-nos para a segurança íntima inapreciável da vontade. Acima de Aristarco, Deus! Deus tão-somente; abaixo de Deus, Aristarco."

Um último gesto espaçoso, como um jamegão no vácuo, arrematou o rapto de eloqüência.

Eu me sentia compenetrado daquilo tudo; não tanto por entender bem como pela facilidade da fé cega a que estava disposto. As paredes pintadas da ante-sala imitavam pórfiro verde; em frente ao pórtico aberto para o jardim, graduava-se uma ampla escada, caminho do andar superior. Flanqueando a majestosa porta dessa escada, havia dois quadros de alto-relevo: à direita uma alegoria das artes e do estudo, à esquerda as indústrias humanas, meninos nus como nos frisos de Kaulbach[2], risonhos, com a ferramenta simbólica — psicologia pura do trabalho, modelada idealmente na candura do gesso e da inocência. Eram meus irmãos! Eu estava a esperar que um deles convidativo me estendesse a

---

1 Em francês, Gata Borralheira (referência ao conto de Perrault).

2 Wilheim von Kaulbach (1805-1874): ilustrador e pintor alemão.

mão para o bailado feliz que os levava. Oh! Que não seria o colégio, tradução concreta da alegoria, ronda angélica de corações à porta de um templo, dulia permanente das almas jovens no ritual austero da virtude!

Por ocasião da festa da ginástica voltei ao colégio.

O Ateneu estava situado no Rio Comprido, extremo, ao chegar aos morros.

As eminências de sombria pedra e a vegetação selvática debruçavam sobre o edifício um crepúsculo de melancolia, resistente ao próprio sol a pino dos meios-dias de novembro. Essa melancolia era um plágio ao detestável pavor monacal de outra casa de educação, o negro Caraça de Minas.[1] Aristarco dava-se palmas dessa tristeza aérea — a atmosfera moral da meditação e do estudo, definia, escolhida a dedo para maior luxo da casa, como um apêndice mínimo da arquitetura.

No dia da festa da educação física, como rezava o programa (programa de arromba, porque o secretário do diretor tinha o talento dos programas), não percebi a sensação de ermo tão acentuada em sítios montanhosos, que havia de notar depois. As galas do momento faziam sorrir a paisagem. O arvoredo do imenso jardim, entretecido a cores por mil bandeiras, brilhava ao sol vivo com o esplendor de estranha alegria; os vistosos panos, em meio da ramagem, fingiam flores colossais, numa caricatura extravagante de primavera; os galhos frutificavam em lanternas venezianas, pomos de papel enormes, de uma uberdade carnavalesca. Eu ia carregado, no impulso da multidão. Meu pai prendia-me solidamente o pulso, que me não extraviasse.

Mergulhado na onda, eu tinha de olhar para cima, para respirar. Adiante de mim, um sujeito mais próximo fez-me rir; levava de fora a fralda da camisa... Mas não era fralda; verifiquei que era o lenço. Do chão subia um cheiro forte de canela pisada; através das árvores, com intervalos, passavam rajadas de música, como uma tempestade de filarmônicas.

Um último aperto mais rijo estalando-me as costelas espremeu-me por um estreito corte num muro, para o espaço livre.

Em frente, um gramal vastíssimo. Rodeava-o uma ala de galhardetes, contentes no espaço, com o pitoresco dos tons enérgicos cantando vivo sobre a harmoniosa surdina do verde das montanhas. Por todos os lados apinhava-se o povo. Voltando-me, divisei, ao longo do muro, duas linhas de estrado com cadeiras quase exclusivamente ocupadas por senhoras, fulgindo os vestuários, em violenta confusão de colorido. Algumas protegiam o olhar com a mão enluvada, com o leque, à altura da fronte, contra a rutilação do dia num bloco de nuvens que crescia do céu. Acima do estrado, balouçavam docemente e sussurravam bosquetes de bambu, projetando franjas longuíssimas de sombra pelo campo de relva.

Algumas damas empunhavam binóculos. Na direção dos binóculos distinguia-se um movimento alvejante. Eram os rapazes. "Aí vêm!", disse-me meu pai, "vão desfilar

---

1 Famoso colégio que foi incendiado por um aluno. Fique atento para saber o que acontecerá ao Ateneu.

por diante da princesa." A princesa imperial, regente nessa época, achava-se à direita em gracioso palanque de sarrafos.

Momentos depois adiantavam-se por mim os alunos do Ateneu. Cerca de trezentos; produziam-me a impressão do inumerável. Todos de branco, apertados em larga cinta vermelha, com alças de ferro sobre os quadris e na cabeça um pequeno gorro cingido por um cadarço de pontas livres. Ao ombro esquerdo traziam laços distintivos das turmas. Passaram a toque de clarim, sopesando os petrechos diversos dos exercícios. Primeira turma, os halteres, segunda, as massas, terceira, as barras.

Fechavam a marcha, desarmados, os que figurariam simplesmente nos exercícios gerais.

Depois de longa volta, a quatro de fundo, dispuseram-se em pelotões, invadiram o gramal, e, cadenciados pelo ritmo da banda de colegas, que os esperava no meio do campo, com a certeza de amestrada disciplina, produziram as manobras perfeitas de um exército sob o comando do mais raro instrutor.

Diante das fileiras, Bataillard, o professor de ginástica, exultava, envergando a altivez do seu sucesso na extremada elegância do talhe, multiplicando por milagroso desdobramento o compêndio inteiro da capacidade profissional, exibida em galeria por uma série infinita de atitudes. A admiração hesitava a decidir-se pela formosura masculina e rija da plástica de músculos a estalar o brim do uniforme, que ele trajava branco como os alunos, ou pela nervosa celeridade dos movimentos, efeito elétrico de lanterna mágica, respeitando-se na variedade prodigiosa a unidade da correção suprema.

Ao peito tilintavam-lhe as agulhetas do comando, apensas de cordões vermelhos em trança. Ele dava as ordens fortemente, com uma vibração penetrante de corneta que dominava à distância, e sorria à docilidade mecânica dos rapazes. Como oficiais subalternos, auxiliavam-no os chefes de turma; postados devidamente com os pelotões, sacudindo à manga distintivos de fita verde e canutilho.

Acabadas as evoluções, apresentaram-se os exercícios. Músculos do braço, músculos do tronco, tendões dos jarretes, a teoria toda do *corpore sano*[1] foi praticada valentemente ali, precisamente, com a simultaneidade exata das extensas máquinas. Houve após o assalto aos aparelhos. Os aparelhos alinhavam-se a uma banda do campo, a começar do palanque da regente. Não posso dar idéia do deslumbramento que me ficou dessa parte. Uma desordem de contorções, deslocadas e atrevidas; uma vertigem de volteios à barra fixa, temeridades acrobáticas ao trapézio, às perchas, às cordas, às escadas; pirâmides humanas sobre as paralelas, deformando-se para os lados em curvas de braços e ostentações vigorosas do tórax; formas de estatuária viva, trêmulas de esforço, deixando adivinhar de longe o estalido dos ossos desarticulados; posturas de transfiguração sobre invisí-

---

1 Em latim, significa "corpo são". Referência à máxima do escritor latino Juvenal: *mens sana in corpore sano*, isto é, espírito são em corpo são. Costuma-se aplicar essa máxima para exprimir que a saúde do corpo é condição importante para a saúde do espírito.

vel apoio; aqui e ali uma cabecinha loura, cabelos em desordem cacheados à testa, um rosto injetado pela inversão do corpo, lábios entreabertos ofegando, olhos semicerrados para escapar à areia dos sapatos, costas de suor, colando a blusa em pasta, gorros sem dono que caíam do alto e juncavam a terra; movimento, entusiasmo por toda a parte e a soalheira, branca nos uniformes, queimando os últimos fogos da glória diurna sobre aquele triunfo espetaculoso da saúde, da força, da mocidade.

O professor Bataillard, enrubescido de agitação, rouco de comandar, chorava de prazer. Abraçava os rapazes indistintamente. Duas bandas militares revezavam-se ativamente, comunicando a animação à massa dos espectadores. O coração pulava-me no peito com um alvoroço novo, que me arrastava para o meio dos alunos, numa leva ardente de fraternidade. Eu batia palmas; gritos escapavam-me, de que me arrependia quando alguém me olhava.

Deram fim à festa os saltos, os páreos de carreira, as lutas romanas e a distribuição dos prêmios de ginástica, que a mão egrégia da sereníssima princesa e a pouco menos do esposo augusto alfinetavam sobre os peitos vencedores. Foi de ver-se: os jovens atletas aos pares aferrados, empuxando-se, constringindo-se, rodopiando, rolando na selva com gritos satisfeitos e arquejos de arrancada; os corredores, alguns em rigor, respiração medida, beiços unidos, punhos cerrados contra o corpo, passo miúdo e vertiginoso; outros irregulares, bracejantes, prodigalizando pernadas, rasgando o ar a pontapés, numa precipitação desengonçada de avestruz, chegando esbofados, com placas de poeira na cara, ao poste da vitória.

Aristarco arrebentava de júbilo. Pusera de parte o comedimento soberano que eu lhe admirara na primeira festa. De ponto em branco, como a rapaziada, e chapéu-do-chile, distribuía-se numa ubiqüidade impossível de meio ambiente. Viam-no ao mesmo tempo a festejar os príncipes com o risinho nasal, cabritante, entre lisonjeiro e irônico, desfeito em etiquetas de reverente súdito e cortesão; viam-no bradando ao professor de ginástica, a gesticular com o chapéu seguro pela copa; viam-no formidável, com o perfil leonino rugir sobre um discípulo que fugira aos trabalhos, sobre outro que tinha limo nos joelhos de haver lutado em lugar úmido, gastando tal veemência no ralho, que chegava a ser carinhoso.

O figurino campestre rejuvenescera-o. Sentia as pernas leves e percorria celerípede a frente dos estrados, cheio de cumprimentos para os convidados especiais e de interjetivos amáveis para todos. Perpassava como uma visão de brim claro, súbito extinta para reaparecer mais viva noutro ponto. Aquela expansão vencia-nos; ele irradiava de si, sobre os alunos, sobre os espectadores, o magnetismo dominador dos estandartes de batalha. Roubava-nos dois terços da atenção que os exercícios pediam; indenizava-nos com o equivalente em surpresas de vivacidade, que desprendia de si, profusamente, por erupções de jorro em roda, por ascensões cobrejantes de girândola, que iam às nuvens, que baixavam depois serenamente, diluídas na viração da tarde, que os pulmões bebiam. Ator profundo, realizava ao pé da letra, a valer, o papel diáfano, sutil, metafísico, de alma da festa e alma do seu instituto.

Uma coisa o entristeceu, um pequenino escândalo. Seu filho Jorge, na distribuição dos prêmios, recusara-se a beijar a mão da princesa, como faziam todos ao receber a medalha. Era republicano o pirralho! Tinha já aos quinze anos as convicções ossificadas na espinha inflexível do caráter! Ninguém mostrou perceber a bravura. Aristarco, porém, chamou o menino à parte. Encarou-o silenciosamente, e nada mais. E ninguém mais viu o republicano! Consumira-se naturalmente o infeliz, cremado ao fogo daquele olhar! Nesse momento as bandas tocavam o hino da monarquia jurada, última verba do programa.[1]

Começava a anoitecer quando o colégio formou ao toque de recolher. Desfilaram aclamados, entre alas de povo, e se foram do campo, cantando alegremente uma canção escolar.

À noite houve baile nos três salões inferiores do lance principal do edifício e iluminação no jardim.

Na ocasião em que me ia embora, estavam acendendo luzes variadas de Bengala[2] diante da casa. O Ateneu, quarenta janelas, resplendentes do gás interior, dava-se ares de encantamento com a iluminação de fora. Erigia-se na escuridão da noite, como imensa muralha de coral flamante, como um cenário animado de safira com horripilações errantes de sombra, como um castelo fantasma batido de luar verde emprestado à selva intensa dos romances cavalheirescos, despertando um momento da legenda morta para uma entrevista de espectros e recordações. Um jato de luz elétrica, derivado de foco invisível, feria a inscrição dourada

ATHENAEUM

em arco sobre as janelas centrais no alto do prédio. A uma delas, à sacada, Aristarco mostrava-se. Na expressão olímpica do semblante transpirava a beatitude de um gozo superior. Gozava a sensação prévia, no banho luminoso, da imortalidade a que se julgava consagrado. Devia ser assim: luz benigna e fria, sobre bustos eternos, o ambiente glorioso do Panteão. A contemplação da posteridade embaixo.

Aristarco tinha momentos desses, sinceros. O anúncio confundia-se com ele, suprimia-o, substituía-o, e ele gozava como um cartaz que experimentasse o entusiasmo de ser vermelho. Naquele momento, não era simplesmente a alma do seu instituto, era a própria feição palpável, a síntese grosseira do título, o rosto, a testada, o prestígio material do seu colégio, idêntico com as letras que luziam em auréola sobre a cabeça. As letras, de ouro, ele, imortal: única diferença.

Guardei, na imaginação infantil, a gravura dessa apoteose com o atordoamento ofuscado, mais ou menos, de um sujeito partindo à meia-noite de qualquer teatro, onde,

1 Aristarco será identificado em todo o livro com o regime monárquico então vigente. Raul Pompéia, republicano fervoroso, não poupará oportunidade para ironizar o diretor.

2 Referência a fogos de artifício fabricados em Bengala.

em mágica beata, Deus Padre pessoalmente se houvesse prestado a concorrer para a grandeza do último quadro. Conheci-o solene na primeira festa, jovial na segunda; conheci-o mais tarde em mil situações, de mil modos; mas o retrato que me ficou para sempre do meu grande diretor, foi aquele — o belo bigode branco, o queixo barbeado, o olhar perdido nas trevas, fotografia estática, na ventura de um raio elétrico.

É fácil conceber a atração que me chamava para aquele mundo tão altamente interessante, no conceito das minhas impressões. Avaliem o prazer que tive, quando me disse meu pai que eu ia ser apresentado ao diretor do Ateneu e à matrícula. O movimento não era mais a vaidade, antes o legítimo instinto da responsabilidade altiva, era uma conseqüência apaixonada da sedução do espetáculo, o arroubo de solidariedade que me parecia prender à comunhão fraternal da escola. Honrado engano, esse ardor franco por uma empresa ideal de energia e de dedicação premeditada confusamente, no cálculo pobre de uma experiência de dez anos.

O diretor recebeu-nos em sua residência, com manifestações ultra de afeto. Fez-se cativante, paternal; abriu-nos amostras dos melhores padrões do seu espírito, evidenciou as faturas do seu coração. O gênero era bom, sem dúvida nenhuma; que, apesar do paletó de seda e do calçado raso com que se nos apresentava, apesar da bondosa familiaridade com que declinava até nós, nem um segundo o destituí da altitude de divinização em que o meu critério embasbacado o aceitara.

Verdade é que não era fácil reconhecer ali, tangível e em carne, uma entidade outrora da mitologia das minhas primeiras concepções antropomórficas; logo após Nosso Senhor, o qual eu imaginara velho, feiíssimo, barbudo, impertinente, corcunda, ralhando por trovões, carbonizando meninos com o corisco. Eu aprendera a ler pelos livros elementares de Aristarco, e o supunha velho como o primeiro, porém rapado, de cara chupada, pedagógica, óculos apocalípticos, carapuça negra de borla, fanhoso, onipotente e mau, com uma das mãos para trás escondendo a palmatória e doutrinando à humanidade o bê-á-bá.

As impressões recentes derrogavam o meu Aristarco; mas a hipérbole essencial do primitivo transmitia-se ao sucessor por um mistério de hereditariedade renitente. Dava-me gosto então a peleja renhida das duas imagens e aquela complicação imediata do paletó de seda e do sapato raso, fazendo aliança com Aristarco II contra Aristarco I, no reino da fantasia. Nisso afagaram-me a cabeça. Era Ele![1] Estremeci.

"Como se chama o amiguinho?", perguntou-me o diretor.

— Sérgio... — dei o nome todo, baixando os olhos e sem esquecer o "seu criado" da estrita cortesia.

— Pois, meu caro senhor Sérgio, o amigo há de ter a bondade de ir ao cabeleireiro deitar fora estes cachinhos...

Eu tinha ainda os cabelos compridos, por um capricho amoroso de minha mãe. O conselho era visivelmente salgado de censura. O diretor, explicando a meu pai, acrescen-

1 A representação irônica do diretor como uma divindade culmina com o uso dessa maiúscula.

tou com o risinho nasal que sabia fazer: "Sim, senhor, os meninos bonitos não provam bem no meu colégio..."

— Peço licença para defender os meninos bonitos... — objetou alguém entrando.

Surpreendendo-nos com essa frase, untuosamente escoada por um sorriso, entrou a senhora do diretor, dona Ema. Bela mulher em plena prosperidade dos trinta anos de Balzac[1], formas alongadas por graciosa magreza, erigindo porém o tronco sobre quadris amplos, fortes como a maternidade; olhos negros, pupilas retintas de uma cor só, que pareciam encher o talho folgado das pálpebras; de um moreno rosa que algumas formosuras possuem, e que seria também a cor do jambo, se jambo fosse rigorosamente o fruto proibido. Adiantava-se por movimentos oscilados, cadência de minueto harmonioso e mole que o corpo alternava. Vestia cetim preto justo sobre as formas, reluzente como pano molhado; e o cetim vivia com ousada transparência a vida oculta da carne. Essa aparição maravilhou-me.

Houve as apresentações de cerimônia, e a senhora com um nadinha de excessivo desembaraço sentou-se ao divã perto de mim.

— Quantos anos tem? — perguntou-me.

— Onze anos...

— Parece ter seis, com estes lindos cabelos.

Eu não era realmente desenvolvido. A senhora colhia-me o cabelo nos dedos:

— Corte e ofereça à mamãe — aconselhou com uma carícia. — É a infância que aí fica, nos cabelos louros... Depois, os filhos nada mais têm para as mães.

O poemeto de amor materno deliciou-me como uma divina música. Olhei furtivamente para a senhora. Ela conservava sobre mim as grandes pupilas negras, lúcidas, numa expressão de infinda bondade! Que boa mãe para os meninos, pensava eu. Depois, voltada para meu pai, formulou sentidamente observações a respeito da solidão das crianças no internato.

— Mas o Sérgio é dos fortes — disse Aristarco, apoderando-se da palavra. — Demais, o meu colégio é apenas maior que o lar doméstico. O amor não é precisamente o mesmo, mas os cuidados de vigilância são mais ativos. São as crianças os meus prediletos. Os meus esforços mais desvelados são para os pequenos. Se adoecem e a família está fora, não os confio a um correspondente... Trato-os aqui, em minha casa. Minha senhora é a enfermeira. Queria que o vissem os detratores...

Enveredando pelo tema querido do elogio próprio e do Ateneu, ninguém mais pôde falar...

Aristarco, sentado, de pé, cruzando terríveis passadas, imobilizando-se a repentes inesperados, gesticulando como um tribuno de *meetings*[2], clamando como para um auditório de dez mil pessoas, majestoso sempre, alçando os padrões admiráveis, como um

---

1 Referência ao romance *A mulher de trinta anos*, do escritor francês Honoré de Balzac (1799-1850). Sérgio associa dona Ema à velha história da maçã (jambo) proibida do paraíso.

2 Em inglês, "comícios".

leiloeiro, e as opulentas faturas, desenrolou, com a memória de uma última conferência, a narrativa dos seus serviços à causa santa da instrução. Trinta anos de tentativas e resultados, esclarecendo como um farol diversas gerações agora influentes no destino do país! E as reformas futuras? Não bastava a abolição dos castigos corporais, o que já dava uma benemerência passável. Era preciso a introdução de métodos novos, supressão absoluta dos vexames de punição, modalidades aperfeiçoadas no sistema das recompensas, ajeitação dos trabalhos, de maneira que seja a escola um paraíso, adoção de normas desconhecidas cuja eficácia ele pressentia, perspicaz como as águias. Ele havia de criar... Um horror, a transformação moral da sociedade!

Uma hora trovejou-lhe à boca, em sangüínea eloqüência, o gênio do anúncio. Miramo-lo na inteira expansão oral, como, por ocasião das festas, na plenitude da sua vivacidade prática. Contemplávamos (eu com aterrado espanto) distendido em grandeza épica o *homem-sanduíche*[1] da educação nacional, lardeado entre dois monstruosos cartazes. Às costas, o seu passado incalculável de trabalhos; sobre o ventre, para a frente, o seu futuro: a reclame dos imortais projetos.

---

1 O narrador se refere aos carregadores de cartazes de nossas ruas, que levam anúncios à frente e às costas. Observe que sarcasticamente o narrador ressalta o enfoque comercial da educação personalizada em Aristarco.

2

Abriam-se as aulas a quinze de fevereiro.

De manhã, à hora regulamentar, compareci. O diretor, no escritório do estabelecimento, ocupava uma cadeira rotativa junto à mesa de trabalho. Sobre a mesa um grande livro abria-se em colunas maciças de escrituração e linhas encarnadas.

Aristarco, que consagrava as manhãs ao governo financeiro do colégio, conferia, analisava os assentamentos do guarda-livros. De momento a momento entravam alunos. Alguns acompanhados.

A cada entrada, o diretor lentamente fechava o livro comercial, marcando a página com um alfanje de marfim; fazia girar a cadeira e soltava interjeições de acolhimento, oferecendo episcopalmente a mão peluda ao beijo contrito e filial dos meninos. Os maiores, em regra, recusavam-se à cerimônia e partiam com um simples aperto de mão.

O rapaz desaparecia, levando o sorriso pálido na face, saudoso da vadiação ditosa das férias. O pai, o correspondente, o portador, despedia-se, depois de banais cumprimentos, ou palavras a respeito do estudante, amenizadas pela gracinha da bonomia superior de

Aristarco, que punha habilmente um sujeito fora de portas com o riso fanhoso e o simples modo impelido de segurar-lhe os dedos.

A cadeira girava de novo à posição primitiva; o livro da escrituração espalmava outra vez as páginas enormes; e a figura paternal do educador desmanchava-se, volvendo a simplificar-se na esperteza atenta e seca do gerente.

A esse vaivém de atitudes, feição dupla de uma mesma individualidade e contingência comum dos sacerdócios, estava tão habituado o nosso diretor, que nenhum esforço custava-lhe a manobra. O especulador e o levita ficavam-lhe dentro em camaradagem íntima, *bras dessus, bras dessous*[1]. Sabiam, sem prejuízo da oportunidade, aparecer por alternativa ou simultaneamente; eram como duas almas inconhas num só corpo.

Soldavam-se nele o educador e o empresário com uma perfeição rigorosa de acordo, dois lados da mesma medalha; opostos, mas justapostos.

Quando meu pai entrou comigo havia no semblante de Aristarco uma pontinha de aborrecimento. Decepção talvez de estatística, o número dos estudantes novos não compensando o número dos perdidos, as novas entradas não contrabalançando as despesas do fim do ano... Mas a sombra de despeito apagou-se logo, como o resto de túnica que apenas tarda a sumir-se numa mutação à vista; e foi como uma explosão de contentamento que o diretor nos acolheu.

Sua diplomacia dividia-se por escaninhos numerados, segundo a categoria de recepção que queria dispensar. Ele tinha maneiras de todos os graus, segundo a condição social da pessoa. As simpatias verdadeiras eram raras. No âmago de cada sorriso morava-lhe um segredo de frieza que se percebia bem. E duramente se marcavam distinções políticas, distinções financeiras, distinções baseadas na crônica escolar do discípulo, baseadas na razão discreta das notas do guarda-livros. Às vezes, uma criança sentia a alfinetada no jeito da mão a beijar. Saía indagando consigo o motivo daquilo, que não achava em suas contas escolares... O pai estava dois trimestres atrasado.[2]

Por diversas causas a minha recepção devia ser das melhores. Efetivamente; Aristarco levantou-se ao nosso encontro e nos conduziu à sala especial das visitas.

Saiu depois a mostrar o estabelecimento, as coleções em armários dos objetos próprios para facilitar o ensino. Eu via tudo curiosamente, sem perder os olhares dos colegas desconhecidos, que me fitavam muito ancho na dignidade do uniforme em folha. O edifício fora caiado e pintado durante as férias, como os navios que aproveitam o descanso nos portos para uma reforma de apresentação. Das paredes pendiam as cartas geográficas, que eu me comprazia de ver como um itinerário de grandes viagens planejadas. Havia estampas coloridas em molduras negras, assuntos de história santa e desenho grosseiro, ou exemplares zoológicos e botânicos, que me revelavam direções de aplicação estudiosa em que eu contava triunfar. Outros quadros vidraçados exibiam sonoramente regras mo-

1 Expressão francesa, que quer dizer "de braços dados".

2 Note o jogo de palavras: o problema não está nas notas (contas) escolares, mas nos pagamentos (contas) atrasados.

rais e conselhos muito meus conhecidos de amor à verdade, aos pais, e temor de Deus, que estranhei como um código de redundância. Entre os quadros, muitos relativos ao mestre; os mais numerosos; e se esforçavam todos por arvorar o mestre em entidade incorpórea, argamassada de pura essência de amor e suspiros cortantes de sacrifício, ensinando-me a didascalolatria que eu, de mim para mim, devotamente, jurava desempenhar à risca. Visitamos o refeitório, adornado de trabalhos a lápis dos alunos, a cozinha de azulejo, o grande pátio interno dos recreios, os dormitórios, a capela... De volta à sala de recepção, adjacente à da entrada lateral e fronteira ao escritório, fui apresentado ao professor Mânlio, da aula superior de primeiras letras, um homem aprumado, de barba toda grisalha e cerrada, pessoa excelente, desconfiando por sistema de todos os meninos.

Durante o tempo da visita, não falou Aristarco senão das suas lutas, suores que lhe custava a mocidade e que não eram justamente apreciados. "Um trabalho insano! Moderar, animar, corrigir essa massa de caracteres, onde começa a ferver o fermento das inclinações; encontrar e encaminhar a natureza na época dos violentos ímpetos; amordaçar excessivos ardores; retemperar o ânimo dos que se dão por vencidos precocemente; espreitar, adivinhar os temperamentos; prevenir a corrupção; desiludir as aparências sedutoras do mal; aproveitar os alvoroços do sangue para os nobres ensinamentos; prevenir a depravação dos inocentes; espiar os sítios obscuros; fiscalizar as amizades; desconfiar das hipocrisias; ser amoroso, ser violento, ser firme; triunfar dos sentimentos de compaixão para ser correto; proceder com segurança, para depois duvidar; punir para pedir perdão depois... Um labor ingrato, titânico, que extenua a alma, que nos deixa acabrunhados ao anoitecer de hoje, para recomeçar com o dia de amanhã... Ah! Meus amigos", concluiu ofegante, "não é o espírito que me custa, não é o estudo dos rapazes a minha preocupação... É o caráter! Não é a preguiça o inimigo, é a imoralidade!" Aristarco tinha para esta palavra uma entonação especial, comprimida e terrível, que nunca mais esquece quem a ouviu dos seus lábios. "A imoralidade!"

E recuava tragicamente, crispando as mãos. "Ah! Mas eu sou tremendo quando essa desgraça nos escandaliza. Não! Estejam tranqüilos os pais! No Ateneu, a imoralidade não existe! Velo pela candura das crianças, como se fossem, não digo meus filhos: minhas próprias filhas! O Ateneu é um colégio moralizado! E eu aviso muito a tempo... Eu tenho um código..." Nesse ponto o diretor levantou-se de salto e mostrou um grande quadro à parede. "Aqui está o nosso código. Leiam! Todas as culpas são prevenidas, uma pena para cada hipótese: o caso da imoralidade não está lá. O parricídio não figurava na lei grega. Aqui não está a imoralidade. Se a desgraça ocorre, a justiça é o meu terror e a lei é o meu arbítrio! Briguem depois os senhores pais!..."

Afianço-lhes que o meu tremeu por mim. Eu, encolhido, fazia em superlativo a metáfora sabida das varas verdes[1]. Notando a minha perturbação, o diretor desvaneceu-se em afagos. "Mas para os rapazes dignos eu sou um pai!... Os maus eu conheço: não são as

1 Referência à expressão *tremer como vara verde*, que significa "ter muito medo, estar apavorado".

crianças, principalmente como você, o prazer da família, e que há de ser, estou certo, uma das glórias do Ateneu. Deixem estar...” Eu tomei a sério a profecia e fiquei mais calmo.

Quando meu pai saiu, vieram-me lágrimas, que eu tolhi a tempo de ser forte. Subi ao salão azul, dormitório dos médios, onde estava a minha cama, mudei de roupa, levei a farda ao número 54 do depósito geral, meu número. Não tive coragem de afrontar o recreio. Via de longe os colegas, poucos àquela hora, passeando em grupos, conversando amigavelmente, sem animação, impressionados ainda pelas recordações de casa; hesitava em ir ter com eles, embaraçado da estréia das calças longas, como um exagero cômico, e da sensação de nudez à nuca, que o corte recente dos cabelos desabrigara em escândalo. João Numa, inspetor ou bedel, baixote, barrigudo, de óculos escuros, movendo-se com vivacidade de bácoro alegre, veio achar-me indeciso, à escada do pátio. “Não desce, a brincar?”, perguntou bondosamente. “Vamos, desça, vá com os outros.” O amável bácoro tomou-me pela mão e descemos juntos.

O inspetor deixou-me entre dois rapazinhos, que me trataram com simpatia.

Às onze horas, a sineta deu o sinal das aulas. Os meus bons companheiros, de classes atrasadas, indicaram a sala de ensino superior de primeiras letras, que devia ser a minha, e se despediram.

O professor Mânlio, a quem eu fora recomendado, recomendou-me por sua vez ao mais sério dos seus discípulos, o honrado Rabelo. Rabelo era o mais velho e tinha óculos escuros como João Numa. O vidro curvo dos óculos cobria-lhe os olhos rigorosamente, monopolizando a atenção no interesse único da mesa do professor. Como se fosse pouco, o zeloso estudante fazia concha com as mãos às têmporas, para impedir o contrabando evasivo de algum olhar escapado ao monopólio do vidro.

Esse luxo de aplicação não provinha do simples empenho de fazer atitude de exemplar. Rabelo sofria da vista, tanto que muito tarde pudera entregar-se aos estudos. Recebeu-me com um sorriso benévolo de avô; afastou-se um pouco para me dar lugar e esqueceu-me incontinenti, para afundar-se na devoradora atenção que era o seu apanágio.

Os companheiros de classe eram cerca de vinte; uma variedade de tipos que me divertia. O Gualtério, miúdo, redondo de costas, cabelos revoltos, motilidade brusca e caretas de símio — palhaço dos outros, como dizia o professor; o Nascimento, o “bicanca”, alongado por um modelo geral de pelicano, nariz esbelto, curvo e largo como uma foice; o Álvares, moreno, cenho carregado, cabeleira espessa e intonsa de vate de taverna, violento e estúpido, que Mânlio atormentava, designando para o mister das plataformas de bonde, com a chapa numerada dos recebedores, mais leve de carregar que a responsabilidade dos estudos; o Almeidinha, claro, translúcido, rosto de menina, faces de um rosa doentio, que se levantava para ir à pedra com um vagar lânguido de convalescente; o Maurílio, nervoso, insofrido, fortíssimo em tabuada: cinco vezes três, vezes dois, noves fora, vezes sete?... Lá estava Maurílio, trêmulo, sacudindo no ar o dedinho esperto... Olhos fúlgidos no rosto moreno, marcado por uma pinta na testa; o Negrão, de ventas acesas, lábios inquietos, fisionomia agreste de cabra[1], canhoto e anguloso, incapaz de ficar sentado três minutos, sempre à mesa do professor e sempre enxotado, debulhando um risinho de pouca-vergonha, fazendo agrados ao mestre, chamando-lhe bonzinho, que não correspondia com um sopapo, aventurando a todo ensejo uma tentativa de abraço que Mânlio repelia, precavido de confianças; Batista Carlos, raça de bugre, valido, de má cara, coçando-se muito, como se incomodasse a roupa no corpo, alheio às coisas da aula, como se não tivesse nada com aquilo, espreitando apenas o professor para aproveitar as distrações e ferir a orelha aos vizinhos com uma seta de papel dobrado. Às vezes a seta do bugre ricochetava até a mesa de Mânlio. Sensação; suspendiam-se os trabalhos; rigoroso inquérito. Em vão, que os partistas temiam-no e ele era matreiro e sonso para disfarçar.

Dignos de nota havia ainda o Cruz, tímido, enfiado, sempre de orelha em pé, olhar covarde de quem foi criado a pancadas, aferrado aos livros, forte em doutrina cristã, fácil como um despertador para desfechar as lições de cor, perro como uma cravelha para ceder uma idéia por conta própria; o Sanches, finalmente, grande, um pouco mais moço que o venerando Rabelo, primeiro da classe, muito inteligente, vencido apenas por Maurílio na especialidade dos nove fora vezes tanto, cuidadoso dos exercícios, êmulo do Cruz na doutrina, sem competidor da análise, no desenho linear, na cosmografia.

O resto, uma cambadinha indistinta, adormentados nos últimos bancos, confundidos na sombra preguiçosa do fundo da sala.

Fui também recomendado ao Sanches. Achei-o supinamente antipático: cara extensa, olhos rasos, mortos, de um pardo transparente, lábios úmidos, porejando baba, meiguice viscosa de crápula antigo. Era o primeiro da aula. Primeiro que fosse do coro dos anjos, no meu conceito era a derradeira das criaturas.

Entretinha-me a espiar os companheiros quando o professor pronunciou o meu nome. Fiquei tão pálido que Mânlio sorriu e perguntou-me, brando, se queria ir à pedra. Precisava examinar-me.

De pé, vexadíssimo, senti brumar-se-me a vista, numa fumaça de vertigem. Adivinhei sobre mim o olhar visguento do Sanches, o olhar odioso e timorato do Cruz, os óculos azuis do Rabelo, o nariz do Nascimento, virando devagar como um leme; esperei a seta do Carlos, o quinau[2] do Maurílio, ameaçador, fazendo cócegas ao teto, com o dedo feroz; respirei no ambiente adverso da maldita hora, perfumado pela emanação acre das resinas do arvoredo próximo, uma conspiração contra mim da aula inteira, desde as bajulações de Negrão até a maldade violenta do Álvares. Cambaleei até a pedra. O professor interrogou-me; não sei se respondi. Apossou-se-me do espírito um pavor estranho. Acovardou-me o terror supremo das exibições, imaginando em roda a ironia má de todos aqueles rostos desconhecidos. Amparei-me à tábua negra, para não cair; fugia-me o solo aos pés, com a noção do momento; envolveu-me a escuridão dos desmaios, vergonha

---

1 Ventas... cabra. Difícil de ser enquadrado num estilo de época, *O Ateneu* apresenta, nessa aproximação do homem ao animal, característica naturalista, a qual reaparece, a seguir, na descrição de Sanches.

2 Da expressão *dar quinau*, que significa “mostrar que errou”, “corrigir por palavras”.

eterna! Liquidando-se a última energia... pela melhor das maneiras piores de liquidar-se uma energia.

Do que se passou depois não tenho idéia. A perturbação levou-me a consciência das coisas. Lembro-me que me achei com o Rabelo, na rouparia, e o Rabelo animava-me com um esforço de bondade sincero e comovedor.

Rabelo retirou-se e eu, em camisa, acabrunhado, amargando o meu desastre, enquanto o roupeiro procurava o gavetão 54, fiquei a considerar a diferença daquela situação para o ideal de cavalaria com que sonhara assombrar o Ateneu.

Como tardava o criado, apanhei aborrecido um folheto que ali estava à mesa dos assentos, entradas de enxoval, registros de lavanderia. Curioso folheto, versos e estampas... Fechei-o convulsamente com o arrependimento de uma curiosidade perversa. Estranho folheto! Abri-o de novo. Ardia-me à face inexplicável incêndio de pudor, constringia-me a garganta esquisito aperto de náusea. Escravizava-me, porém, a sedução da novidade. Olhei para os lados com um gesto de culpado; não sei que instinto acordava-me um sobressalto de remorso. Um simples papel, entretanto, borrado na tiragem rápida dos delitos de imprensa. Arrostei-o. O roupeiro veio interromper-me. "Larga daí!", disse com brutalidade, "isso não é para menino!" E retirou o livrinho.

Essa impressão viva de surpresa curou-me da lembrança do meu triste episódio, crescendo-me na imaginação como as visões, absorvendo-me as idéias. Zumbia-me aos ouvidos a palavra aterrada de Aristarco... Sim, devia ser isso: um entravamento obscuro de formas despidas, roupas abertas, um turbilhão de frades bêbados, deslocados ao capricho de todas as deformidades de um monstruoso desenho, tocando-se, saltando a sarabanda diabólica sem fim, no empastado negrume da tinta do prelo; aqui e ali, o raio branco de um falha, fulminando o espetáculo e a gravura, como o estigma complementar do acaso.

A rouparia ocupava grande parte do subchão do imenso edifício, entre o vigamento do soalho e a terra cimentada. Outra parte era destinada aos lavatórios, centenas de bacias, ao longo das paredes e pouco acima num friso de madeira os copos e as escovas de dentes. Terceiro compartimento, além desses, acomodava o arsenal dos aparelhos ginásticos e o dormitório da criadagem. Da rouparia para o recreio central atravessava-se obliquamente o saguão das bacias. Logo a sair ao pátio encontrei o benévolo Rabelo, que me esperava. Insistiu com um requinte importuno de complacência sobre o meu incidente, desculpando-me, explicando-me, absolvendo-me; tornou-se insuportável. Para mudar de conversa pedi informações acerca do nosso professor. Deu-mas ótimas, nem outras daria um aluno exemplar como ele. "Nenhum mestre é mau para o bom discípulo", afirmava uma das máximas de parede.

Era hora de descanso, passeávamos, conversando. Falamos dos colegas. Vi, então, de dentro da brandura patriarcal do Rabelo, descascar-se uma espécie de inesperado Tersito[1], produzindo injúrias e maldições. "Uma cáfila! Uma corja! Não imagina,

1 Figura da mitologia grega que personificava a maledicência. Na máxima "Nenhum mestre é mau para o bom discípulo" percebe-se a orientação pedagógica do Ateneu.

meu caro Sérgio. Conte como uma desgraça ter de viver com essa gente." E esbeiçou um lábio sarcástico para os rapazes que passavam. "Aí vão as carinhas sonsas, generosa mocidade... Uns perversos! Têm mais pecados na consciência que um confessor no ouvido; uma mentira em cada dente, um vício em cada polegada de pele. Fiem-se neles. São servis, traidores, brutais, adulões. Vão juntos. Pensa-se que são amigos... Sócios de bandalheira! Fuja deles, fuja deles. Cheiram a corrupção, empestam de longe. Corja de hipócritas! Imorais! Cada dia de vida tem-lhes vergonha da véspera. Mas você é criança; não digo tudo o que vale a generosa mocidade. Com eles mesmos há de aprender o que são... Aquele é o Malheiro, um grande em ginástica. Entrou graúdo trazendo para cá os bons costumes de quanto colégio por aí. O pai é oficial. Cresceu num quartel no meio da chacota das praças. Forte como um touro, todos o temem, muitos o cercam, os inspetores não podem com ele; o diretor respeita-o; faz-se a vista larga para os seus abusos... Esse que passou por nós, olhando muito, é o Cândido, com aqueles modos de mulher, aquele arzinho de quem saiu da cama, com preguiça nos olhos... Esse sujeito... Há de ser seu conhecido. Mas faço exceções: ali vem o Ribas, está vendo? Feio coitadinho como tudo, mas uma pérola. É a mansidão em pessoa. Primeira voz do Orfeão, uma vozinha de moça que o diretor adora. É estudioso e protegido. Faz a vida cantando como os serafins. Uma pérola!"

— Ali está um de joelhos...?

— De joelhos... Não há perguntar; é o Franco. Uma alma penada. Hoje é o primeiro dia, ali está de joelhos o Franco. Assim atravessa as semanas, os meses, assim o conheço nesta casa, desde que entrei. De joelhos como um penitente expiando a culpa de uma raça. O diretor chama-lhe cão, diz que tem calos na cara. Se não tivesse calos ao joelho, não haveria canto do Ateneu que ele não marcasse com o sangue de uma penitência. O pai é de Mato Grosso; mandou-o para aqui com uma carta em que o recomendava como incorrigível, pedindo severidade. O correspondente envia de tempos a tempos um caixeiro, que faz os pagamentos e deixa lembranças. Não sai nunca... Afastemo-nos que aí vem um grupo de gaiatos.

Um tropel de rapazes atravessou-nos a frente, provocando-me com surriadas.

"Viu aquele da frente, que gritou calouro? Se eu dissesse o que se conta dele... Aqueles olhinhos úmidos de Senhora das Dores... Olhe; um conselho: faça-se forte aqui, faça-se homem. Os fracos perdem-se.[1]

"Isto é uma multidão; é preciso força dos cotovelos para romper. Não sou criança, nem idiota; vivo só e vejo de longe; mas vejo. Não pode imaginar. Os gênios fazem aqui dois sexos, como se fosse uma escola mista. Os rapazes tímidos, ingênuos, sem sangue, são brandamente impelidos para o sexo da fraqueza; são dominados, festejados, pervertidos como meninas ao desamparo. Quando, em segredo dos pais, pensam que o colégio é a melhor das vidas, com o acolhimento dos mais velhos, entre brejeiro e afetuoso, estão perdidos... Faça-se homem, meu amigo! Comece por não admitir protetores."

---

1 Aqui transparece o princípio darwinista da seleção natural das espécies aplicado à vida social.

Ia por diante Rabelo com os extraordinários avisos quando senti puxarem-me a blusa. Quase caí. Voltei-me; vi a distância uma cara amarela, de gordura balofa, olhos vesgos sem pestanas, virada para mim, esgarçando a boca em careta de riso cínico. Um sujeito evidentemente mais forte do que eu. Não obstante apanhei com raiva um pedaço de telha e arremessei. O tratante livrou-se, injuriando-me com uma gargalhada, e sumiu-se. "Muito bem", aplaudiu Rabelo. E, à pergunta que fiz, informou: aquele desagradável rapaz era o Barbalho, que havia de ser um dia preso como gatuno de jóias; nosso companheiro da aula primária, do número dos esquecidos nos bancos do fundo.

O professor Mânlio teve a bondade de adiar o meu exame, e, para salvar-me das conseqüências de escárnio do desastrado incidente da primeira aula, obsequiou-me na seguinte com as melhores palavras de animação. Os rapazes foram generosos. Maurílio acariciou-me a cabeça mimosamente, provando que sabia ser bom o dedinho implacável dos argumentos. Só o amarelo dos olhos vesgos teimava em fazer gaifonas à socapa.

Depois do jantar não tornei a ver o Rabelo. Como freqüentava algumas aulas extraordinárias do curso superior, recolhia-se a certas horas para as salas de cima.

A sala do professor Mânlio era ao nível do pátio, em pavilhão independente do edifício principal; com duas outras do curso primário, o alojamento da banda de música e o salão suplementar de recreio, vantajoso em dias de chuva. Formando ângulo reto com essa casa, uma extensa construção de tijolo e tábuas pintadas, sala geral do estudo no pavimento térreo e dormitório em cima, concorria para fechar metade do quadrilátero do pátio, que o grande edifício completava, estendendo-se em duas alas, como os braços da reclusão severa. No fundo dessa caixa desmedida de paredes, dilatava-se um areal claro, estéril, insípido como a alegria obrigatória; algumas árvores de cambucá mostravam, em roda, a folhagem fixa, com o verdor morto das palmas de igreja, alourada a esmo da senilidade precoce dos ramos que sofrem, como se não coubesse a vegetação no internato; a um canto, esgalgado cipreste subia até as goteiras, tentando fugir pelos telhados.

Sem o Rabelo achei-me aí como perdido, em meio dos rapazes. Os conhecidos da aula desapareciam no tumulto que as salas todas despejavam.

Nem um só de quem me pudesse aproximar. Rente com a parede para que me não dessem atenção, insinuei-me até o lugar donde o inspetor Silvino, um grande magro, de avultado nariz e suíças dilaceradas, olhar miúdo e vivo com chispas, em órbitas de antro, fiscalizava o recreio, graduando a folgança, à mercê de um temível canhenho. Sentava-se à entrada do porão do lavatório. Um pouco além da cadeira do Silvino, fiquei a salvo. Do seguro retiro avistava, no terreiro, fresco das largas sombras da hora, o movimento dos colegas.

Num ponto e noutro formavam-se pequenos sarilhos, condensando irregularmente a dispersão dos alunos. Eram os pobres novatos que os veteranos sovavam à cacholeta, fraternalmente.

Perto de mim vi o Franco. Sempre de penitência; em pé, cara contra a parede. Como Silvino dava-lhe as costas, divertia-se a pegar moscas para arrancar a cabeça e ver morrer o bichinho na palma da mão. Perguntei-lhe por que estava de castigo. Sem olhar, de mau modo: "Lá sei!", disse ele. "Porque me mandaram." E continuou a pegar as moscas. Franco era um rapazola de quatorze anos, raquítico, de olhos pasmados, face lívida, pálpebras pisadas. À fronte, com a expressão vaga dos olhos e a obliqüidade dolorida dos supercílios, pousava-lhe uma névoa de aflição e paciência, como se vê no *Flos Sanctorum*[1]. A parte inferior do semblante rebelava-se; um canto dos lábios franzia-se em contração constante de odiento desprezo. Franco não ria nunca. Sorria apenas, assistindo a uma briga séria, interessando-se pelo desenlace como um apostador de rinha, enfurecendo-se quando apartavam. Uma queda alegrava-o, principalmente perigosa. Vivia isolado no círculo da excomunhão com que o diretor, invariavelmente, o fulminava todas as manhãs, lendo no refeitório perante o colégio as notas da véspera.

Os professores já sabiam. À nota do Franco, sempre má, devia seguir-se especial comentário deprimente, que a opinião esperava e ouvia com delícia, fartando-se de desprezar. Nenhum de nós como ele! E o zelo do mestre cada dia retemperava o velho anátema. Não convinha expulsar. Uma coisa dessas aproveita-se como um bibelô do ensino intuitivo, explora-se como a miséria do ilota[2], para a lição fecunda do asco. A própria indiferença repugnante da vítima é útil.

Três anos havia que o infeliz, num suplício de pequeninas humilhações cruéis, agachado, abatido, esmagado, sob o peso das virtudes alheias mais que das próprias culpas, ali estava — cariátide forçada no edifício de moralização do Ateneu, exemplar perfeito de depravação oferecido ao horror santo dos puros.

Várias vezes nessa tarde fui assaltado pela chacota impertinente do Barbalho. O endemoninhado caolho puxava-me a roupa, esbarrava-me encontrões e fugia com grandes risadas falsas, ou parava-me de súbito em frente, e, revestindo-se de quanta seriedade lhe era suscetível o açafrão da cara, perguntava: "Mudou as calças?" Um inferno. Até que afinal o meu desespero estourou.

Foi à noite, pouco antes da ceia. Estávamos a um canto mal-iluminado do pátio, quase sós. O biltre reconheceu-me e arreganhou uma inexprimível interjeição de mofa. Não esperei por mais. Estampei-lhe uma bofetada. Meio segundo depois, rolávamos na poeira, engalfinhados como feras. Uma luta rápida. Avisaram-nos que vinha o Silvino. Barbalho evadiu-se. Eu verifiquei que tinha o peito da blusa coberto de sangue que me corria do nariz.

Uma hora mais tarde, na cama de ferro do salão azul, compenetrado da tristeza de hospital dos dormitórios, fundos na sombra do gás mortiço, trincando a colcha branca, eu meditava o retrospecto do meu dia.

Era assim o colégio. Que fazer da matalotagem dos meus planos? Onde meter a máquina dos meus ideais naquele mundo de brutalidade, que me intimidava, com os obs-

---

1 Em latim, Flor dos Santos. Nome de um compêndio sobre a vida dos santos.

2 Ilota ou hilota: prisioneiro escravizado, reduzido a servo do estado em Esparta. Segundo alguns historiadores, os jovens soldados espartanos exercitavam-se para a guerra perseguindo e matando periodicamente grupos de hilotas. Observe como o desprezado Franco é usado pelo colégio para demonstrar o mal a ser evitado.

curos detalhes e as perspectivas informes escapando à investigação da minha inexperiência? Qual o meu destino, naquela sociedade que o Rabelo descrevera horrorizado, com as meias frases de mistério, suscitando temores indefinidos, recomendando energia, como se coleguismo fosse hostilidade? De que modo alinhar a norma generosa e sobranceira de proceder com a objeção pertinaz do Barbalho? Inutilmente buscara reconhecer no rosto dos rapazes o nobre aspecto da solenidade dos prêmios, dando-me idéia da legião dos soldados do trabalho, que fraternizavam no empenho comum, unidos pelo coração e pela vantagem do coletivo esforço. Individualizados na debandada do recreio, com as observações ainda mais da crítica do Rabelo, bem diverso sentimento inspiravam-me. A reação do contraste induzia-me a um conceito de repugnância que o hábito havia de esmorecer, que me tirava lágrimas àquela noite. Ao mesmo tempo, oprimia-me o pressentimento da solidão moral, fazendo adivinhar que as preocupações mínimas e as concomitantes surpresas inconfessáveis dariam pouco para as efusões de alívio, a que corresponde o conselho, a consolação.

Nada de protetor, dissera Rabelo. Era o ermo. E na solidão, conspiradas, as adversidades de toda a espécie, falsidade traiçoeira dos afetos, perseguição da malevolência, espionagem da vigilância; por cima de tudo, céu de trovões sobre os desalentos, a fúria tonante de Júpiter-diretor, o tremendo Aristarco dos momentos graves.

Lembranças da família desviaram-me o curso às reflexões. Não havia mais a mão querida para acalentar-me o primeiro sono, nem a oração, tão longe nesse momento, que me protegia à noite como um dossel de amor; o abandono apenas das crianças sem lar que os asilos da miséria recolhem.

A convicção do meu triste infortúnio lentamente, suavemente, aniquilou-me num conforto de prostração e eu dormi.

Pela noite a dentro, comparsas de pesadelo, perseguiram-me as imagens várias do atribulado dia; a pegajosa ternura de Sanches, a cara amarela do Barbalho, a expressão de tortura do Franco, os frades descompostos do roupeiro. Sonhei mesmo em regra. Eu era o Franco. A minha aula, o colégio inteiro, mil colégios, arrebatados, num pé-de-vento, voavam léguas a fora por uma planície sem termo. Gritavam todos, urravam a sabatina de tabuadas com um entusiasmo de turbilhão. O pó crescia em nuvens do solo; a massa confusa ouriçava-se de gestos, gestos de galho sem folhas em tormenta agoniada de inverno; sobre a floresta dos braços, gesto mais alto, gesto vencedor, a mão magra do Maurílio, crescida, enorme, preta, torcendo, destorcendo os dedos sôfregos, convulsionados da histeria do quinau... E eu caía, único vencido! E o tropel, de volta, vinha sobre mim, todos sobre mim! Sopeavam-me, calcavam-me, pesados, carregando prêmios, prêmios aos cestos!

A sineta, tocando a despertar, livrou-me da angústia. Cinco horas da manhã.

3

Se em pequeno, movido por um vislumbre de luminosa prudência, enquanto aplicavam-se os outros à peteca, eu me houvesse entregado ao manso labor de fabricar documentos autobiográficos, para a oportuna confecção de mais uma "infância célebre", certo não registraria, entre os meus episódios de predestinado, o caso banal da natação; de conseqüências, entretanto, para mim, e origem de dissabores como jamais encontrei tão amargos.

"Natação" chamava-se o banheiro, construído num terreno das dependências do Ateneu, vasta toalha d'água ao rés da terra, trinta metros sobre cinco, com escoamento para o Rio Comprido e alimentada por grandes torneiras de chave livre. O fundo, invisível, de ladrilho, oferecia uma inclinação, baixando gradualmente de um extremo para outro. Acusava-se ainda mais essa diferença de profundidade por dois degraus convenientemente dispostos para que tomassem pé as crianças como os rapazes desenvolvidos. Em certo ponto a água cobria um homem.

Por ocasião dos intensos calores de fevereiro e março e do fim do ano, havia aí dois banhos por dia. E cada banho era uma festa, naquela água gorda, salobra da transpiração lavada das turmas precedentes, que as dimensões do tanque impediam a devida renovação; turbulento debate de corpos nus, estreitamente cingidos no calção de malha rajado a cores, enleando-se os rapazes como lampreias, uns imergindo, reaparecendo outros, olhos injetados, cabelos a escorrer pela cara, vergões na pele de involuntárias unhadas dos companheiros; entre gritos de alegria, gritos de susto, gritos de terror; os menores agrupados no raso, dando-se as mãos em cacho, espavoridos, se algum mais forte chegava.

Dos maiores, alguns havia que faziam medo realmente, singrando a braçadas, levando a ombro a resistência d'água; outros precipitavam-se cabeça para baixo, volteando os pés no ar como cauda de peixe, prancheando sem ver a quem. E, borbulhando entre os nadadores, fartas ondas de ressaca emborcavam-se e iam transbordar pelas imediações do banheiro, alagando tudo.

Ao longo do tanque, corria o muro divisório, além do qual ficava a chácara particular do diretor. A distância, viam-se as janelas de uma parte da casa, onde às vezes eram recolhidos os estudantes enfermos, fechadas sempre a venezianas verdes.

Trepada ao muro e meio escondida por uma moita de bambus e ramos de hera, vinha Ângela, a canarina, ver os banhos da tarde. Lançava pedrinhas aos rapazes; os rapazes mandavam-lhe beijos e mergulhavam, buscando o seixo. Ângela, torcendo os pulsos, reclinando-se para trás, ria perdidamente um grande riso, desabrochado em corola de flor através dos dentes alvos.

Ao primeiro banho, amedrontou-me a desordem movimentada.

Procurei o recanto dos menores. Determinava a disciplina a divisão dos banhistas em três turmas, conforme as classes de idade. Mas o descuido da fiscalização permitia que as turmas se confundissem e o inspetor de serviço, com a varinha destinada aos retardatários, vigiava afastado, de sorte que ficavam expostos os mais fracos aos abusos dos marmanjos que as espadanas d'água acobertavam. Mal tinha eu entrado, senti que duas mãos, no fundo, prendiam-me o tornozelo, o joelho. A um impulso violento caí de costas; a água abafou-me os gritos, cobriu-me a vista. Senti-me arrastado. Num desespero de asfixia, pensei morrer. Sem saber nadar, vi-me abandonado em ponto perigoso; e bracejava à toa, imerso, a desfalecer, quando alguém amparou-me. Um grande tomou-me ao ombro e me depôs à borda, estendido, vomitando água. Levei algum tempo para me inteirar do que ocorrera. Esfreguei por fim os olhos e verifiquei que o Sanches me tinha salvo. "Ia afogar-se!", disse ele, amparando-me a cabeça enquanto me desempastava os cabelos de cima dos olhos. Meio aturdido ainda, contei-lhe efusivamente o que me haviam feito. "Perversos!", observou-me o colega com pena, e atribuiu a brutalidade a qualquer peste que fugira no atropelo dos nadadores, desvelando-se em solicitudes por tranqüilizar-me. Tive depois motivo para crer que o perverso e a peste fora-o ele próprio, na intenção de fazer valer um bom serviço.[1]

Mas a conseqüência imediata do fato foi que forcei a repugnância que o Sanches me causava e me fiz todo gratidão para com ele e íntima amizade. Curiosa e acidentada tinha de ser essa minha aventura de apego e confiança.

---

1 Aqui o tempo é predominantemente psicológico, com o narrador contando fatos antigos, porém já elucidados à luz de fatos posteriores.

No Ateneu formávamos a dois para tudo. Para os exercícios ginásticos, para a entrada na capela, no refeitório, nas aulas, para a saudação ao anjo da guarda, ao meio-dia, para a distribuição do pão seco depois do canto. Por amor da regularidade da organização militar, repartiam-se as três centenas de alunos em grupos de trinta, sob o direto comando de um decurião ou "vigilante"[1]. Os vigilantes eram escolhidos por seleção de aristocracia, asseverava Aristarco. Vigilante era o Malheiro, o herói do trapézio; vigilante era o Ribas, a melhor vocalização do Orfeão; vigilante era o Mata, mirrado, corcundinha, de espinha quebrada, apelidado o "mascate", melífluo no trato, nunca punido ninguém sabia por quê, reputação de excelente porque ninguém se lembrava de verificar, que, entretanto, Rabelo apontava como chefe da polícia secreta do diretor; vigilante o Saulo, que tinha três distinções na instrução pública; vigilante Rômulo, mestre *cook*, por alcunha, uma besta, grandalhão, último na ginástica pela corpulência bamba, último nas aulas, dispensado do Orfeão pela garganta rachada de requinta velha, mas exercendo no colégio, por exceção de saliência na largura chata da sua incapacidade, as complexas e delicadas funções de zabumba da banda. Não sei se esse jeito particular para o bombo, fórmula musical do anúncio, não sei se uma célebre herança que Rômulo esperava de afortunados parentes, verdade é que entre todos fora Rômulo apurado por Aristarco para o invejável privilégio de seu futuro genro.

Diversos outros vigilantes contavam-se como esses, eleitos por um critério que dava ensejo a que o escolhido por valentia à barra fixa representava no estudo um papel contristador; vice-versa, outro, como Ribas, exemplar nas aulas, magricela e esgotado, mal podia ao trapézio vacilar a acrobacia simplificada do prumo.

Sanches era também vigilante.

Esses oficiais inferiores da milícia da casa faziam-se tiranetes por delegação da suprema ditadura. Armados de sabres de pau com guardas de couro, tomavam a sério a investidura do mando e eram em geral de uma ferocidade adorável. Os sabres puniam sumariamente as infrações da disciplina na forma: duas palavras ao cerra-fila, perna frouxa, desvio notável do alinhamento. Regime siberiano, como se vê, do que resultava que os vigilantes eram altamente conceituados.

No caso particular da nossa fortuita aproximação, não podia deixar de influir consideravelmente a bela importância colegial do vigilante Sanches. Mas outras circunstâncias concertaram-se para determinar a nova feição das minhas disposições, conforme se acentou depois do incidente do banho.

Já me era lícito julgar iniciado na convivência íntima da escola. Chamado por Mânlio a provas, consegui agradar, conquistando uma aura que me devia por algum tempo favorecer. Encontrei o Barbalho. Tinha a face marcada pelas minhas unhas; evitou-me. No recreio cometi a injustiça de ir deixando o Rabelo. Também o amável camarada tinha na boca um mau cheiro que lhe prejudicava a pureza dos conselhos; demais, falava pren-

1 Se o prédio do Ateneu se assemelha a um quartel, a organização interna mais se parece à de um batalhão militar.

dendo a gente com os dedos de torquês e soltando os aforismos à queima-roupa. Por seu lado o venerando colega correspondeu ao movimento massando-se comigo e amuando. Durante as aulas, em que nos sentávamos perto um do outro, absorvia-se em sua desesperada atenção e era como se estivesse a muitas milhas. Se, todavia, por imprescindível necessidade tinha de me falar, então, dirigia-me a palavra com a habitual afabilidade de jovem cura.

Estava aclimado, mas eu me aclimara pelo desalento, como um encarcerado no seu cárcere.

Depois que sacudi fora a tranca dos ideais ingênuos, sentia-me vazio de ânimo; nunca percebi tanto a espiritualidade imponderável da alma: o vácuo habitava-me dentro. Premia-me a força das coisas; senti-me acovardado. Perdeu-se a lição viril de Rabelo: prescindir de protetores. Eu desejei um protetor, alguém que me valesse, naquele meio hostil e desconhecido, e um valimento direto mais forte do que palavras.

Se não houvesse olvidado as práticas, como a assistência pessoal do Rabelo, eu notaria talvez que pouco a pouco me ia invadindo, como ele observara, a efeminação mórbida das escolas. Mas a teoria é frágil e adormece como as larvas friorentas, quando a estação obriga. A letargia moral pesava-me no declive. E, como se a alma das crianças, à maneira do físico, esperasse realmente pelos dias para caracterizar em definitiva a conformação sexual do indivíduo, sentia-me possuído de certa necessidade preguiçosa de amparo, volúpia de fraqueza em rigor imprópria do caráter masculino. Convencido de que a campanha do estudo e da energia moral não era precisamente uma cavalgata cotidiana, animada pelo clarim da retórica, como nas festas, e pelo verso enfático dos hinos, entristeceu-me a realidade crua. Desiludi-me dos bastidores da gloriosa parada, vendo-a pelo avesso. Nem todos os dias do militarismo enfeitam-se com a animação dos assaltos e das voltas triunfais; desmoralizava-se o ramerrão estagnado da paz das casernas, o prosaísmo elementar da faxina.

Com essa crise do sentimento casava-se o receio que me infundia o microcosmo do Ateneu. Tudo ameaça os indefesos. O desembaraço tumultuoso dos companheiros à recreação, a maneira fácil de conduzir o trabalho pareciam-me traços de esmagadora superioridade; espantava-me a viveza dos pequenos, tão pequenos alguns! O braço do Sanches vinha assim salvar-me, segunda vez, de submersão, acudindo na vertigem do momento.

Eu não estudava; a minha conta era, entretanto, regular, por um concurso de elementos eventuais: direitos da recente matrícula à benevolência, a minha recomendação ao professor Mânlio, com os retalhos alinhavados de ciência anterior. Mantinha-me em satisfatória média; mas o risco da decadência era constante. O método constituía o pior obstáculo; sem o auxílio de alguém, mais prático, estava perdido. Sanches havia sem dúvida de valer-me com a sua capacidade de grande estudante, sobretudo com a boa vontade insinuativa que desinteressadamente manifestava. Sem falar no proveito que rendia essa afeição, empunhando por meu favor o terrível sabre de vigilante, com guardas de couro!

Com efeito, Sanches deu-me a mão como a Minerva benigna de Fénelon[1].

Entrei pela geografia como em casa minha. As anfractuosidades marginais dos continentes desfaziam-se nas cartas, por maior brevidade do meu trabalho; os rios dispensavam detalhes complicados dos meandros e afluíam-me para a memória, abandonando o pendor natural das vertentes; as cordilheiras, imensa tropa de amestrados elefantes, arranjavam-se em sistemas de orografia facílima; reduzia-se o número das cidades principais do mundo; sumindo-se no chão para que eu não tivesse de decorar tanto nome; arredondava-se a cota das populações, perdendo as frações importunas, com prejuízo dos recenseamentos e maior gravame dos úteros nacionais; uma mnemônica feliz ensinava-me a enumeração dos estados e das províncias. Graças à destreza do Sanches, não havia incidente estudado da superfície terrestre que se não colasse ao cérebro como se fosse minha cabeça por dentro o que é por fora a esfera do mundo.

A seu turno a gramática abria-se como um cofre de confeitos pela Páscoa. Cetim cor de céu e açúcar. Eu escolhia a bel-prazer os objetivos como amêndoas, adocicadas pelas circunstâncias adverbiais da mais agradável variedade; os amáveis substantivos voavam-me à roda, próprios e apelativos, como criaturinhas de alfenim alado; a etimologia, a sintaxe, a prosódia, a ortografia, quatro graus de doçura da mesma gustação. Quando muito, as exceções e os verbos irregulares desgostavam-me a princípio; como esses feios confeitos crespos de chocolate: levados à boca, saborosíssimos.

A história pátria deliciou-me em quanto pôde. Desde os missionários da catequese colonizadora, que vinham ao meu encontro, com Anchieta, visões de bondade, recitando escolhidas estrofes do evangelho das selvas, mandando adiante, coroados de flores, pela estrada larga de areia branca, os columins[2] alegres, aprendizes da fé e da civilização; acompanhados da turba selvagem do gentio cor de casca de árvores, emplumados, sarapintados de mil tintas, em respeitosa contrição de fetichismo domado, avultando do seio, do fundo da mata escura como uma marcha fantástica de troncos. Até as eras da Independência, evocação complicada de sarrafos comemorativos das alvoradas do Rocio e de anseios de patriotismo infantil; um príncipe fundido, cavalgando uma data, mostrando no lenço aos povos a legenda oficial do Ipiranga; mais abaixo, pontuadas pelas salvas do Santo Antônio, as aclamações de um povo mesclado que deixou morrer Tiradentes para esbofar-se em vivas ao ramo de café da Domitila.

Cada página era um encanto, prefaciadas pela explicação complacente do colega. Graças à habilidade das suas apresentações, apertei a mão aos mais truculentos figurões do passado, aos mais poderosos. Antônio Salema, o cruel, sorriu-me; o Vidigal foi gentil; dom João VI deixou-me rapé nos dedos. Conheci de vista Mem de Sá, Maurício de Nassau; vi passar o herói mineiro, calmo, mãos atadas como Cristo, barba abundante de

---

1 Referência a Fénelon (1651-1715), prelado e escritor francês, preceptor do duque de Borgonha, para quem escreveu, dentre outros, o livro *As aventuras de Telêmaco*, um herói que recebe ajuda de Minerva.

2 Columim ou curumim, em tupi, quer dizer "meninos", "rapazinhos". Perceba que o ensino da história era mais patriótico que crítico, enquanto o de geografia era centrado na memorização.

apóstolo das gentes, um toque de sol na fronte, lisa e vasta, escalvada pelo destino para receber melhor a coroa do martírio.

A história santa revelou-me esse épico, quem o diria? — o cônego Roquette! E eu bebi a embriaguez musical dos capítulos como o canto profundo das catedrais. Ouvi suspirar a crença, o idílio do Éden, o amor primitivo do Gênesis invejado dos anjos, sob o olhar magnânimo dos leões; ouvi a queixa terna do primeiro par banido para a dor, para o trabalho; Adão vergonhoso, vestindo as parras da primeira *pruderie*[1], Eva a envolver a nudez jovem de lírios na túnica de ouro das madeixas, cobrindo com as mãos o ventre, obscenidade das mães, estigmatizada pela maldição de Deus.

E crescia o canto na abóbada e o órgão falava à tradição inteira do sofrimento humano suplantado pela divindade. Modulava-se a harmonia em suave gorjeio, entoando a elevação dos salmos, o êxtase sensual do Cântico dos Cânticos na boca da Sulamita[2], e a sedução de Booz enredado no estratagema honesto da ternura, e a melancolia trágica de Judite, e a serena glória de Ester, a princesa querida.

Subitamente, entreabria-se o quadro sonoro para irromper o coro das lamentações. Acabavam no ar, lucíolas extintas, os derradeiros sons da harpa de Davi; perdia-se em ecos a derradeira antístrofe de Salomão; sumiu-se à extremidade do campo a imagem de Rute, ao braço o feixe louro de trigo; entrou a Hebréia sombria na tenda de Holofernes, levando nos lábios o beijo assassino; cobriu-se a aparição luminosa de Ester com o sono da noite de Mardoqueu. Era a gama dolente dos terrores. Clamavam as imprecações do dilúvio, os desesperos de Gomorra; flamejava no firmamento a espada do anjo de Senaqueribe; dialogavam em concerto tétrico as súplicas do Egito, os gemidos de Babilônia, as pedras condenadas de Jerusalém. Vozeava o tenebroso grave das pregações dos profetas. Embalde o fulgor das transfigurações como o lívido fuzil escancarava abertas de luz sobre a tormenta noturna; Ezequiel tinha a visão do Eterno; Elias visitava o mistério numa escapada de chamas. Nada. A música solene era o *miserere*. Nem o clarão da alvorada de Belém na Judéia debelava a sombra; nem a miragem viva do Tabor. A epopéia agonizava ao rodar do século; ecoava numa caverna onde havia um túmulo; bradava triunfo um momento pela ressurreição do Justo; morria, enfim, lento, lento, com a prece dos mártires do anfiteatro, com a longínqua prece subterrânea dos refugiados das catacumbas.

A doutrina cristã, anotada pela proficiência do explicador, foi ocasião de dobrado ensino que muito me interessou. Era o céu aberto, rodeado de altares, para todas as criações consagradas da fé. Curioso encarar a grandeza do Altíssimo; mas havia janelas para o purgatório a que o Sanches debruçava-se comigo, cuja vista muito mais seduzia. E o preceptor tinha um tempero de unção na voz e no modo, uma sobranceria de diretor espi-

---

1 "Hipocrisia" em francês.

2 Ao longo desse parágrafo e do seguinte, são feitas referências a personagens de histórias bíblicas, a profetas e ao martírio dos primeiros cristãos.

ritual, que fala do pecado sem macular a boca. Expunha quase compungido, fincando o olhar no teto, fazendo estalar os dedos, num enlevo de abstração religiosa; expunha, demorando os incidentes, as mais cabeludas manifestações de Satanás no mundo. Nem ao menos dourava os chifres, que me não fizessem medo; pelo contrário, havia como que o capricho de surpreender com as fantasias do Mal e da Tentação, e, segundo o lineamento do Sanches, a cauda do demônio tinha talvez dois metros mais que na realidade. Insinuou-me, é certo, uma vez que não é tão feio o dito, como o pintam.

O catecismo começou a infundir-me o temor apavorado dos oráculos obscuros. Eu não acreditava inteiramente. Bem pensando, achava que metade daquilo era invenção malvada do Sanches. E, quando ele punha-se a contar histórias de castidade, sem atenção à parvidade da matéria do preceito teológico, mulher do próximo, Conceição da Virgem, terceiro-luxúria, brados ao céu pela sensualidade contra a natureza, vantagens morais do matrimônio, e porque a carne, a inocente carne, que eu só conhecia condenada pela quaresma e pelos monopolistas do bacalhau, a pobre carne do *beef*, era inimigo da alma; quando retificava o meu engano, que era outra a carne e guisada de modo especial e muito especialmente trinchada, eu mordia um pedacinho de indignação contra as calúnias à santa cartilha do meu devoto credo. Mas a coisa interessava e eu ia colhendo as informações para julgar por mim oportunamente.

Na tabuada e no desenho linear, eu prescindia do colega mais velho; no desenho, porque achava graça em percorrer os caprichosos traços, divertindo-me a geometria miúda, como um brinquedo; na tabuada e no sistema métrico, porque perdera as esperanças de passar de medíocre como ginasta de cálculos e resolvera deixar a Maurílio ou a quem quer que fosse o primado das cifras.

Em dois meses tínhamos vencido por alto a matéria toda do curso; e, com esse preparo, sorria-me o agouro de magnífico futuro, quando veio a fatalidade desandar a roda.

Referi que Sanches me provocava uma repugnância de gosma. Depois do caso da natação, o reconhecimento predominou sobre a repulsa e eu admiti as assiduidades com que de então por diante me quis beneficiar o companheiro. Afinal, porém, tornou-me a aparecer o afastamento instintivo que me separava do rapaz.

Descrente da fraternidade do colégio, cuja personificação representava-me o Barbalho, eu temia o alvoroço do recreio. Conservar-me na sala das lições era uma medida de prudência. Esses intervalos regulamentares de descanso aproveitava-os para me adiantar no curso. Pois bem, durante esses momentos de aplicação excepcional em que ficávamos a sós, eu e o grande, definiu-se o fundamento da antipatia pressentida. A franqueza da convivência aumentou dia a dia, em progresso imperceptível. Tomávamos lugar no mesmo banco. Sanches foi se aproximando. Encostava-se, depois, muito a mim. Fechava o livro dele e lia no meu, bafejando-me o rosto com uma respiração de cansaço. Para explicar alguma coisa, distanciava-se um pouco; tomava-me, então, os dedos e amassava-me até doer a mão, como se fosse argila, cravando-me olhares de raiva injustificada.

Volvia novamente às expansões de afeto e a leitura prosseguia, passando-me ele o braço ao pescoço como um furioso amigo.[1]

Eu deixava tudo, fingindo-me insensível, com um plano de rompimento em idéia; embargado, todavia, pela falta de coragem. Não havia mal naquelas maneiras amigas; achava-as, simplesmente, despropositadas e importunas, máxime não correspondendo à mais insignificante manifestação da minha parte.

Notei que ele variava de atitude quando um inspetor mostrava a cabeça à entrada da sala e quando pretendia informar-me de alguma disciplina transcendente.

Então o mestre singular formalizava-se de gravidade severa e distante. Essa inconstância era o meu alarma. Foi afinal um entretenimento. Eu perdia muitas vezes o fio da leitura para atender às artimanhas daquela novíssima comédia.

Por um dia de muito calor, acabava ele de enunciar como um padre uma página de religião, os diversos atos de Contrição, de Atrição, de Fé, de Esperança, de Caridade, quando propôs que eu lhos repetisse sentado aos seus joelhos. Achei inútil a comodidade e repeti a lição passeando pela sala. Que diabo! Aquele sujeito queria tratar-me definitivamente como um bebê! Com pouco mais lhe daria o excesso de extremos para me oferecer uma volta de cueiros! Ah! Que se ainda me vivesse no ânimo a bravura audaz que trouxera de casa, sem dúvida nenhuma há muito tempo que eu tinha despachado o Sanches com a cartilha pelas ventas. Mas eu era outro, e a vontade vegetava tenra e dúctil como um renovo, depois do aniquilamento da primeira decepção. Fui transferindo o conflito.

Às vezes a minha resistência passiva desapontava o preceptor. Ele encarava-me terrível, como quem diz: "Perde a proteção de um vigilante!", ou disfarçava a impertinência em riso amarelo, numa abstrata expressão de fisionomia, que era aliás o *facies* de uma idéia fixa.

Os exercícios corporais efetuavam-se à tarde, uma hora depois do jantar, hora excelente que habituava a digestão a segurar-se no estômago e não escorrer pela goela quando os estudantes balançavam-se à barra fixa, pelas curvas.

Reconheci o belo campo das manobras quando lá fui pela primeira vez depois da matrícula, tive saudade das flâmulas sobre o gramal verde. Mesmo, porém, desmontada a alegria de encomenda das festas, era um sítio ameníssimo o campo. Descoberto a todo o céu, parecia mais abundante de ar; eu lá vingava os pulmões da compressão cerrada do regime interno.

Findos os exercícios, partia o professor Bataillard, e, guardados por dois inspetores, o Silvino e o João Numa, ou João Numa e o velho Margal, venerando inválido espanhol querido de todos, ou o Margal e o "Conselheiro", tínhamos, os alunos, um prazo de recreio até cair a noite.

Uma vez, ao escurecer, passeando eu calado, com o Sanches igualmente, vendo escapar o dia para além das montanhas, percebi que o meu companheiro balbuciava uma pergunta. Falou desatento, admirando o crepúsculo com a testa franzida, na meia abstração que era o seu

---

1 Note como o narrador sugere certo clima de homossexualismo.

ríctus costumeiro. Estávamos a um rodeio da avenida que circundava o gramal, oposto à cancela onde conversavam os inspetores. Os colegas jogavam a barra através da grama ou divertiam-se ao *saut-de-mouton*[1] em pontos afastados. Como não apreendi a pergunta, o Sanches repetiu. Escapou-me involuntário o riso... Abarbava-me a mais rara espécie de pretendente! Eu ria com franqueza, mas abismado. Era de uma extravagância original aquele Sanches! Hoje ele é engenheiro em uma estrada de ferro do Sul, um grave engenheiro...

Vendo que não nos podíamos entender, meteu entre nós o esplendor da tarde, e resolvemos o embaraço concordando ambos num parecer unânime a respeito.

Durante os dias que se seguiram, Sanches esteve frio. Tive medo de perdê-lo. Deume as lições sem uma só das intragáveis ternuras. Exprimia-se brevemente, entre enfezado e triste. Suspeitei uma revolução de caráter e julguei ter achado o que me convinha: um amigo moderado, que me livrasse dos vexames da vida colegial dos pequenos. O caso era outro. Sanches compreendera que a ingenuidade tinha contaminado os zelos do seu ensino. Manobrava, então, para voltar à carga.

Entretanto deu-se o cuidado de insistir na preparação edificante.

Inventou uma análise de *Os lusíadas*, livro de exame cuja dificuldade não cessava de encarecer.

Guiou-me ao canto nono[2], como a uma rua suspeita. Eu gozava criminosamente o sobressalto dos inesperados. Mentor levou-me por diante das estrofes, rasgando na face nobre do poema perspectivas de bordel a fumegar alfazema. Bárbaro! Havia um trajo de modéstia sobre a verdade do vocábulo; ele rasgava as túnicas de alto a baixo, grosseiramente. Fazia do meneio grácil de cada verso uma brutalidade ofensiva. Eu o acompanhava sem remorso; reputava-me vagamente vítima e me dava à crueldade, submisso, adormecido na vantagem da passividade. A análise aguilhoava as rimas; as rimas passavam, deixando a lembrança de um requebro impudente. E o ar severo do Sanches imperturbável.

Tomava cada período, cada oração, altamente, com o ademã sisudo do anatomista: sujeito, verbo, complementos, orações subordinadas; depois o significado, zás! Um corte de escalpelo, e a frase rolava morta, repugnante, desentranhando-se em podridões infectas.

Iniciou da mesma forma um curso pitoresco de dicionário. O dicionário é o universo. Gaba-se de esclarecimento, mas atordoa à primeira vista como a agitação das grandes cidades desconhecidas. Encarreirados nas páginas consideráveis, os nomes seguem estranhamente com a numerosa prole dos derivados, ou sós, *petits-maîtres*[3] faceiros, os galicismos; vaidosos *dandies*[4] os de proveniência albiônica. Molestam-nos com a maneira desdenhosa, porque os não conhecemos. As significações prolongam-se intérminas,

---

1 Em francês, literalmente, "salto-de-carneiro". Refere-se a uma brincadeira infantil na qual os participantes saltam uns por cima das costas dos outros, alternadamente.

2 Nesse canto do poema *Os lusíadas*, de Luís de Camões, são narrados os prazeres amorosos dos navegadores portugueses que participaram da expedição de Vasco da Gama às Índias.

3 e 4 Tanto no francês *petits-maîtres* como no inglês *dandies* (plural de *dandy*), "pessoas vestidas com exagerado requinte".

entrecruzam-se em confusa rede topográfica. O inexperiente não conquista um passo na imensa capital das palavras. Sanches estava afeito. Penetrou comigo até os últimos albergues da metrópole, até a cloaca máxima dos termos chulos. Descarnou-me em caricatura de esqueleto a circunspeção magistral do Léxicon, como poluíra a elevação parnasiana do poema.

Eu me sentia amesquinhado sob o peso das revelações. Causava terror aquela sabedoria de coisas nunca sonhadas. O honrado diretor espiritual percebeu que havia agora um ascendente do domínio que me curvava. Olhava-me então de frente e tinha ousados risos de malícia. Depois dos dias de reserva, chegou-se de novo com uma segurança de possuidor forte. Eu andava num deplorável desmantelo de energia. Rabelo, de vez em quando, acabrunhava-me, através dos óculos azuis, com um olhar de desprezo ou condolência ainda mais aviltante. Meu pai vinha ver-me todas as semanas; eu mostrava os prêmios de aplicação, conversava de casa; o resto calava. Sempre desconfiado e receoso dos outros, o meu companheiro era quase exclusivamente Sanches. Sempre juntos eu e ele. Sabia-se no Ateneu que ele era meu explicador, supunham até que pago. Não causavam estranheza nossas relações.

Contudo Sanches, como os mal-intencionados, fugia dos lugares concorridos. Gostava de vaguear comigo, à noite antes da ceia, cruzando cem vezes o pátio de pouca luz, cingindo-me nervosamente, estreitamente, até levantar-me do chão. Eu aturava, imaginando em resignado silêncio o sexo artificial da fraqueza que definira Rabelo.

Estimulado pelo abandono, que lhe parecia assentimento tácito, Sanches precipitou um desenlace. Por uma tarde de aguaceiro errávamos pelo saguão das bacias, escuro, úmido, recendendo ao cheiro das toalhas mofadas e dos ingredientes dentifrícios, solidão favorável, multiplicada pelos obstáculos à vista que ofereciam enormes pilares quadrados em ordem a sustentar o edifício, quando, sem transição, o companheiro chegou-me a boca ao rosto e falou baixinho.

Só a voz, o simples som covarde da voz, rastejante, colante, como se fosse cada sílaba uma lesma, horripilou-me, feito o contato de um suplício imundo. Fingi não ter ouvido; mas houve intimamente a explosão de todo o meu asco por semelhante indivíduo, e muito calmo, desviando apenas a vista, pretextei a falta de um lenço, que me endefluxara a friagem, e fui buscá-lo.

Fora da zona magnética em que me cativava o bom amigo, concertaram-se os meus instintos sopitados de revolta e Sanches passou a ser um desconhecido. Sacrificava-se de golpe o amigo, o explicador e o vigilante; um rasgo de heroicidade. Ao primeiro encontro depois do rompimento, o homem viu que estava tudo acabado. Andou a rondar-me temperando o olhar com um brilho de facadas.

A ocasião é que não era a melhor para o conflito. Conveniências do ensino tinham feito dividir-se em duas turmas a aula do professor Mânlio, e eu fora incluído na seção confiada ao Sanches, como auxiliar idôneo. A conseqüência foi o que devia ser. Maltratado e condenado pelo ajudante, provando mal em razão do sobressalto no exame de verificação a que me sujeitou o professor, desmoralizado em repreensão solene com grande regozijo do Sanches, jurei vingança. Escandalizaria o mundo com uma vadiação sem exemplo! Percorrera a matéria toda em rápida antecipação de estudo. Isso, porém, não bastava. Bastasse! Foi o meu lema. E toca a desandar. Fiquei abaixo do Barbalho, aliás fora de classificação decente: fiquei abaixo do Álvares. Fui o último da aula! Resultado razoável, para emprego de uma energiazinha que despontava.

Ao mesmo tempo, como os filósofos atribulados, busquei a doce consolação dos astros.

Aristarco iniciara um curso noturno de cosmografia.

Estrelas era com ele. O nobre ensino! Nenhum professor, sob pena de expulsão, abalançava-se a intrometer-se nas onze varas[1] da camisola de astrólogo. E vissem-no, à janela, indicando as constelações, impelindo-as através da noite com o pontudo dedo! Nós, discípulos, não víamos nada; mas admirávamos. Bastava ele delinear sabiamente um agrupamento estelino às alturas para cada um de nós por seu lado ficar mais *a quo*[2]. E voava, fugindo, à poeira fosforescente.

Quanto a mim, o que sobretudo maravilhava-me era a coragem com que Aristarco fisgava os astros, quando todos sabem que apontar estrelas faz criar verrugas.

Uma vez, muito entusiasmado, o ilustre mestre mostrou-nos o Cruzeiro do Sul. Pouco depois, cochichando com o que sabíamos de pontos cardeais, descobrimos que a janela fazia frente para o norte; não atinamos. Aristarco reconheceu o descuido: não quis desdizer-se. Lá ficou a contragosto o Cruzeiro estampado no hemisfério da estrela polar.

Eu tomei amor às coisas do espaço e estudava profundamente a mecânica do infinito pelo compêndio de Abreu.

Para as noites brumosas, Aristarco tinha os aparelhos. Uma infinidade de maquinismos do ensino astronômico, exemplificando o sistema solar, a teoria dos eclipses, a gravitação dos satélites, as esferas concêntricas, terrestre e celeste, a de dentro, de cartão lustrado, a de fora, de vidro. Um atravancamento indescritível, sobre a mesa, de estrelas e arames torcidos, rodas dentadas de latão, lâmpadas frouxas de nafta parodiando o sol. Aristarco dava à manivela e girava tudo. Com o *pince-nez* grosso de tartaruga à ponta do nariz, dominava o tropel dos mundos.

"Vêem", dizia, explicando a natureza, "vêem a minha mão aqui?"

Mostrava a mão direita, ao realejo, bela manopla felpuda de fazer inveja a Esaú[3]: "É a mão da Providência!"

---

1 Referência à antiga expressão: *meter-se em camisa de onze varas*, que significa "meter-se em apuros".

2 Expressão latina que significa "da parte de cá". Nesse contexto significa "ficar sem saber".

3 Referência irônica a Esaú, que, segundo o relato bíblico, tinha as mãos bastante peludas. Aliás, seu nome, em hebraico, quer dizer "peludo". Note que o diretor é a "mão da Providência" que rege o universo.

4

Período sereno da minha vida moral, capítulo a escrever sobre uma banqueta de altar, ou com o alfabeto azul que delineia o fumo do incenso no ar tranqüilo, inolvidáveis tréguas de íntimo sossego em toda a minha juventude, eis em que se tornou a minha amarga descida ao fundo descrédito escolar.

A astronomia, como os céus do salmo, levou-me à contemplação. O mal na terra, descrito pelo Sanches com uma perícia de conhecedor e praticante, tomou vulto no seio das minhas cogitações. A incredulidade primeira acabou em meu espírito, reconhecendo o descalabro desse val de lágrimas em que vivemos. Ao tempo que devia consagrar à minha reabilitação nos estudos, pus-me a estudar, como Inácio de Loiola[1], talvez, na mesma idade, a reabilitação do mundo.

Encarnei o pecado na figura de Sanches e carreguei. Nutria talvez no íntimo o ambicioso interesse de um dia reformar os homens com o meu exemplo pontifical de

---

1 Inácio de Loiola (1491-1556): foi o fundador da Companhia de Jesus, que tinha por objetivo, após a Reforma protestante, recuperar o mundo para a Igreja católica e para a salvação.

virtudes no sólio de Roma; mas a verdade é que me dediquei conscienciosamente ao santo empenho de merecer essa exaltação, preparando-me com tempo. Perdido o ideal cenográfico de trabalho e fraternidade, que eu quisera que fosse a escola, tinha de soltar para outras bandas os pombos da imaginação. Viveiro seguro era o céu. Ficava-me a vendagem da eterna felicidade, que se não contava.

Acresce que predispunha ao enlevo a tristeza opressa de discípulo mau em que eu jazia. E, como aos pequenos esforços que tentava para reerguer-me ninguém dava atenção, deixei-me ficar insensível, resignado, como em desmaio sob um desmoronamento. Tinha a consciência em paz, a consciência que é o espetáculo de Deus. Servia-me a crença como um colchão brando de malandrice consoladora. Note-se de passagem que, apesar dos anseios de bem-aventurança, eu ia mal no catecismo como no resto.

A mais terrível das instituições do Ateneu não era a famosa justiça do arbítrio, não era ainda a *cafua*, asilo das trevas e do soluço, sanção das culpas enormes. Era o "Livro das notas".

Todas as manhãs, infalivelmente, perante o colégio em peso, congregado para o primeiro almoço, às oito horas, o diretor aparecia a uma porta com a solenidade tarda das aparições e abria o memorial das partes.

Um livro de lembranças comprido e grosso, capa de couro, rótulo vermelho na capa, ângulos do mesmo sangue[1]. Na véspera cada professor, na ordem do horário, deixava ali observação relativa à diligência dos seus discípulos. Era o nosso jornalismo. Do livro aberto, como as sombras das caixas encantadas dos contos de maravilha, nascia, surgia, avultava, impunha-se a opinião do Ateneu. Rainha caprichosa e incerta, tiranizava essa opinião sem corretivo como os tribunais supremos. O temível noticiário, redigido ao sabor da justiça suspeita de professores, muita vez despedidos por violentos, ignorantes, odiosos, imorais, erigia-se em censura irremissível de reputações. O julgador podia ser posto fora por uma evidenciação concludente dos seus defeitos; a difamação estampada era irrevogável.

E pior é que lavrava o contágio da convicção e surpreendia-se cada um consecutivamente de não haver reparado que era mesmo tão ordinário tal discípulo, tal colega, reforçando-se passivamente o conceito até consumar-se a obra de vilipêndio quando, por último, o condenado, sem mais uma sugestão de revolta, achava aquilo justo e baixava a cabeça. A opinião é um adversário infernal que conta com a cumplicidade enfim da própria vítima.

Com exceção dos privilegiados, os vigilantes, os amigos do peito, os que dormiam à sombra de uma reputação habilmente arranjada por um justo conchavo de trabalho e cativante doçura, havia para todos uma expectativa de terror antes da leitura das notas. O livro era um mistério.

---

1 Vermelho e sangue. Veja como o narrador caracteriza esse livro de triste lembrança e que encerrava sofrimento e castigo.

À medida que se desenrolava a gazetilha, as ânsias iam serenando. Os vitimados fugiam, acabrunhados de vergonha, oprimidos sob o castigo incalculável de trezentas carinhas de ironia superior ou compaixão de ultraje. Passavam junto de Aristarco ao sair para a tarefa penal de escrita. O diretor, arrepiando uma das cóleras olímpicas que de um momento para outro sabia fabricar, descarregava com o livro às costas do condenado, agravante de injúria e escárnio à pena de difamação. O desgraçado sumia-se no corredor, cambaleando.

Quando a coisa não dava para cóleras, Aristarco limitava-se a sublinhar com uma ponderação qualquer a sentença catedrática; ora uma exclamativa de espanto, ora uma ameaça, ora um insulto vivo e breve, ora um conselho amortalhado em fúnebre dó.

Às vezes enlaçava com dois dedos o menino pela nuca, e o voltava tremente e submisso para o colégio atento, oferecendo-o às bofetadas da opinião: "Vejam esta cara!..."

A criança, lívida, fechava os olhos.

Em compensação, não havia expressamente punições corporais.

O professor Mânlio, sempre considerando a recomendação, poupou-me longamente ao castigo formidável das partes. Perdeu por fim a paciência e fulminou-me.

No dia seguinte ao almoço, amargava eu, sem açúcar que me bastasse, o resto do café, quinado da expectativa (porque Mânlio tinha me prevenido), quando ouvi Aristarco, alargando pausas dramáticas de comoção, ler, claro, severo: "O senhor Sérgio tem degenerado..."

Eu havia figurado já na gazetilha do Ateneu com algumas notas de louvor; guardou-se a sensação para a nota má. O diretor olhou-me sombrio.

No fundo do silêncio comum do refeitório, cavou-se um silêncio mais fundo, como um poço depois de um abismo. Senti-me devorado por esse silêncio hiante. A congregação justiceira dos colegas voltou-se para mim, contra mim. Os vizinhos de lugar à mesa afastaram-se dos dois lados, para que eu melhor fosse visto. De longe, da copa, chegava um ruído argentino, horrível, de colheres à lavagem; os tamarineiros no parque ciciavam ao vento.

Aristarco foi clemente. Era a primeira vez, perdoou.

A pior hipótese do sistema do pelourinho era quando o estudante ganhava o calo da habitualidade, um assassinato do pudor, como sucedia com o Franco.

Dias depois da terrível nota, voltava eu a figurar com outra má, menos filosoficamente redigida, porém agravada de reincidência. Aristarco não perdoou mais. Houve ainda terceira, quarta, por diante. Cada uma delas doía-me intensamente; contudo não me indignavam. Aquele sofrimento eu o desejava, na humildade devota da minha disposição atual. Chorava à noite, em segredo, no dormitório; mas colhia as lágrimas numa taça, como fazem os mártires das estampas bentas, e oferecia ao céu em remissão dos meus pobres pecados, com as notas más boiando.

No recreio, andava só e calado como um monge. Depois do Sanches não me aproximava de nenhum colega, senão incidentemente, por palavras indispensáveis. Rabelo tentou atrair-me; eu desviava. Sanches rancoroso perseguia-me como um demônio. Dizia coisas imundas. "Deixa estar, jurava entre dentes, que ainda hei de tirar-te a vergonha." Na qualidade de vigilante levava-me brutalmente à espada. Eu tinha as pernas roxas dos golpes; as canelas me incharam. Se Barbalho se lembra de vingar a bofetada, creio que me submetia à letra evangélica[1].

Durante esse período de depressão contemplativa uma coisa apenas magoava-me: não tinha o ar angélico do Ribas, não cantava tão bem como ele. Que faria se morresse, entre os anjos, sem saber cantar?

Ribas, quinze anos, era feio, magro, linfático. Boca sem lábios, de velha carpideira, desenhada em angústia — a súplica feita boca, a prece perene rasgada em beiços sobre dentes; o queixo fugia-lhe pelo rosto, infinitamente, como uma gota de cera pelo fuste de um círio...

Mas quando, na capela, mãos postas ao peito, de joelhos, voltava os olhos para o medalhão azul do teto, que sentimento! Que doloroso encanto! Que piedade! Um olhar penetrante, adorador, de enlevo, que subia, que furava o céu como a extrema agulha de um templo gótico!

E depois cantava as orações com a doçura feminina de uma virgem aos pés de Maria, alto, trêmulo, aéreo, como aquele prodígio celeste de garganteio da freira Virgínia em um romance do conselheiro Bastos.

Oh! Não ser eu angélico como o Ribas! Lembro-me bem de o ver ao banho: tinha as omoplatas magras para fora, como duas asas!

Eu era feliz nesse tempo, quando invejava o Ribas.

Havia na minha febre religiosa certo número de reservas, que pareciam o germe de futuro libertino, como dizem os padres mineiros; eu não admitia a confissão, não pensava em comunhão, estranhava os exageros do culto público, votava antipatia aos homens de batina. Santa Rosália era a minha devoção.

Por que Santa Rosália? Não havia motivo: era uma pequena imagem em cartão, gravura de aço e aguadas de fino colorido, lembrança que me dera uma prima, então morta, e eu guardava em memória amável.

Era boa a priminha. Mais velha do que eu três anos, carinhosa, maternal comigo. Brincava pouco, velava pelos irmãos, pela ordem da casa, como uma senhora. Tinha os olhos grandes, grandes, que pareciam crescer ainda quando fitavam, negros, animados de um movimento suave de nuvem sobre céu macio; o semblante claro, branco, puro, de marmórea pureza, coando uma transparência de sangue a cada face. Raro falava; desconhecia a agitação, ignorava a impaciência. Sabia talvez que ia morrer. Ao vê-la passar, sem rumor, como os espectros femininos do sonhador americano, leve na terra como o roçar da veste de um anjo, sentia-se com aperto de coração que não pertencia ao mundo

1 Referência ao preceito bíblico segundo o qual o cristão não deve revidar à violência recebida: "A quem te esbofetear a face direita, oferece-lhe também a outra" (Mateus, 5:39).

aquela criança: buscava, errante na vida, buscava apenas o repouso da forma, sob a campa, em sítio calmo, de muito sol, onde chorassem as rosas pela manhã e a liberdade etérea do sentimento.

Um dia, não sei se do pranto que tinha nos olhos, vi animar-se o rosto à pequenina gravura. Eu pensava na prima; descobri na imagem uma identidade comovente de traços fisionômicos com a pequenina morta. Guardei então, como um retrato, Santa Rosália.

Com a evolução de misticismo era natural completar-se a consagração da estampa, canonizada triunfantemente no concílio ecumênico dos meus mais íntimos votos.

Era a sala geral do estudo, à beira do pátio central, uma peça incomensurável, muito mais extensa do que larga. De uma das extremidades, quem não tivesse extraordinária vista custaria a reconhecer outra pessoa na extremidade oposta. A um lado, encarreiravam-se quatro ordens de carteiras de pau envernizado e os bancos. À parede em frente perfilavam-se grandes armários de portas numeradas, correspondentes a compartimentos fundos, depósito de livros. Livros é o que menos se guardava em muitos compartimentos. O dono pregava um cadeado à portinha e formava um interior à vontade. Uns, os futuros *sportmen*, criavam ratinhos, cuidadosamente desdentados a tesoura, que se atrelavam a pequenos carros de papelão: outros, os políticos futuros, criavam camaleões e lagartixas, declarando-se-lhes precoce a propensão pelo viver de rastos e pela cambiante das peles; outros, entomologistas, enchiam de casulos dormentes a estante e vinham espiar a eflorescência das borboletas; os colecionadores, Ladislaus Netos um dia, fingiam museus mineralógicos, museus botânicos, onde abundavam as delicadas rendas secas de filamentos das folhas descarnadas; outros davam-se à zoologia e tinham caveiras de passarinho, ovos vazados, cobras em cachaça. Um desses últimos sofreu uma decepção. Guardava preciosamente o crânio de não sei que fenomenal quadrúpede encontrado em escavações de uma horta, quando se verificou que era uma carcaça de galinha!

Eu tive a idéia de armar em capela o compartimento do meu número. Havia compartimentos enfeitados de cromos e desenhos: o meu seria um bosque de flores, e eu acharia uma lâmpada minúscula para conservar lá dentro acesa. Ao fundo, em dourado *passe-partout*[1], alojaria Santa Rosália, a padroeira.

O projeto caiu pela dificuldade das flores. Pagando a um criado, mal conseguia um bogari, um botão qualquer por dia. Tive de acomodar a gravura na gaveta do móvel que possuíamos ao dormitório perto da cama, para as escovas e os pentes.

E todos os dias, sobre o papel, testemunho de assídua veneração, depositava uma flor, mantendo na gaveta o clima tépido dos meus fervores, simbolizados num tributo de perfume.

Quando, no dia primeiro, sorriram as rosas místicas de maio, saudei-as enternecido do alto das janelas do salão azul, como as mensageiras do amor de Maria[2].

1 Em francês, "porta-retrato", "moldura".

2 Na mística católica, maio é o mês dedicado a Nossa Senhora, sendo costume se realizarem celebrações especiais.

Iam começar os hinos pela manhã no oratório do Ateneu. Abençoados momentos de contrição e ternura, em que a disposição venturosa do corpo, depois do banho, vivia um pouco o recolhimento da poesia cristã, no magnífico salão, guardando ainda, como os vapores matinais das escarpas, as últimas sombras da noite por entre os crespos do estuque.

O sol vinha também à capela e colava de fora a fronte às vidraças, brando ainda do despertar recente, fresco da *toilette* da aurora, com medo de entrar, corado da vergonha de não rezar, pobre astro ateu. Pelas janelas abertas, esgalhavam-se para dentro frondosas ramas de jasmineiro, como uma invasão de florestas; e os jasmins de véspera, cansados, debulhavam-se em conchinhas de nácar pelo soalho, mortos, expirando no ambiente a alma livre do aroma.

Nós, ajoelhados, ressentidos da influência moral do cenário, orávamos sinceramente. Não havia muito mal a colher nos corações daquela mocidade, naquele instante, repousando na trégua da oração das miseriazinhas da hora comum.

Eu não olhava para o altar. Lá estava rica, no trono iluminado, sobre três ordens de palmas, a imagem da Senhora da Conceição Imaculada, alteando à fronte a coroa de prata, onde engastavam pedraria os reflexos das luzes. A minha contrição, o meu canto pertenciam a Santa Rosália, ao querido cartão singelo que eu trazia dentro da blusa de brim, que comprimia ao peito com a mão, exacerbando o êxtase da fé pelo magnetismo do santo contato.

O mês de maio foi a culminação do período anagógico de crença. Coincidiu com essa época levarem-no ao leito os incômodos de meu pai, impedindo-lhe as visitas do costume ao Ateneu. Eu pensava nos seus sofrimentos, e era isso mais um tema para as variações do misticismo.

A neblina de melancolia, baixada sobre o colégio da altura da cordilheira, repercussão da tristeza verde das matas, pesava-me aos ombros como a loba de um seminarista, como o voto de um frade: eu passeava na circunscrição do recreio como num claustro, olhando as paredes, brancas como túmulos caiados, limitando as preocupações do espírito à minha humilhação diante de Deus, sem olhar para cima, na modéstia curvada dos brutos — anulando-me a mim mesmo na angústia do pensamento religioso, como no saco de pano bicudo, preto, do farricoco.

O céu, que a imaginação buscara dantes como os cânticos buscam os zimbórios, caía agora sobre mim como um solidéu de bronze.

Triste e feliz.

Ninguém sabia dos sonhos e atribuíam à excentricidade o meu amor à solidão e ao sossego.

Durante o hino do anjo da guarda, no recreio abrigado, ao meio-dia, os estudantes, afogueados e transpirando ainda dos folguedos, paletós empapuçados sobre a cinta de couro, cabelos revoltos, não tomavam o rito a sério, e era a dureza dos vigilantes que os constrangia ao respeito daqueles dez minutos de religião. Só o Ribas e eu... E se não diminuíam as aflições da Terra e os nossos apertos, não é que o não pedíssemos ao Anjo...

Cantávamos a primeira estrofe (o Ribas marcava o diapasão) e as seguintes, até a última, que acabavam todas por uma longa nota esfusiada em foguete, cantávamos com um esforço de adoração que bem compensaria, em caso de balança, a leviandade irreverente de todos os colegas.

O diapasão do Ribas era uma deliciosa nota, tratada a pastilhas, guardada a *cachenez*[1] nos dias frios, furto sem dúvida ao tesouro de gorjeios de algum sabiá descuidado. Aristarco adorava essa nota. Às vezes, na aula de música chamava o Ribas e pedia-lhe aquela, aquela... a do hino...

Ribas candidamente, por agradar ao diretor, punha de fora a mimosa nota, como uma balinha do parto cor de âmbar, na ponta da língua. Ao meio-dia era o momento. Ribas volvia os olhos e deixava partir, primeiro que todos, o precioso som. O colégio entoava depois; e as vozes iam todas, as nossas, em perseguição da primeira. Baldado esforço; que a do Ribas recolhia-se aos coros celestiais, festejada na cordialidade fraternal dos harmônicos, ao passo que as nossas, desenganadas, voltavam da investida num retrocesso icário, desmembradas, desengonçadas, espaços a baixo como um bando de garças tontas. A distância, o conjunto podia passar por um cântico.

Uma hora de oração que aborrecia era a da noite, antes do recolher.

O movimento do dia sobrecarregava-nos com uma reação irresistível de fadiga. O sono chumbava-nos as pestanas com linhas de tarrafa. O harmônio da capela, dedilhado pelo Sampaio, hoje médico-parteiro, e aplicado a extrair vagidos como outrora extraía os acordes, produzia vagarosamente roncos de soneira da sesta de um tigre, fungados sonoros da digestão dormida de um abade. Alguns meninos cantavam cabeceando, desmaiando a voz em vastos bocejos. Nas primeiras linhas, dos pequenos, estavam muitos de olhos fechados, bem longe dos cuidados da prece. Eu gozava o prazer da mortificação, sustendo-me fervoroso durante a reza noturna.

Para isso, levara no bolso um punhado de pedrinhas com que formava no soalho um genuflexório despertador, fitando arregaladamente os olhos, ardidos de sono, na lingüeta tiritante do fogo das velas...

Aludi várias vezes ao revestimento exterior de divindade com que se apresentava habitualmente Aristarco.

Era um manto transparente, da natureza daquele tecido leve de brisas trançadas de Gautier[2], manto sobrenatural que Aristarco passava aos ombros, revelando do estofo nada mais que o predicado de majestade, geralmente estranho à indústria pouco abstrata dos tecelões e à trama concreta das lançadeiras.

Ninguém conseguiria tocar com o dedo a misteriosa púrpura. Sentia-se, porém, o influxo da realeza impalpável.

---

1 Francês: manta longa e estreita com que se agasalha o pescoço e parte do rosto até o nariz.
2 Théophile Gautier (1811-1872): poeta francês.

Assim é que um simples olhar do diretor imobilizava o colégio fulminantemente, como se levasse no brilho ameaças de todo um despotismo cruento.

O diretor manobrava esse talento de império com a perícia do corredor sobre o *pur sang*[1] sensível.

A sala geral do estudo tinha inúmeras portas. Aristarco fazia aparições de súbito a qualquer das portas, nos momentos em que menos se podia contar com ele.

Levava as aparições às aulas, surpreendendo professores e discípulos. Por meio desse processo de vigilância de inopinados, mantinha no estabelecimento por toda a parte o risco perpétuo do flagrante como uma atmosfera de susto. Fazia mais com isso que a espionagem de todos os bedéis. Chegava o capricho a ponto de deixar algumas janelas ou portas como votadas a fechamento para sempre, com o fim único de um belo dia abri-las bruscamente sobre qualquer maquinação clandestina da vadiagem. Sorria então no íntimo, do efeito pavoroso das armadilhas, e cofiava os majestosos bigodes brancos de marechal, pausadamente, como lambe o jaguar ao focinho a pregustação de um repasto de sangue.

Nos momentos de ira e de exaltações eloqüentes é que sabia fazer-se em verdade divino. Era mais que uma revelação temerosa do Olimpo; era como se Júpiter mandasse Mercúrio[2] catar à Terra os raios já disparados e os unisse ao estoque inavaliável dos arsenais do Etna, para soltar tudo de uma só vez, de uma só cólera, num só trovão, aniquilando a natureza sob a bombarda onipotente.

Mas não somente parodiava ele os furores olímpicos. Aquela alma dúctil de artista sabia decair até a blandícia, até a lágrima a propósito.

Júpiter guardava para a oportunidade a carícia de edredom, o gesto flexuoso do soberano cisne[3]. Expandia-se às vezes sobre o Ateneu em rompimentos de amor paterno, tão derramado, tão jeitosamente sincero, que não tínhamos remédio senão replicar no mesmo tom, por um madrigal de enternecimentos de filhos.

E admirávamos.

A hora solene do meio-dia Aristarco aproveitava para distribuir uma merenda de conselhos, depois do canto e antes de outra de fatias, incomparavelmente mais bem recebida. Muitas vezes não eram só conselhos. Também reprimendas em massa por culpas coletivas, arrecadações de cigarros ou pequenos processos sumários em que se averiguava a autoria de delitos importantes, como encher de papel picado uma sala, cuspir às

1 Em francês, puro-sangue.

2 Referências à mitologia clássica. Júpiter (equivalente ao Zeus grego) era o rei dos deuses e habitava o Monte Olimpo, na Grécia. Era o deus do Céu, da Luz, do Tempo, do Raio e do Trovão. Mercúrio (em grego Hermes) era considerado o mensageiro dos deuses e particularmente de Júpiter, a quem servia com zelo infatigável. Etna é um vulcão ativo da Sicília (Itália) onde, segundo a mitologia, eram forjados por Vulcano os raios destruidores de Júpiter.

3 Segundo a mitologia clássica, Júpiter (Zeus) seduziu uma mortal (Leda) tomando a forma de um cisne.

paredes, molhar a privada, e mesmo muito mais graves, como num episódio do Franco, que se prende ao período beato das minhas reminiscências.

Assistia o mestre com a atenção do costume à reza cantada, fazendo girar nos dedos uma medalha do relógio sobre o colete, na abertura do fraque. Ao final, depois de um intervalo preparatório, aperitivo de emoções, tomou a palavra num tom solene de revelação e referiu, com toda a grandeza de que era suscetível, a hipótese, reclamando a indignação vingadora do Ateneu.

Franco, no domingo da véspera, aproveitando a largura da vigilância no dia vago, fora vadiar ao jardim. E, para tomar água de um poço aí existente, cuja bomba não funcionava em regra, deliberou, imaginem, umedecer a bucha aspiradora com um líquido que Moisés seria capaz de obter no árido deserto, sem milagre mesmo e sem Horeb[1]. Agora considerem que o referido poço fornecia água para a lavagem dos pratos.

Um murmúrio de horror elevou-se das alas de estudantes.

"Adianta-te, Franco", mandou Aristarco.

Com a insensibilidade pétrea que o encouraçava para as humilhações, saiu Franco do lugar e de cabeça baixa, como um cão, foi parar no centro da sala. Ali esteve por alguns segundos, exposto, no meio do enorme quadrado de alunos. Os olhares caíam-lhe em cima, como os projéteis de um fuzilamento.

O que mais indignava era pensar que se havia comido em pratos lavados depois da profanação irremediável da linfa. Passado esse efeito, com que contava para a punição moral, o diretor concluiu o libelo. Ficássemos tranqüilos, estavam puros os lábios. Franco tinha sido surpreendido por um copeiro que o prendera, e fora a bomba incontinenti declarada interdita.

Muita gente duvidou da oportunidade da interdição. Limpavam com asco a língua no lenço, esfregavam a boca até esfolar.

"O porco", bramia Aristarco. "O grandíssimo porco", repetia como um deus fora de si. Em redor todos apoiavam a energia da corrigenda. Resolveu-se, porém, deixar com vida o criminoso.

Aristarco marcou apenas dez páginas de castigo escrito à noite, e passar de joelhos as horas de recreio, a começar da presente.

Formulado o veredicto, Franco caiu de rótulas no soalho com estampido, como se repentinamente se lhe houvesse estalado às pernas uma mola.

"Aí não! Aqui, tratante!", gritou o diretor, indicando a porta do salão. Cantava-se a oração do meio-dia, como sabem, na casa das recreações em dia de chuva, que alargava três boas portas para o pátio central. Aristarco estava perto da do meio.

De joelhos nesse ponto, Franco, ao pelourinho: diante das chufas dos maus e da alegria livre de todos. Como essa porta era caminho dos rapazes até as bandejas onde se elevavam as pilhas sedutoras da merenda, ficava ainda o condenado com um reforçozinho

1 Monte da região do Sinai, em Israel, onde, segundo a Bíblia, Moisés fez jorrar água de um rochedo para o povo sedento (Êxodo 17, 1-7).

de pena. Passando por ele, os mais enfurecidos deram empurrões, beliscaram-lhe os braços, injuriaram-no. Franco respondia a meia voz, por uma palavrinha porca, repetida rapidamente, e cuspia-lhes, sujando a todos com o arremesso dos únicos recursos da sua posição.

Até que um grande, mais estouvado, fê-lo cair contra o portal, ferindo a cabeça. A esse Franco não respondeu; pôs-se a chorar.

Os inspetores fiscalizavam o serviço do pão, prevenindo espertezas inconvenientes.

Escaparam-lhes os maus-tratos.

As desventuras do pobre rapaz e as minhas próprias haviam me levado para o Franco. Eu me constituíra para ele um quase amigo. Franco era silencioso, como arreceado de todos, tristonho, de uma melancolia parente da imbecilidade; tinha acessos refreados de raiva, queixas que não sabia formular. Os livros, causa primeira de seus desgostos, faziam-lhe horror. A necessidade de escrever por castigo promovera nele a habilidade dos galés: adquirira um desembaraço pasmoso na faina de encher de garranchos páginas e páginas. Essa interminável escrita fizera-lhe calos ao canto das unhas: meus dedos perderam o brio, dizia ele nos momentos de amargo humor, em que improvisava sarcasmos contra si mesmo.

A princípio fugia de mim, resmungando coisas indecifráveis. Depois aceitou-me. Mas não excediam as suas confidências o restritíssimo limite de uns grunhidos de aversão, história de desastres pândegos que sabia, ingênuas observações a respeito de assuntos infantis, referências de ódio aos superiores.

Uma vez recebeu carta da província, uma das poucas que lhe chegavam por ano. Depois da leitura percebi que tinha lágrimas nos olhos. O pranto era-lhe um acontecimento na fisionomia, invariavelmente de uma pasmaceira de máscara de arame. Interessei-me por aquele sofrimento; ele deu-me a carta a ler. O pai de Franco era um pobre desembargador desterrado nos confins de Mato Grosso, com oito filhos. Uma carta dolorosa. Fora entregue diretamente pelo caixeiro do correspondente, escapando à curiosidade do diretor, que gostava de espiar a correspondência dos alunos. Falava em vir à corte no fim do ano, com todos os sacrifícios, falava em encontrar o filho bom menino, educado, estudioso. Contava depois, entre exclamações consternadas, que uma filha, a mais velha, desaparecera do colégio onde estava, em companhia de um professor de piano, homem casado, sendo encontrada três ou quatro dias depois ao abandono. Em vão tinham feito perguntas à infeliz no interesse da punição do culpado; sepultara-se a mocinha num mutismo desolador, como se houvesse perdido a voz, recusando alimento, não tirando do chão os olhos desvairados, escravos da contemplação demente da vergonha.

— Como tem descido Sérgio — lastimavam os inspetores, palestrando a ordem do dia com o diretor —, é o íntimo do Franco.

Ainda que isso não fosse rigorosamente exato, não foi surpresa para mim ver o excomungado convidar-me para uma extraordinária empresa à noite. "Vingar-me da corja!", murmurava, gargarejando um riso incompleto e azedo. Isso à tardinha, depois da ginástica, no mesmo dia do processo da bomba.

Conseguira no lusco-fusco escapar à sala onde o haviam encerrado para a tarefa das páginas. E juntos eu e ele, porque eu lhe aceitara o convite com uma facilidade que ainda hoje não compreendo, galgamos um canto de muro que havia no pátio e saltamos para o jardim florestal.

Embaixo das árvores era já noite espessa. Demos uma volta no escuro acompanhando a curva de uma alameda. O Franco ia adiante calado, andando leve e rápido como uma sombra no ar. Eu o seguia irresistivelmente, como sonhando, num sonho de curiosidade e de espanto. Que ia fazer o Franco? Aonde ia ele? Chegamos ao capinzal, a um de cujos lados extremos ficava a natação. Logo ao portão de ingressos nesse terreno, havia um depósito de lixo, onde os jardineiros acumulavam as varreduras da chácara, negrejando putrefatas, virando estrume ao tempo.

Franco deteve-se junto ao monturo. Sempre em silêncio e ativamente como para não perder aquele raro estímulo de vontade que o impelia, foi examinando o lixo com o pé.

A um canto, entre tocos de bambu, tiniram garrafas. Franco abaixou-se e como em ação mecânica, sem se voltar, apanhou uma garrafa, outra e outra; foi-me dando, sobraçou ainda outras e prosseguimos, o Franco adiante, leve e rápido sempre no seu andar de sombra, como suspenso e difuso na névoa quase lúcida do campo aberto.

Atravessamos o capinzal quase sumidos entre as altas bandas de capim-de-angola, cuja escura vastidão constelava-se de vagalumes e vibrava da grita intensa dos grilos e do clamor dos sapos. Diante da natação o Franco parou e me fez parar. "A minha vingança!", disse entre dentes, e me indicou a tolha d'água do grande tanque. A massa líquida, imóvel, na calma da noite, tinha o aspecto de lustrosa calçada de azeviche; algumas estrelas repetiam-se na superfície negra com uma nitidez perfeita.

Com o mesmo modo atarefado de todo aquele singular empreendimento o Franco acercou-se de mim, tirou-me as garrafas que me dera e desapareceu da minha vista.

Eu ouvi que ele quebrava as garrafas uma por uma. Daí a pouco reaparecia, trazendo as abas da blusa em regaço. E começou a lançar então com o maior sossego ao tanque, para todos os lados, aqui, ali, dispersamente, como semeando as lascas do vidro que partira. Um breve rumor de mergulho borbulhava à flor d'água, abrindo-se em círculos concêntricos os reflexos do céu. Eu vi muitas vezes contra o albor mais claro do muro fronteiro, passando, repassando, a sombra do sinistro semeador.

"A minha vingança!", repetiu-me ainda o Franco. "Para o sangue, sangue", acrescentou com o risinho seco.

"Amanhã rirei da corja!... Trouxe-te aqui para que alguém soubesse que eu me vingo!"

Ao falar mostrava-me o lenço que enxugara o sangue do golpe à testa.

O justo terror da aventura, em lugar vedado, por aquelas horas, só me assaltou quando, a pular o muro do pátio, fui cair entre as mãos do Silvino. Nos apuros da alhada, mal vi o Franco seguro pelo pescoço, como um ladrão em flagrante.

Em presença do diretor, no escritório inquisitorial, improvisei uma mentira. Fôramos colher sapotis, afirmei, explicando à tremenda argüição a estranheza da surtida. O diretor marcou a pena de oito páginas. Franco, que andava com um déficit de vinte pelo menos, teve de acrescentar mais essas ao passivo insolvável. Pela vergonha da tentativa de furto e no sistema dos castigos morais, adicionou-se a observação suplementar: passaríamos, os delinqüentes, no outro dia, as horas do almoço e do jantar, ao refeitório, de pé, carregando em cada mão quantos sapotis coubessem.

Todo o requinte de punição não me deu cuidado; pelo contrário, estava nas condições do meu programa de pequeno mártir *ad majorem gloriam*[1]. Ao deixar o escritório outra coisa preocupava-me. Ardia de remorsos; tinha cacos de garrafa na consciência. A armadilha sanguinária de Franco obsedava-me como um delito meu.

Depois das horas do serão de estudo, quando se retiravam os estudantes para os dormitórios, fiquei com o Franco a trabalhar. Tive de suspender, ao fim de quatro páginas. Devorava-me o remorso como uma febre; aterrava-me a idéia do banho na manhã seguinte, os rapazes atirando-se à vingança pérfida, a água toldada de rubro. Impossível fazer mais uma linha. Deixei o companheiro e fugi para o salão dos médios.

A excitação recrudesceu; eu rolava na cama sobre um tormento de lascas cortantes. Que fazer? Denunciar o Franco de madrugada? Correr às escuras e abrir o escoadouro ao tanque? Prevenir os colegas, pedindo que espalhassem? A controvérsia avultava-me no crânio como uma inchação de meninges. Dar-se-ia caso que Franco, possuído de arrependimento, fosse apresentar cedinho aos inspetores a delação do próprio feito? Cheguei a tentar o engodo da consciência com a ponderação de que talvez não saltassem ao tanque muitos de uma vez, e o primeiro ferido salvaria os outros. Mas a febre vencia, com a perspectiva do sangue. Dez, vinte, trinta rapazes, à borda, gemendo, extraindo dificilmente da carne as lascas encravadas! E eu, cúmplice, que o permitira, e maior culpado, que me não cegava a razão em suma de justa desforra...

Ergui-me da cama, e descalço nas tábuas frias, para ver se me acalmava o mal-estar, errei pelos salões adormecidos.

Os colegas tranqüilos, na linha dos leitos, afundavam a face nas almofadas, palejante da anemia de um repouso sem sonhos. Alguns afetavam um esboço comovedor de sorriso ao lábio; alguns a expressão desanimada dos falecidos, boca entreaberta, pálpebras entrecerradas, mostrando dentro a ternura embaciada da morte. De espaço a espaço, os lençóis alvos ondeavam do hausto mais forte do peito, aliviando-se depois por um desses longos suspiros da adolescência, gerados, no dormir, da vigília inconsciente do coração. Os menores, mais crianças, conservavam uma das mãos ao peito, outra a pender da cama, guardando no abandono do descanso uma atitude ideal de vôo. Os mais velhos, contorcidos no espasmo de aspirações precoces, vergavam a cabeça e envolviam o travesseiro num enlace de carícias. O ar de fora chegava pelas janelas abertas, fresco, temperado da exalação noturna das árvores; ouvia-se o grito compassado de um sapo, martelando os segundos, as horas, a pancadas de tanoeiro; outros e outros, mais longe. O gás, frouxamente, nas arandelas de vidro fosco, bracejando dos balões de asa de mosca, dispersava-se igual sobre as camas, doçura dispersa de um olhar de mãe.

---

1 *Ad majorem gloriam (Dei)*: divisa latina que significa “para maior glória de Deus”.

Que venturosa segurança naquele museu do sono! E amanhã, pobres colegas! O banho, a volta, pés ensangüentados, listrando de vestígios vermelhos o caminho!

Voltei ao meu salão. Tirei da gaveta a imagem de Santa Rosália; beijei-a com lágrimas, pedi conselho como um filho. A inquietação não passava. Atravessei ainda os dormitórios, devagarinho que me não ouvisse o Margal, acomodado num biombo a um dos ângulos do salão azul. Uma crepitação dos ossos do tornozelo esteve a ponto de me comprometer. Dentro do biombo, tossiram; parei um momento; curou-se a tosse; prossegui.

Desci ao primeiro andar do edifício; entrei na capela.

A capela em trevas, de um negrume absoluto de merinó preto. A escuridão dava-lhe uma amplitude de subterrâneo, misteriosamente sentida no espaço. Não tive medo. Fui até ao altar. Tropecei no estrado. Ajoelhei-me no chão e descansei a testa nos braços a um dos ângulos do estrado do oratório. Rezei.

Na qualidade de mau estudante não sabia até o fim nenhuma oração. Rogava por minha conta, improvisando súplicas, veementes, angustiosas, que deviam forçar a ombro a porta de São Pedro. Implorava de Deus diretamente, sem o intermediário empenho da minha padroeira. Até que, não posso dizer como, adormeci.

Uma palmada acordou-me. Era dia. Ergui-me vexado, de camisola, diante do Margal e de uma porção de colegas que miravam. "É sonâmbulo, é sonâmbulo", explicavam.

Essa saída dispensava-me de dizer a que fora ali; encampei a explicação, concordando. "Que horas são?", perguntei. "Seis horas, responderam. Chegamos agora do banho." Tinham os cabelos empastados sobre os olhos. "E os cacos?!", gritei espavorido. Examinei os pés dos companheiros. Nas chinelas com que desciam ao banho não via sangue! Esclarecia-se: houvera ordem de banhos de chuva no competente banheiro, alojado em um dos cômodos baixos do Ateneu, pelo motivo de ter servido seis vezes a água da natação. Graças ao Senhor! Vinha-me do céu essa solução de águas sujas, alcançada pela minha prece. Dilatou-se-me a alma em ditoso alívio.

À minha interjeição explosiva de cacos, os colegas supuseram tontura de sono. Não assim o inspetor, que me chamou a indagar. Nova mentira: durante a escapada dos sapotis, uma garrafa, que arremessei de mau jeito, fizera-se em cacos contra o muro, sobre o tanque. Providenciou-se. O criado encarregado de varrer o tanque, com o zelo da domesticidade, chamou atenção para o número dos fragmentos; tão extraordinária era a hipótese da intenção perversa que não pegou.

No mesmo dia estive com o Franco, durante os recreios, a completar a pena. Não me disse palavra acerca da decepção da sua vingança. Julgando-se comprometido, concentrava-se na insensibilidade de carapaça que o defendia, esperando tudo, a minha delação, uma trovoada de doestos, a cafua, um acréscimo ao déficit permanente da dívida penal. Aborrecia-se, porém, da necessidade de ser punido por um fiasco de tentativa.

Quanto ao requinte da exposição no refeitório, mãos cheias de sapotis, não houve meio de obrigar-me Aristarco. Concordara em ficar de pé; não era pouco. Franco naturalmente submeteu-se e lá esteve, braços abertos, a fazer de fruteira, no interesse do sistema das punições morais. Tanto melhor para o sistema.

À vista da relutância, calculou-se em páginas de escrita quanto podiam valer dois punhados de sapotis; redução difícil, que a justiça colegial alcançou matematicamente, pronunciando uma condenação que me daria que fazer até mais de meia-noite.

Esse rasgo de vigor mentia ao meu religioso papel de submissão e sofrimento. Foi o repentino prenúncio de próxima reforma no interior espiritual. E, como as evoluções da vontade sabem extrair de qualquer fato a hermenêutica do determinismo, deu-se imediatamente uma ocorrência que ponderou muito na transformação.

De noite, novamente ao lado do Franco, a fatigar-me na tarefa das páginas, tive de ficar até tarde numa das salas do primeiro andar. Pelas dez e meia, o diretor antes de sair para casa veio ver-nos. "Ainda escrevem... estes peraltas?...", disse-nos de enorme altura, à guisa de boas-noites, e desapareceu confiando-nos ao amável João Numa, bácoro, inspetor das salas de cima. Na sua qualidade de gorducho, o João não era diligente. Apenas viu partir Aristarco, trancou a última porta do Ateneu e foi dormir.

Acabrunhado pela noitada anterior, estava eu de sono que mal podia erguer a cabeça. De uma vez que cedi ao cansaço fui despertado por sentir que me alisavam a mão. Adormecera sobre o braço direito contra a carteira, pousando o rosto na tinta do castigo, deixando cair o braço esquerdo para o banco. Um instante depois estava fora da sala, de um pulo, como se tivesse reconhecido em sonhos que o Franco era um monstro.

Ao dia imediato saí da cama como de uma metamorfose. Imaginei, generalizando errado, que a contemplação era um mal, que o misticismo andava traidoramente a degradar-me: a convivência fácil com o Franco era a prova. O Ateneu honrava-me, por esse tempo, com um conceito que só depois avaliei. Eu não me julgava assim tão apeado, mas supus-me direitamente a caminho de um mergulho. Se a alma tivesse cabelos, eu registraria nesse ponto um fenômeno de horripilação moral.

Fiquei perplexo.

O triunfo na escola podia ser o Sanches, em compensação a humildade vencida era o Franco. Entre os dois extremos repugnantes, revelavam-se-me três amostras típicas à linha do bem viver: Rabelo, um ancião; Ribas, um angélico; Mata, o corcunda, um polícia secreta. Para angélico decididamente não tinha jeito, estava provado, nem omoplatas magras; para ancião, não tinha idade, nem óculos azuis, nem mau hálito; para ser o Mata, faltava-me o justo caráter e a corcova... Onde estava o dever? Na cartilha? Na opinião de Aristarco? Na misantropia senil dos óculos azuis?

Salteou-me nisto, às avessas, o relâmpago de Damasco[1]: independência.

---

1 Referência ao episódio bíblico da súbita conversão de Saulo (Paulo de Tarso) ao cristianismo: "Então, na viagem, aproximava-se de Damasco, quando repentinamente reluziu em volta dele uma luz no céu, e ele caiu ao chão e ouviu uma voz dizer-lhe: 'Saulo, Saulo, por que me persegues?" (Atos, 9:3-4). Ao dizer que com ele houve uma transformação semelhante, mas às avessas, o narrador chama a atenção, com ironia, para a decisão de abandonar totalmente a religiosidade que até então o atraíra.

5

Devo, entretanto, à minha efeméride religiosa a maior soma de gratidão. Suavizou-me com a complacência divina o período de vadiação profunda e amolecimento hipnótico com que me pesou a atmosfera do Ateneu. Toda a perseguição de castigos, sem prejuízo da minha delicadeza moral, resvalava pelo cilício da penitência; eu emergia forte das provações. Que tranqüilidade, na apatia, ter por fiador a Deus!

Íamos à missa nos domingos. Todos abriam os livrinhos para que o diretor os visse atentos. Eu não abria o meu. Deixava apenas fugir-me o espírito para o alto e aderir à abóbada como as decorações sagradas, ajustar-se estreitamente aos detalhes da arquitetura do templo como o ouro sutil dos douradores, conservar-se lá em cima, ávido ainda de ascensão, ambicioso de céu como a baforada dos turíbulos.

Havia acessos comunicativos de tosse que lavravam nas fileiras. Eu não tossia. Havia convulsões de riso, malcontidas no lenço, maldominadas por um olhar de Aristarco, de joelhos à frente do colégio e mãos cruzadas sobre o castão do unicórnio; como certa vez que um cão brejeiro e sem princípios, mesmo ao elevar-se a santa Partícula, entrou e escapou-se como o casquete de um fiel contrito. Eu resistia ao riso.

Cantávamos ao coro em dias solenes. Melhor organização vocal possuiria o Orfeão do que a minha; mas, se cantassem os corações em vez dos lábios, nenhum hino evolaria mais largo, mais belo que o meu. Traziam-nos água com açúcar num jarro de vidro para molhar as cordas vocais. Eu rejeitava essa doçura terrena.

O Ateneu concorria para o brilhantismo das procissões. Eu embrulhava-me amplamente na opa, encarnada como os sacrifícios, que me podia enrolar três vezes; empunhava uma tocha que me martirizava os dedos com os pingos ardentes de cera. E lá ia, cobiçando ainda a força lombar dos mascates para ter às costas, eu só, aqueles pesados andores; invejando o garbo ao presidente da filarmônica particular Prazer do Rio Comprido, que vinha após no préstito, com o estandarte S.P.M.P.R.C., e o punho atlético de um equilibrista de perchas para levar correto e rijo os balançados guiões.

Com que tristeza, ao entrar a procissão, quando o diretor mandava-nos seguir para o colégio, com que tristeza não espiava de longe, pela porta, o interior flamejante do templo! Lá ficava a festa de Deus... E nós para o Ateneu soturno, em marcha inexorável! Eu sacudia a cabeça com desespero; não podia sofrer a privação daquela alegria, gozar na alma a orgia de fogo dos altares, subir, com o pensamento, degraus, degraus, ao trono cintilante, arrojando-se para cima na escalada da Glória.

Depois desses entusiasmos foi-se-me a religião escurecendo.

Era meu vizinho, na sala geral do estudo, Barreto, um personagem duplo, que representava, nas horas de recreio, a folgança em pessoa e tinha momentos de meditação trevosa com esgares de terror e falava da morte, da outra vida, rezava muito, tinha figas de pau, bentinhos, medalhazinhas em cordões, que saltavam fora do seio ao brinquedo.

Iniciara-me Sanches no Mal; Barreto instruiu-me na Punição. Abria a boca e mostrava uma caldeira de inferno; as palavras eram chamas; ao calor daquelas práticas, as culpas ardiam como sardinhas em frege.

Barreto andara num seminário rigoroso, regime de nitro para congelar as ardências da idade. Era magro, testa de Alexandre Herculano[1], beiços finos, olhos pretos, refulgentes, saídos, fisionomia geral de caveira em pele ressecada de múmia. No queixo viam-se-lhe dois fios únicos de barba, em caracol, cada um para a sua banda.

Só ele, talvez, conheceu-me as preocupações beatas. Senhor do meu fraco, pôs-me a informar dos pavores da fé com a ênfase satisfeita de um cicerone. Recordo-me de um assunto: a comunhão sacrílega! A propósito, Barreto deu-me um livro a ler, um livro cruel, que descrevia coisas dignas de Moloc[2]: crianças diretamente justiçadas pela celeste cólera, uma delas que, por haver comungado sem confissão prévia, iludindo ao sacerdote, fora apanhada pela roupa entre dois cilindros de aço duma máquina e reduzida a pasta, acabando impenitente, maldita, sem tempo para um ai-jesus... Era-me incrível que de uma simples hóstia pudesse a taumaturgia da crendice obter tantos efeitos de terror.

1 Referência irônica ao historiador, romancista e poeta português Alexandre Herculano (1810-1877).

2 Divindade de Canaã a que se teriam sacrificado vítimas humanas.

Barreto comentava reforçando. Metia medo aceso em iras santas de pregador, demonstrando quão longe ainda estavam os castigos da Providência, na Terra, dos suplícios da eternidade. Descrevia o inferno como se tivesse visto. Rúbida caverna, dragões verde-negros, cor de limo, serpentes de ferro em brasa enroscando os condenados, demônios fulvos revolvendo tachos de asfalto em fusão, outros espíritos caudatos levando a chuço magotes para os tachos, de inconsoláveis réprobos.

Li a *Nova floresta*, de Bernardes. O reverendíssimo autor veio retocar a obra do Barreto com as suas narrativas de iluminado terrífico.

Comecei a achar a religião de insuportável melancolia. Morte certa, hora incerta, inferno para sempre, juízo rigoroso: nada mais negro!

Era cedo demais para que eu pudesse pesar filosoficamente a revelação; encontrei, todavia, embaraço invencível no ritual das cerimônias. Eu que, nos melhores dias, não conseguira formular literalmente uma só prece do catecismo, esbarrei definitivamente na prescrição fastidiosa do preceito. Ir à missa, muito bem; mas o resto, e ainda mais a dependência dos senhores ministros do culto... Em duas palavras: a sacristia e o inferno, prováveis escândalos e horrores inevitáveis, desgostaram-me de tudo. Demais, eu tinha por vezes tentado dar boa conta, estudando um pouco e rezando muitíssimo, com um pequeno jejum ainda por cima; ao dia seguinte, nota má! Era um descrédito para o favor divino. Que custava à Suma Onipotência modificar em lição sabida uma ignorância sofrível, como transmutara em fartura sem conta uma miséria de cinco pães[1]?

Ia-se por essa forma a exaltação dos meus fervores, quando me achei envolvido no episódio dos cacos. A atribulação do remorso reacendeu por um momento a chama decadente; o resultado da minha súplica nesse duro transe não provara mal; muito adiantada, porém, ia a decomposição do meu êxtase. Eu esqueci a circunstância com a ingratidão fácil dos pretendentes servidos. E cheguei à conclusão audaz.

Não tendo força para estacar de arranco a torrente dos séculos cristãos, consegui ao menos ficar à margem. Ignorante do ateísmo, limitei-me a voltar o rosto aos fantasmas do eterno. Subi ao dormitório, tirei da gaveta Santa Rosália, guardei a flor da última oferenda, seca, porque a minha pontualidade de culto falseava já, depus-lhe em despedida um ósculo, e, sem mais profanação, fi-la baixar à sala de estudo, onde cometi-lhe o modesto encargo de marcar as páginas de um volume. Estava demitida a minha padroeira!

Pouco depois, algum apaixonado de gravuras raptou-ma, e eu lamentei apenas perder a lembrança da saudosa prima.

Maio tinha passado e as rosas; acabaram-se as orações à Virgem. Sem os hinos da manhã, sem o sorriso a cores de Santa Rosália, restava-me o Deus dos novíssimos, das comunhões sacrílegas, o Deus selvagem do Barreto. Positivamente não quis saber do

1 Referência ao episódio bíblico em que Cristo multiplicou cinco pães e dois peixes, alimentando assim cinco mil pessoas (Mateus 14, 13-21). Note que, após período místico, Sérgio enfrenta crise religiosa.

carrasco; alijei a metafísica como um pesadelo. E me achei de novo sozinho no Ateneu; sozinho mais do que nunca. Com os astros apenas do meu compêndio, panorama da noite consoladora.

E ainda bem, que voltava da crença pela Via-Láctea, como para a crença fora. Retirada honrosa de um desengano.

Os dias de saída eram de quinze em quinze. Partia-se ao domingo, depois da missa; voltava-se à segunda-feira antes das nove da manhã. Os dias santos de guarda ocasionavam saídas de véspera. O comissário dos gêneros e despenseiro insistia com o diretor afrouxasse mais o sistema de feriados. Os rapazes precisam *passear*, grifava ele, com a liberdade de mordomo confidente. Aristarco replicava com a invenção cordata dos gêneros de terceira, elasticidade insensível dos orçamentos.

Havia, porém, saídas extraordinárias de prêmio ou de obséquio.

A cada lição julgada boa, o professor assinava um papelucho amarelo, *bom ponto*, e entregava ao distinto. Dez prêmios desses equivaliam a um cartão impresso, "boa nota", como dez vezes vinte réis em cobre valem um níquel de duzentos. O sistema decimal aplicava-se mais à conquista de um diploma honroso, equivalente a um baralho de dez cartões de boa nota. Com tal diploma era o estudante candidato à condecoração final de uma medalha, de prata ou de ouro, conforme fosse mais ou menos ótimo nos diversos superlativos do merecimento escolar. Reduzia-se assim a papel o valor pessoal, na *clearing-house*[1] da diretoria; ou, melhor: adaptava-se a teoria de Fox[2] ao processo das recompensas, com todos os riscos de um câmbio incerto, sujeito aos pânicos de bancarrota, sem um critério de justiça, a garantir, sob a ostentação do papel-moeda, a realidade de um numerário de bem-aquilatada virtude.

Fosse como fosse, certo é que, com os bilhetes de boa nota, comprava-se uma saída, e isso era o importante, como nos países de más finanças: desde que o papel tem curso, de que vale o valor?

Inútil é dizer que me não chegavam nunca as saídas de prêmio. Tanto melhor me sabiam as outras.

Durante a primeira quinzena de colégio, o pensamento de um feriado e regresso à família inebriou-me como a ansiedade de um ideal fabuloso. Quando tornei a ver os meus, foi como se os houvesse adquirido de uma ressurreição milagrosa. Entrei em casa desfeito em pranto, dominado pela exuberância de uma alegria mortal. Surpreendia-me a ventura incrível de mirar-me ainda nos olhos queridos, depois da eternidade cruel de duas semanas. Não! A magnanimidade do cataclismo temido favorecera o meu teto. Deus permitira, na largueza pródiga da suma bondade, que eu revisse a nossa casa sobre os alicerces, o nosso tão lembrado teto e a chaminé tranqüila a fumar o *spleen*[3] infinito das coisas imóveis e elevadas.

---

1 Expressão, em inglês, que significa "câmara de compensação". Perceba a ironia do narrador ao associar a aprendizagem a um sistema contábil e comercial.

2 Menção ao estadista britânico Charles Fox (1749-1806), defensor da aristocracia.

3 Em inglês, "tédio", "melancolia".

Com o tempo habituei-me à feliz probabilidade de achar na mesma os prezados lares, e ousei nos momentos da cisma colegial fundamentar projetos de divertimento sobre a esperança de que, abusando a minha ausência e só para me atormentar o coração, a terra se não havia de abrir e devorar exata e exclusivamente o que me era mais caro.

Não foram, porém, preocupações pueris de temor nem prospectos de folguedo que levei ao primeiro dia de saída depois da demissão de Santa Rosália.

Vinha buscar-me um criado. Eu, adiante do portador, na minha fardeta de botões dourados, parti do Ateneu, grave e mudo como um diplomata a caminho da conferência. Ia efetivamente ruminando a mais séria das intenções: afrontar uma entrevista franca com meu pai, descrever-lhe corajosamente a minha situação no colégio e obter um auxílio para reagir.

Meu pai acabava de deixar o leito. Nada sabia dos meus últimos insucessos. Ficou admirado e consternado. Daí o êxito completo da minha entrevista.

Dias depois, no colégio, eu era um pequeno potentado. Derrubei o Sanches; consegui a revogação da disciplina das espadas; reconquistei a benevolência de Mânlio; levantei a cerviz! Desembaraçado do arbítrio pretensioso de um vigilante, o trabalho agradou-me. Um conselho de casa afirmou-me que havia a nobre opinião de Aristarco e a opinião ainda melhor da cartilha, mas havia uma terceira, a minha própria, que, se não era tão boa, tão abalizada como as outras, tinha a vantagem alta da originalidade. Com uma palavra fez-se um anarquista.

Daí por diante era fatal o conflito entre a independência e a autoridade. Aristarco tinha de roer. Em compensação, adeus esperanças de ser um dia vigilante! Principalmente: adeus indolência feliz dos tempos beatos!

Para a campanha da reação, armazenei uma abastança inextinguível de vaidade e deliberei menosprezar do melhor modo prêmios e aplausos com que se diplomavam os grandes estudantes. Habituado à vida do internato, nutria a certeza de conseguir sozinho quanto não pudera com o amparo de um amigo, nem com a ajuda de Deus. No firme propósito de me não fazer exemplar nem me aplicar ao cobrejamento de habilidades a que o papel de modelo obrigava, estabeleci, contudo, a razoável mediocridade sem compromissos de um novo programa.

Poucos prêmios ganhava dos papeluchos amarelos; em contrapeso facilitava aos poucos que me vinham a emancipação boêmia do cisco. Por essa escala foram ter alguns com o meu nome ao gabinete do diretor. Agravo de desdém que se não perdoaria jamais.

Desenvolveu-se nas alturas uma antipatia por mim, que me lisonjeava como uma das formas da consideração. Chegava eu assim por trajeto muito diferente do que sonhara à desejada personificação moral de pequeno homem.

Invejosos da minha altivez, os inimigos fizeram partido. Sanches era o chefe, na cortina; Barbalho era o líder abertamente. Eu sorria vaidoso, levando de vencida a guerrinha, como a espuma à proa de um barco.

Esse foi o caráter que mantive, depois de tão várias oscilações. Porque parece que às fisionomias do caráter chegamos por tentativas, semelhante a um estatuário que amoldasse a carne no próprio rosto, segundo a plástica de um ideal; ou porque a individualidade moral a manifestar-se ensaia primeiro o vestuário no sortimento psicológico das manifestações possíveis.

Reinavam no Ateneu duas perniciosas influências que contrabalançavam eficazmente o porejamento de doutrina a transudar das paredes, nos conceitos de sabedoria decorativa dos quadros, e ainda mesmo a polícia das aparições ubíquas e subitâneas do diretor. Coisa difícil de precisar, como a disseminação na sociedade do princípio do mal, elemento primário do dualismo teogônico. O meio, filosofemos, é um ouriço invertido[1]: em vez da explosão divergente dos dardos, uma convergência de pontas ao redor. Através dos embaraços pungentes cumpre descobrir o meato de passagem ou aceitar a luta desigual da epiderme contra as puas. Em geral, prefere-se o meato.

As máximas, o diretor, a inspeção dos bedéis, por exemplo, eram três espinhos; as referidas influências eram mais dois. A mocidade ia transigindo do melhor jeito com as bicudas imposições das circunstâncias.

Representavam-se as influências dissolventes por duas espécies de encarnação, fundidas em hibridismo de disparate — a da forma feminina personificada em Ângela, a canarina, ou antes a camareira de dona Ema; e a de um encontro de tábuas humildes, conjuntadas às pressas, por força do prosaísmo incivil de um episódio da economia orgânica.

Falavam assim à imaginação, impressões de relance, um olhar banhado de lascívia, a tempestade galopante das roupas, em desordem de fuga, calculada para efeitos de irritação, um descuido de alças afrouxadas ao corpinho, um propósito de poças d'água em dias de chuva, obrigando a saias curtas e canelas nuas; ora a uma porta em rápida passagem, ora através do parque frondoso; ou ao escritório, por motivo de recados de dona Ema, cuja freqüência desesperava o diretor; ou sobre o muro da natação, ou a qualquer canto com os copeiros, em dueto de idílio que se espiava; ou em graçola aventurada aos inspetores, que se babavam.

Os grandes pilheriavam, os pequenos, sérios, olhavam como quem aprende.

Depois, a conspiração dos sarrafos, o favor ao vício à sombra do pinho alcatroado, a penúria do fumo, a mendicidade das fumaças concedidas por beneplácito de dedicação, a pontinha do *bird's eye*[2] de boca em boca, como o chimarrão do Rio Grande, mordida, salivada, saboreada com todo o gosto acre do que se esconde e que é vedado; e a lembrança solitária, devastadora das imagens do mal, distantes, inalcançadas, dança de flores doidas ao vento; a correspondência covarde acolhida num interstício de traves como em asilo de ínfima miséria; as obscenas leituras; e o alvoroço do receio perpétuo, adubo cáustico de prazer mau, a vaidade de iludir, a secreta mofa, o apetite de cupim pela demolição invisível do que está constituído, a urdidura preocupada, extenuante de uma tramazinha

1 Repare na original imagem do "ouriço invertido" com que Sérgio define a própria situação no internato: ou enfrenta o meio e é ferido ou tenta adaptar-se para sobreviver.

2 Expressão inglesa que identifica um tipo de tabaco.

de hipocrisias mínimas e complicadas — vivescência vermicular dos estímulos torpes, respirada no ambiente corrompido do retiro, nascida de baixo, de um buraco, propaganda obscura da lama.

E diluía-se pelos semblantes a palidez creme, cavavam-se olhares vítreos das regiões do impaludismo endêmico.

Soavam-me ainda aos ouvidos as prédicas de ascetismo do Barreto. Para ele o mal era fêmea. O Sanches entendia que era macho. Amarrava-lhe um rabo ao cóccix e criava o Satanás bilontra, imoral e alegre. A cauda do demônio do Barreto era de renda. Na Rua do Ouvidor, faria o Satanás — fanfreluche. Uma coisa horrível, com dois olhos, destinados à perdição dos homens. Saia digna de consideração, só a de padre, que, por sinal, é batina, não é saia. O mais não passava de pretexto da moda parisiense para disfarçar o pé de cabra. Cuidado com Satanás sorriso! Um sorriso com duas pernas, um abraço com dois seios, uma pantomima do inferno, faceira e traidora, graciosa e comburente, donde por descuido e por acaso vai se desprendendo a humanidade, como as cobrinhas pirotécnicas de Faraó. O menor descuido, desgraça eterna!

Contou-me que o porteiro do seminário em que estivera, para não ser despedido, fora intimado a separar-se da própria irmã. Deus, para vir ao mundo, tinha severamente elaborado o mistério excepcional de uma virgindade sem mancha. E, se não fossem as profecias, que não podiam ficar comprometidas, o veículo a Conceição, por amor da insexual pureza teria sido o carapina José, ou mesmo o velho Zacarias, ainda mais respeitável pela calva.

A teologia do Barreto me calara fundo, e eu resolvera piedoso enxotar quanta imagem de sorriso viesse pousar-me à idéia. Virando a página dos fervores, a teoria ficou-me, de resto, do Satanás feminino. Com a pureza a mais, natural da idade, ia zombando de Ângela e pompas adjacentes. Fechado o peito como a paz de Jano[1]; e exteriormente a vaidade me amparava.

Para me prevenir ainda mais, veio uma ocorrência provar pelo fato que o Barreto tinha razão acerca da influência feminina; uma ocorrência que ensangüentou os anais do estabelecimento, entristecendo o diretor, embora afinal se lhe tornasse agradável pelo muito que fez falar do Ateneu.

Tínhamos acabado de jantar e corria como sempre a recreação, que precedia a hora da ginástica. Das bandas da copa, ordinariamente sossegada, chegou-nos subitamente um rumor de algazarra. Era estranho.

O alarido cresceu; uma altercação violenta; depois fragor de luta, o estrondo de uma mesa tombando. Depois gritos de socorro; mais gritos; a voz de Aristarco aguda, dando ordens como em combate. Estávamos atônitos.

De repente vimos assomar à porta, que dominava o pátio sobre a escada de cantaria, um homem coberto de sangue. Um grito de horror escapou a todos. O homem precipitou-se em dois pulos para o recreio. Trazia um ferro na mão gotejando vermelho, uma faca de lâmina estreita ou um punhal.

1 Em Roma, o Templo do deus Jano ficava fechado em tempo de paz.

"Matou! matou", gritavam da copa; "pega o assassino!"

Sobre os passos do fugitivo vinham diversas pessoas. João Numa, gordinho, lívido e trêmulo, ao descer a escada, rolou, partindo os óculos na pedra.

Aristarco, a uma janela, bem certo da inviolabilidade pessoal, ao peitoril, desenvolvia uma energia sem limites, mandando pegar o homem da faca. Os inspetores do recreio tinham azulado. Os rapazes berravam como loucos.

Inesperadamente reaparece o Silvino, muito branco, com as suíças mais pretas, pelo contraste do medo:

"Esperem! esperem", dizia convulso, como quem traz na algibeira um expediente salvador. "Esperem!"

Exatamente no meio do pátio abriu as imensas pernas de Rodes[1] magro, e levou à boca um apito.

Infelizmente, com a força do sopro engasgou-se o assobio, depois de dois chilros falhos.

Cercado pelos criados que o perseguiam com trancas e cacetes, o homem da faca, cuja intenção era escapulir para o jardim, encostou-se a uma parede. "Deixem-me passar, que mato mais um", rosnava, com a fisionomia faiscante. "Caminho para mim!", repetia, agitando o ferro num frêmito de cascavéis.

Alguns moços destemidos tinham se avizinhado e completavam o imprudente cerco.

"Abre!", rugiu praguejando o criminoso acuado. E, de um salto de fera, arremessou-se contra os sitiantes, brandindo a faca.

Com a milagrosa destreza do instinto de conservação, cada um safou-se como pôde; o perseguido passou como um tiro. "Fugiu", clamavam de todos os lados.

Quando o vimos cair de bruços.

Alguém se precipitara inesperadamente ao seu encontro e, escorando-o com o joelho e empolgando-o pelo gasnete, com o punho o fizera rodar por terra.

Era o Bento Alves!... Com uma das mãos, o bravo colega oprimia a cara ao sujeito contra o solo, ralando-a na areia; com a outra, por um prodígio de vigor, imobilizava-lhe o braço armado. Com o esquerdo livre, o criminoso firmava, tentando erguer-se. Esmagava-o pressão de um monólito.

Quando foram em auxílio, já o Bento Alves desarmara o adversário, coagindo por meio da tenaz dos dedos com que lhe ferrava o congote.

De toda parte, aclamavam-no herói. À janela, de longe, Aristarco, entusiasmado, esquecia o divino aprumo e bracejava como um moinho de vento, sem conseguir dar voz à emoção.

Bento Alves retirou-se com a faca em troféu, deixando o criminoso sob uma pilha de valentes da última hora e criados que o sufocavam.

---

1 Referência irônica à enorme estátua de Apolo, uma das maravilhas do mundo antigo, que ficava na entrada do Golfo de Rodes e que foi destruída por um terremoto.

Quando o pobre-diabo pôde tomar pé, manietado, amarrado de mil maneiras por cintas de couro, como as múmias no envoltório de tiras, acercou-se dele o Silvino e o agrediu covardemente com o sermão de moral.

Era criminoso dizia-se. De que crime? Dentro de alguns momentos o colégio inteiro o sabia.

O homem da faca era um dos jardineiros do Ateneu. Durante o jantar enfrentara-se de razões com um criado da casa de Aristarco e o matara. Havia algum tempo que disputavam os dois a primazia no coração de Ângela; uma terrível pendência. O criado de Aristarco julgava-se na legítima posse desse escrínio de afetos, pela convivência ao lado da bela, consorciados maritalmente na intimidade dos alguidares, onde as mãos se confundiam como as louças, ou na sociedade afetuosa do serviço dos aposentos do diretor e da senhora, permutando entre si dichotes açucarados, à flagelação dos tapetes.

O jardineiro, patrício da camareira, dava por si a razão da nacionalidade, o fato de haverem chegado à América na mesma turma de imigrantes e uma autuação completa de juramentos idôneos da sedutora.

Levados a tal aperto os nós da paixão não se desatam; cortam-se. O jardineiro cortou. Por mor azedume da situação dizem que Ângela, de parte a parte, estimulava os adversários declarando a cada um por sua vez preferi-lo exclusivamente.

Confiado o assassino aos urbanos, tornou-se a vítima o objeto das atenções.

Era esse um rapagão de trinta anos, pardo e simpático. O assassino era mais escuro, espécie de andaluz de touradas, baixo, sólido, grosso como um cepo de açougue.

Apenas desapareceu o criminoso, o colégio inteiro assaltou a escada, desejosos de ver o assassinado. À porta do refeitório, porém, Aristarco despachou: "Não têm que ver!" Ao mesmo tempo a sineta importuna badalava chamando à forma. O professor Bataillard, de branco, no cinturão vermelho, apareceu ao lado do diretor. Os rapazes morderam-se de raiva. E não houve nunca no mundo dois superiores mais odiados.

Mas a teia da disciplina tinha malhas de maior largura. Alguns rapazes acharam meio de se esgueirar até a copa; e eu também com eles.

Desde muito, andava querendo ver um cadáver, espetáculo real, de mãos contraídas, revirados beiços. As cartas iconográficas de parede deixavam-me impassível, com as estampas teóricas de cérebros a descoberto, globos oculares exorbitados, ventres golpeados em abas, mostrando vísceras, figuras humanas de pé, descansando a um quadril, movendo a supinação num jeito de complacência passiva, esfolados para que lhes víssemos as veias, modelos vivos da ciência em pose de suplício, constâncias de brâmane, como à espera que houvéssemos aprendido de cor a circunvolução do sangue, para vestir de novo a pele e os músculos deslocados. Não me bastava.

Nos grandes armários havia melhor: peças anatômicas de massa, sangrando verniz vermelho, legítima hemorragia; corações enormes, latejantes, úmidos à vista, mas que se destampavam como terrinas; olhos de ciclope, arrancados, que pareciam viver ainda estranhamente a vida solitária e inútil da visão; mas olhos que se abriam como formas de projéteis de entrudo. Mas eu queria a realidade, a morte ao vivo.

Lembrava-me de ter visto um anjinho, entre velas, no caixão agaloado, simples carinha amarelenta, sombreada de azul em nódoas dispersas, as mãos crispadas numa fita, cobrindo-se de flores a imobilidade do último sono. Vira ainda uma velha, na essa elevada, uma opulenta velha que morrera sem herdeiros. Ao redor, choravam muito as tochas pranto de cera cor de mel, inconsoláveis, espichando compridas chamas, que pareciam subir ao teto com um filete de fumo. Distinguiam-se bem os dois pés para dentro, em botinas de pano; e o nariz pronunciando-se sob o lenço de rendas.

Isso não era ter visto cadáver. Eu queria o cadáver flagrante, despido dos artifícios de armação e religiosidade, que fazem do defunto simples pretexto para um cerimonial de aparato. O que me convinha era o galho por terra, ao capricho da queda, decepado da árvore da existência, tal qual.

O cadáver do criado estava em condições; com a vantagem do adereço dramático do sangue e do crime, como nos teatros.

Encaminhava-me, pois, para a cozinha e sentia palpitações fortes, abalando-me certo modo de agradável pavor. A cozinha do Ateneu, além dos alojamentos da copa, era espaçosa como um salão. Às paredes cintilava o trem completo de cobre areado, em linha as peças redondas como uma galeria de broquéis. No centro uma comprida mesa servia de refeitório à criadagem.

Naquela ocasião havia muita gente perto da mesa. Vi pelas costas pessoas alheias ao estabelecimento. Disseram-me que estava presente a autoridade e tratava de remover o morto. Aquela gente toda devia ser, de costas, a autoridade policial, feição do poder público que eu não discriminava ainda bem, mas já considerava. Caído ao soalho, vi o cadáver sobre uma esteira de sangue.

Guardava ainda a contorção esquerda da agonia; à boca fervia-lhe um crivo de espuma rosada; trajava colete fechado, calças de casimira grossa. Os ferimentos não se viam. Os olhos estavam-lhe inteiramente abertos e de tal maneira virados que me fizeram estremecer.

Alguns minutos depois de minha entrada, chegaram dois sujeitos com uma rede. Os copeiros ajudaram a apanhar o corpo; os homens da rede o levaram.

Impressionou-me para sempre o desfalecimento flácido dos membros, quando levantaram o cadáver, a moleza da cabeça, rodando nos ombros, com um movimento próprio dos que padecem intolerável angústia, e um choque súbito para trás que me gelou o sangue, empinando-se o queixo e o nó da garganta, rasgando-se a boca, brusco, como se o ferido vomitasse um resto tenaz da vida.

Após a rede, pela escada da cozinha, saíram todos; eu fiquei. Examinava ainda o chão alagado de sangue quando alguém, passando, afagou-me os cabelos: era Ângela!

— *Morió* — disse, indicando o sangue, arregalando as sobrancelhas, e desapareceu com o andar de bamboleio.

Primeira vez que reparei que era bonita a canarina. Sim, senhor! E para o demônio culpado de tão horrível incidente fui de uma benevolência tal de opinião que me nasceram remorsos.

Ângela tinha cerca de vinte anos; parecia mais velha pelo desenvolvimento das proporções. Grande, carnuda, sangüínea e fogosa, era um desses exemplares excessivos do sexo que parecem conformados expressamente para esposas da multidão — protestos revolucionários contra o monopólio do tálamo.

Atirada de modos, como o ditirambo do amor efêmero; vazia como as estátuas ocas; sem sentimentos, material e estúpida, possuía entretanto um segredo satânico de graduar os largos olhos de sépia e ouro, animar expressões no rosto que dir-se-ia viver-lhe na face uma alma de superfície, possante, capaz dos altos martírios da ternura e de interpretar os poemas trágicos da dedicação.

Gostava de arregaçar as mangas para mostrar os braços, luxo de alvura, braços perfeitos de princesa, que davam que pensar ao espanador humilde no serviço da manhã. Exposta às soalheiras, revestira-se a cor branca do rosto de um moreno cálido, tom fugitivo de magnólias fanadas, invulnerável aos rigores de ar livre, como deve ter sido outrora a epiderme de Ceres[1]. Ferissem-lhe a tez os dardos corrosivos da insolação, vinha-lhe apenas ao rosto um rubor mais belo, e não lhe tirava mais o sol à mocidade da carne do que à própria terra, sob a calcinação dos ardores: uma primavera de rosas.

Consciente da formosura, Ângela abusava.

E era do mal livrar-se. Começava por um jogo de virtude. Enxugava em ar de seriedade os lábios úmidos; as pálpebras, de longas pestanas, baixavam sobre os olhos, sobre o rosto, viseira impenetrável do pudor. Convidava à adoração colhendo aos ombros o manto da candura, refugiando-se na indiferença hierática das vestais. Depois, uma pontinha de ingênuo sorrir, olhos fechados ainda; gradação de infantilidade que substituía à vestal uma criança esquiva e tímida, rindo, voltando a cara. Os olhos, por fim, aventuravam-se de relance, uma temeridade de noiva possível, nada mais, volvendo ao retraimento cismador. Depois, a contemplação confiada; romance inteiro, linha por linha, de uma virgindade. Até que súbito, meu castíssimo Barreto! Aquela virtude, aquela meiguice, aquela esquiva candura, aquela nubilidade melancólica, aquela fisionomia honesta, pesarosa talvez de ser amável, fendia-se em dois batentes de porta mágica e rodava em explosão o *sabbat*[2] das lascívias.

Os olhos riam, destilando uma lágrima de desejo; as narinas ofegavam, adejavam trêmulas por intervalos, com a vivacidade espasmódica do amor das aves; os lábios, animados de convulsões tetânicas, balbuciavam desafios, prometendo submissão de cadela e a doçura dos sonhos orientais. Dominava então pela oferta abusiva, de repente; abatia-se à

---

1 Deusa latina da agricultura. Corresponde à deusa grega Deméter e é habitualmente representada sob o aspecto de uma bela mulher, de talhe majestoso e tez rosada.

2 Assembléia de bruxos e bruxas que, segundo a superstição popular, se reunia no sábado à meia-noite, sob a presidência de Satanás.

derradeira humilhação, para atrair de baixo, como as vertigens. Ali estava, por terra, a prostituição da vestal, o himeneu da donzela, a deturpação da inocente, três servilismos reclamando um dono; apetite para essa orgia rara sem convivas!

Não escolhia amores. Era de todos como os elementos; como os elementos, sem remorso das desordens e depredações. Franqueava-se à concorrência. Havia lugar para todos à sombra dos cabelos castanhos, que lhe podiam vestir as copiosas formas, fartos, perpetuamente secos, que ela sacudia a correr como uma poeira de feno.

Aquele modo de olhar, passando, de Ângela, clarificou-me a imaginação das sombras de terror em que me enleara o alvoroço do acontecimento da tarde e a vista horrível do cadáver.

Depois da façanha, Bento Alves, o herói, sumiu-se: comentavam-lhe demais a bravura. Nem aos exercícios do campo compareceu.

Bento Alves era um misterioso. Misteriosos são no colégio os que não andam a atravancar o espaço com as gatimanhas das suas expansões. Freqüentava as aulas superiores; sem que fosse um estudante de rumoroso mérito, fazia-se respeitar dos mestres e condiscípulos. Sisudo como certos rapazes de inteligência menor que se arreceiam do ridículo, não somente pela sisudez impunha-se ao respeito. Consideravam-no principalmente pela nomeada de hercúleo. Os fortes constituem realmente uma fidalguia de privilégios no internato. No tumulto da existência em comum, fundem-se as distinções de classe na democracia do coleguismo, as cambiantes de fortuna apagam-se no figurino geral das blusas pardas. Os títulos de superioridade prevalecem primitivamente no critério semibárbaro dos verdes anos; o punho valido chega a fazer vantagem sobre a própria vantagem do favoritismo.

Alves não alardeava de forte; evitava disputas, não jogava o pulso, preferia exercitar-se à ginástica sem espectadores. Às vezes, por brinquedo, cingia o braço a um colega entre o polegar e o médio e fechava-lhe sob a manga um bracelete roxo dolorido. Aqueles que se sujeitavam ao formidável ensaio de tatuagem por compressão acercavam-se, daí por diante, de Bento Alves com os escrúpulos da mais reservada prudência.

Entretanto era mole, da preguiça monumental dos animais pujantes. Veloz, detestava a carreira; alegre, fugia aos folguedos. Gostava do seu sossego; desviava os incômodos da convivência distribuída, transbordante dos estimados. Não se falava dele no Ateneu. Limitavam-se a temê-lo em silêncio.

Depois da valorosa façanha a que o tinha levado a casualidade, teve de ver-se herói à força. Um desespero. Se algum companheiro caía na tolice de dizer-lhe alguma coisa relativamente ao crime do jardineiro, Bento Alves rasgava a conversa com um monossílabo de impaciência, encrespando-se como um javali. Apesar de tudo foi o pobre modesto percutido, laminado, sobre a bigorna da notoriedade.

Felizmente o barulho da entrada para o Ateneu de um moço célebre veio modificar a odiosa voga.

Acabava de matricular-se Nearco da Fonseca, pernambucano de ilustre estirpe.

Apresentou-se com o pai, vulto político em galarim no tempo. Era um mancebo de dezessete anos, rosto cavado, cabelos abundantes, de talento não comum, olhar vivo, moroso de importância, nariz adunco, avançado, seco, quase translúcido como um nariz de vidro. Franzino como a infância desvalida, magro como uma preleção de osteologia, surpreendeu-nos, entre outras, uma recomendação a seu respeito, pelo próprio diretor às barbas do pai: Nearco da Fonseca era um grande ginasta!

Talentoso que fosse, concebíamos, se por nada mais, ao menos pela cabeleira... Mas um ginasta aquele espectro da necessidade!

A juventude, entretanto, é a eterna esperança: nós esperamos por uma exibição comprobante.

Abalou-se a tribo dos acrobatas, dos atletas; toda a rapaziada de brio, o Luís à frente, que localizava na protuberância nodosa dos bíceps o pundonor supremo da criatura, preparou na mais vasta admiração um aposento considerável para acolher o confrade.

Formados trezentos, à tarde, diante dos aparelhos, foi em movimento de avidez que ouvimos Bataillard, com o cavalheirismo que o distinguia, convidar a exibir-se o grande Nearco.

Estava presente o diretor; estava presente o respeitável progenitor de Blondin[1]. O Ateneu olhava.

Nearco deixou a forma, rompendo a marcha com o pé esquerdo segundo a regra, mãos à ilharga, sério como um bispo, e encaminhou-se para o trapézio com o passo medido das emas, imperturbável como quem sabe profundamente a técnica do marchar. Perto do aparelho, sempre de mãos à cinta, volta a volver! Virou-se para o colégio, teso, e quebrou para nós um duro salamaleque, conservando por segundos a efracção angular das figurinhas delineadas, representando a lavoura, na cantaria histórica do Egito.

Assuntávamos ansiosos.

Depois do cumprimento, Nearco empunhou a barra do trapézio, polegar para baixo, segundo a pragmática das posições. E fez uma flexão. Ah! Não sabeis, profanos que sois, quanto vale a flexão dos membros superiores! A fórmula no mundo ideal da mecânica é a alavanca de Arquimedes; a aplicação prática e contundente é o murro britânico. Consiste nisso: encolher as munhecas.

Nearco fez uma, fez duas, fez cinco! Seguiu-se uma viravolta, e Nearco ao trapézio, de cócoras, pôde perambular sobre o pasmo circunstante o pausado beque... Não era tudo, porém! Nearco arranjou mais umas fantasias de cambalhotas, capazes de transformar radicalmente os princípios firmados da arte dos trambolhões, e beneficiou-nos, suando, com um sorriso triunfal.

Faltava a sorte do fim. Nearco espichou quanto pôde a lamentável ausência de músculos e deu-nos... uma *sereia*! A sereia é tudo que há de mais elementar, de mais

---

1 O narrador compara, ironicamente, Nearco a Charles Blondin, famoso ginasta francês da época.

pulha, de mais tolamente ostentoso em matéria de aparelhos. O sujeito segura-se às cordas, levanta os pés da barra, mete os pés pelas mãos e de cabeça para a terra empurra o ventre. O pobre Nearco, desbarrigado, não tinha ventre para empurrar.

Não empurrou coisa nenhuma; quando muito uns ossinhos que lhe saíam à altura do umbigo como cabos de faca. Pulou ao chão.

Estava exibido o acrobata! Nós olhávamos uns para os outros, bestificados, em compostura abatida de caras-d'asnos. Aristarco percebeu e repreendeu-nos com o sobrecenho. Nós compreendemos delicadamente: estava ali o respeitável pai de um colega...

Uma roda de palmas, claras, estrepitantes, inacabáveis, percorreu as fileiras com a eletricidade comunicativa das aclamações.

Nearco, altivo, agradeceu com o nariz.

6

O futuro tinha reservado para Nearco um feixe de melhores palmas, uma galhada de louros mais legítimos como o tempero de vitória.

O Grêmio Literário Amor ao Saber, instituição recente, seria o verdadeiro teatro dos seus soberbos alcances.

Duas vezes ao mês congregavam-se os amigos das letras, numa das salas de cima; a mesma das lições astronômicas de Aristarco. Havia ainda para iluminar as sessões pedaços de matéria cósmica pelos cantos, esfrangalhada pela análise do mestre. Não quer dizer que merecesse as eternas luminárias da ironia a benemérita associação.

Às suas reuniões comparecia eu timidamente, para nada mais que simplesmente abusar, por excessivo consumo, de um direito dos estatutos: podiam os alunos, todos do Ateneu, em silêncio humilde, mariscar o que fossem deixando os segadores do trigal das literaturas.

Assistente infalível, saía cheio com a retórica espigada, que ia espalmar, prensando no dicionário, conservas de espírito, relíquia inapreciável do Belo.

A dificuldade que encontrava um estudante para forrar-se ao privilégio de gremista fazia-me mais a fundo venerá-lo.

Nearco não teve o menor embaraço. Entrara para o estabelecimento muito adiantado. Foi imediatamente proposto, aceito e empossado. À primeira sessão, depois do triunfo ao trapézio, tive ocasião de apreciá-lo à ginástica do verbo.

Debatia-se esse problema, dos inesgotáveis das agremiações congêneres. Quem foi maior, Alexandre ou César? Indagação histórica difícil evidentemente de levar a cabo sem o auxílio da trena.

Nearco arranjou a coisa a olho e distinguiu-se com a esperada galhardia. Falou durante hora e meia com uma fluência que lhe angariava para sempre o epíteto de facundo. Justapôs com o primor de um varejista de fazendas — César sobre Alexandre. César protestou contra a maneira, de barriga para o ar, que nada tinha de artística; além disso espetava-o a armadura de Alexandre. Aquilo faria rir a Pompeu no armário das legendas e a maledicência do senado, comprometendo-se a seriedade secular do homem que foi, viu e venceu... Nearco manteve-o inexoravelmente durante o percurso do paralelo crítico. César não podia contar com os legionários do bom tempo; ali esteve a fazer caretas na sujeição inerme, *anima vilis* dos documentos. Alexandre, que, afora o capacete, via-se ainda maiorzinho que o outro, teve mais paciência, deixando-se medir até a peroração, com a boa vontade de um defunto. Venceu com efeito. Nearco proclamou-o magno dos magnos, diversas polegadas maior que o temerário do Rubicon.

O Grêmio esclarecido rejubilou. A discussão encerrou-se, não havendo mais quem falasse. Também havia cinco sessões que eram os pobres guerreiros tratados a metro.

Por esse memorável dia arvorou-se Nearco em notabilidade firmada. Esqueceram todos que ele fora matriculado sob o quase compromisso de não dar um passo que não fosse um salto mortal, não descansar senão de pernas para cima em cadeiras sobre garrafas, não ter outro recreio que não fosse a corda bamba, por não destoar da percorrida fama. Ficou em olvido a estréia acrobática. O *Grêmio Amor ao Saber* tomou-o a si, em posse exclusiva, como um orgulho.

Não faltavam, entretanto, poetas, jornalistas, polemistas, romancistas, críticos, folhetinistas. A sociedade tinha o seu órgão, *O Grêmio*, impresso no Lombaerts, de que podiam ser canudos à vontade os sócios quites e ainda, por maior riqueza de harmonias, os honorários.

Entre os honorários figurava Aristarco, presidente, colaborando sempre no periódico com a transcrição em avulso das máximas de parede, e mandando sempre para a quarta página um anúncio garrafal do Ateneu, que pagava para auxiliar à empresa. Na interessante publicação apareciam quadrinhas místicas do Ribas e sonetos lúbricos do Sanches. Barreto publicava meditações, espécie de harpa do crente[1] em prosa arrebentada.

O rodapé-romance era uma imitação d'*O Guarani*, emplumada de vocábulos indígenas e assinada *Aimbiré.*

---

1 Alusão à obra poética *A harpa do crente*, de Alexandre Herculano.

Nearco atirou-se à especialidade dos paralelos. Começou logo por dois de pancada: Cila e Mário, Tito e Nero. No expediente prometia-se um terceiro curiosíssimo: Plutarco[1] e os beócios.

Essa queda para as linhas eqüidistantes, talento aliás de carril urbano e anexos muares, foi mais uma razão de prestígio para o extraordinário rapaz.

A eloqüência representava-se no Grêmio por uma porção de categorias. Cícero[2] tragédia — voz cavernosa, gestos de punhal, que parece clamar de dentro do túmulo, que arrepia os cabelos ao auditório, franzindo com fereza o sobrolho, que, se a retórica fosse suscetível de assinatura, acrescentaria ao fim de cada discurso pesadamente "a mão do finado"; Cícero modéstia — formulando excelentes coisas, atrapalhadamente, no embaraço de um perpétuo *début*, desculpando-se muito em todos os exórdios e ainda mais em todas as confirmações, lágrimas na voz, dificuldade no modo, seleto e engasgado; Cícero circunspecção — enunciando-se por frases cortadas como quem encarreira tijolos, homem da regra e da legalidade, calcando os *que* e os *cujo*, longo, demorado, caprichoso em mostrar-se mais raso do que o muito que realmente é, amigo dos períodos quadrados e vazios como caixões, atenuando mais em cada conceito a atenuante do conceito anterior, conservador e ultramontano, porque as coisas estabelecidas dispensam de pensar, apologista ferrenho de Quintiliano, retardando com intervalos o discurso impossível para provar que divide bem a sua elocução, com todos os requisitos da oratória, pureza, clareza, correção, precisão, menos uma coisa, a idéia; Cícero tempestade — verborrágico, por paus e por pedras, precipitando-se pela fluência como escadas abaixo, acumulando avalanches como uma liquidação boreal do inverno, anulando o efeito de assombroso destampatório pelo assombro do destampatório seguinte, eloqüência suada, ofegante, desgrenhada, ensurdecedora, pontuada a murros como uma cena de pugilato; Cícero franqueza — positivo, indispensável para o encerramento das discussões, dizendo a coisa em duas palavras, em geral grosseiro e malfalante, pronto para oferecer ao adversário o encontro em qualquer terreno, espécie perigosa nas assembléias; Cícero sacerdócio — sacerdotal, solene, orando em trêmulo, alçando a testa com uma mitra, pedindo uma catedral para cada proposição, calçando aos pés dois púlpitos em vez de sapatos, espécie venerada e acatada.

Nearco introduziu o tipo ausente do Cícero penetração — incisivo, fanhoso e implicante, gesticulando com a mãozinha à altura da cara e o indicador em croque, marcando precisamente no ar, no soalho, na palma da outra mão o lugar de cada coisa que diz, mesmo que se não perceba, pasmando de não ser entendido, impacientando-se até o desejo de vazar os olhos ao público com as pontas da sua clareza, ou derreando-se em frouxos de compaixão pela desgraça de nos não compreendermos, porcos e pérolas.

---

1 Plutarco (50-125 d.C.) foi um escritor grego. Note o paralelismo entre as seguintes figuras da história romana: Cila, general e político (138-78 a.C.); Mário, general e político (157-86 a.C.); Tito, imperador (39-81 d.C.); Nero, imperador (37-68 d.C.).

2 Cícero (106-43 a.C.): político e orador romano. Seus discursos tornaram-se modelos de retórica.

O gesto incisivo, mais a facúndia desimpedida, mais o talento histórico dos paralelos, consagrou a primazia do gremista.

O presidente efetivo da sociedade era o doutor Cláudio, professor da casa, homem de capacidade, benévolo para os desgarros de tolice da juventude, que teria desgosto para uma semana, se imaginassem que faltara a uma sessão por menosprezo. Essa constância do chefe era o grande elemento de prosperidade do Amor ao Saber. O doutor Cláudio conduzia os trabalhos com verdadeira perícia de automedonte, esclarecia os imbróglios, forjava adjetivos de encômios que ia dando a cada um por sua vez e a todos os estimáveis consórcios, propunha algumas teses e achava graça em outras. Nas sessões solenes pronunciava o discurso oficial.

A maior utilidade do Grêmio para mim era a biblioteca. Uma coleção de quinhentos a seiscentos volumes de variado texto, zelados pela vigilância cerberesca do Bento Alves, bibliotecário, eleito de voto unânime.

Alves era da associação, como quase todos os alunos do curso superior. Filiava-se ao grupo simpático dos silenciosos, usufruindo os lucros da circunstância de não ser do regimento a taramela obrigatória. Fora da biblioteca, os seus serviços aos intuitos do Grêmio resumiam-se no "apoiado!" consciencioso e firme, à disposição sempre da melhor idéia em questões elevadas e do mais sábio alvitre em questões de ordem.

Alguns rapazes, não do Grêmio e que não houvessem, nas letras, manifestado gramaticalmente notável jeito para a conjugação sub-reptícia do verbo adquirir, podiam obter do presidente o direito de ingresso na sala dos livros. Eu, como amigo que era das bonitas páginas impressas, apresentei candidatura. E, como não divertia bastante o jogo da barra ao sol, nem o rapa-tira-deixa-põe das penas de aço e das carrapetas, nem o correr à panelinha das bolas de vidro espiraladas de cores, fez-se-me a biblioteca a recreação habitual.

Essa freqüência angariou-me dois amigos, dois saudosos amigos: Bento Alves e Júlio Verne.

Ao famoso contador do *Tour du monde* devo uma multidão numerosa dos amáveis fantasmas da primeira imaginação, excêntricos como Fogg, Paganel, Thomas Black, alegres como Joe, Passepartout, o negro Nab, nobres como Glenarvan, Letourneur, Paulina, Barnett, atraentes como Aouda, Mary Grant. Sobre todos, grande como um semideus, barba nitente, luminosa como a neblina dos sonhos, o lendário Nemo da Ilha Misteriosa, taciturno da lembrança das justiças de vingador, esperando que um cataclismo lhe cavasse um jazigo no seio do oceano, seu vassalo, seu cúmplice, seu domínio, pátria sombria do expatriado.

Possuía minha literatura completa de tesouros de meninos, contos de Schmidt; visitara uma por uma no meu burrinho as feiras da sabedoria de Simão de Nântua; estudara profundamente pelas aventuras de Gulliver as vacilações da vida, onde, mal acabamos de zombar da pequenez extrema, vem sobre nós o ludíbrio da extrema grandeza, espécie de Pascal de mamadeira entre Liliput e Brobdignak; chegara à perfeição de duvidar das empresas de Münchhausen. Isso tudo sem falar nos *Lusíadas* do Sanches, no reverendo

Bernardes, na refinada pilhéria do Bertoldo e no *Testamento do galo*, símbolo aliás muito filosófico da odiosidade das sucessões, que por ventura do herdeiro autoriza o destripamento do galináceo como a tortura shakespeariana de Lear.

Júlio Verne foi festejado como uma migração de novidade. Aonde quer que me levasse o *Forward* ou o *Duncan*, o *Nautilus* ou o balão *Vitória*, a columbíada da Flórida ou criptograma de Saknussen, lá ia eu, esfaimado de desenlaces, prazenteiro, ávido como os três dias de Colombo antes da América, respirando no cheiro das encadernações as variantes climatéricas da leitura, desde as areias africanas até os campos de cristal do Ártico, desde os grandes frios siderais até a aventura do Stromboli.

A amizade do Bento Alves por mim e a que nutri por ele me faz pensar que, mesmo sem o caráter de abatimento que tanto indignava ao Rabelo, certa efeminação pode existir como um período de constituição moral. Estimei-o femininamente, porque era grande, forte, bravo; porque me podia valer; porque me respeitava, quase tímido, como se não tivesse ânimo de ser amigo. Para me fitar esperava que eu tirasse dele os meus olhos. A primeira vez que me deu um presente, gracioso livro de educação, retirou-se corado, como quem foge. Aquela timidez, em vez de alertar, enternecia-me, a mim que aliás devia estar prevenido contra escaldos de água fria. Interessante é que vago elemento de materialidade havia nessa afeição de criança, tal qual se nota em amor, prazer do contato fortuito, de um aperto de mãos, da emanação da roupa, como se absorvêssemos um pouco do objeto simpático.

Na biblioteca, Bento Alves escolhia-me as obras; imaginava as que me podiam interessar; e propunha a compra, ou as comprava e oferecia ao Grêmio, para dispensar-se de mas dar diretamente. No recreio não andávamos juntos; mas eu via de longe o amigo, atento, seguindo-me o seu olhar como um cão de guarda.

Soube depois que ameaçava torcer o pescoço a quem pensasse apenas em me ofender; seu irmão adotivo, confirmava.

Eu, que desde muito assumira entre os colegas um belo ar de impávida altania, modificava-me com o amigo, e me sentia bem na submissão voluntária, como se fosse artificial a bravura, à maneira da conhecida petulância feminina.

A malignidade do Barbalho e seu grupo não dormia. Tremendo da represália do Alves, faziam pelos cantos escorraçada maledicência, digna deles.

Às vezes na biblioteca, enquanto eu lia, Alves olhava-me do outro lado da mesa central de pano verde, com a mão à fronte e os dedos mergulhados nos cabelos. Olhava-me e eu o sentia sem levantar a vista, compreendendo no mais fino refolho de ninada vaidade que aquela contemplação traduzia o horror do ridículo, proverbial em Bento Alves, manietando-lhe rijamente uma demonstração efusiva. Não fosse a crítica uma criatura do tempo, eu poderia achar cômica a situação dos personagens dessa cena de platonismo. Não havendo a crítica para falsear a psicologia por desdobramento, limitava-me a ser sincero, como o pobre amigo. Às vezes vinha-lhe à pálpebra uma lágrima sem origem.

No movimento geral da existência do internato, desvelava-se caprichosamente; sabia ser de modo inexprimível fraternal, paternal, quase digo amante, tanta era a minudência dos seus cuidados. Não havia regalo, dessas mesquinhas coisas de preço enorme na carestia perpétua da prisão escolar, de que se não privasse o Alves, em meu proveito, desesperando-se, a fazer pena, se eu tentava recusar. À conversa, falava da família no Rio Grande do Sul; tinha duas irmãs; falava delas; do tempo passado que não as via, muito claras, de belos olhos, uma de quinze anos, outra de doze; ele tinha dezoito. Falava de cuidados higiênicos meus, mudar de cama no salão azul, que estava muito perto das janelas, e isso havia de ser nocivo... Outras ninharias, em tom de sentida brandura, como se desejasse decrescer das proporções sólidas de sua conformação para reduzir-se à exigüidade balbuciante de uma carcaçazinha de avó, minguada de velhice, animada, ainda e apenas, pela febre do último alento, pela necessidade de carregar ainda alguns dias um coração, um afeto.

Os estatutos do Grêmio marcavam duas ocasiões de solenidades: as festas anuais da abertura e do encerramento dos trabalhos. Além dessas, as sessões comemorativas que a casa resolvesse.

Para as festas literárias, levava-se ao pavilhão do recreio um grande estrado, três mesas que se alinhavam para a diretoria, sob um rico pano cor de vinho, de ramagens negras, que lembravam tinteiros entornados de mau agouro, e uma tribuna familiarmente apelidada "caranguejola".

Essa caranguejola, enorme e pesada, que parecia protestar, a cada solavanco, contra o caráter de móvel que lhe queriam à força impingir, fazia figura em todas as salas do Ateneu, conforme as exigências da retórica. Localizada a conferência, a preleção, a prática solene, abalava-se a mísera e punha-se em caminho, aos encontrões, seguindo o fadário de mostrador ambulante de eloqüência. Nessas circunstâncias não era uma simples tribuna, era um verdadeiro prognóstico. Em se movendo a caranguejola, discurseira iminente. Teve um dia de razoável orgulho; dela serviu-se no Ateneu o professor Hartt, para uma conferência de antropologia.

Quando a vimos andar um dia e soubemos que aquilo significava a instalação do Amor ao Saber, congregou-se o Ateneu, unificado no mesmo impulso de entusiasmo, e pela primeira vez a tribuna marchou sem o cerimonial das topadas. Despedimos os criados; tomamo-la nós aos ombros; levamo-la em ovação.

A festa inaugural esteve animada. Mais do que se esperava, infelizmente.

Encheu-se de bancos e cadeiras austríacas o vastíssimo salão. Ao centro, em frente, a mesa da diretoria; à esquerda, os convidados; à direita os outros alunos, o resto, como se diz das maiorias sem voz ativa.

Sobre o pano avinhado de ramagens abria-se a pasta do secretário; sobre a tribuna cintilava cristalino o copo das urgências instantes.

Poucos oradores. Aristarco, presidente honorário, abriu a sessão com a chave do peregrino verbo, recomendando a nova associação como um tentame honroso e de muito fruto para os moços aplicados que teriam ensejo de se dar ao cultivo da oratória e das belas letras[1].

1 Note que no Ateneu estudavam os filhos da elite, que valorizava a literatura e a retórica, disciplinas das mais significativas no ensino da época.

Subiu em seguida à tribuna o presidente efetivo.

Com a facilidade da sua elocução, fez o doutor Cláudio a crítica geral da literatura brasileira: a galhofa de Gregório de Matos e Antônio José, a epopéia de Durão, o idílio da escola mineira, a unção de Sousa Caldas e São Carlos, a influência de Magalhães, os ensaios do romance nacional, a glória de Gonçalves Dias e José de Alencar.

E passou a estudar a atualidade.

O auditório que escutava, interessado, mas tranqüilo, começou a agitar-se.

O orador representava a nação como um charco de vinte províncias, estagnadas na modorra paludosa da mais desgraçada indiferença. Os germes da vida perdem-se na vasa profunda; à superfície de coágulos de putrefação, borbulha, espaçadamente, o hálito mefítico do miasma, fermentado ao sol, subindo a denegrir o céu, com a vaporização da morte. Os pássaros calados fogem; as poucas árvores próximas no ar parado debruçam-se uniformes sobre si mesmas num desânimo vegetativo, que parece crescer, descendo, prosperidade melancólica de salgueiros. O horizonte limpo, remoto, desfere golpes de luz oblíqua, reptil, que resvalam, espelhando faixas paralelas, imóveis, sobre o dormir da lama.

Por entre os raros caniços, emergem olhos de sapo, meditando a vantagem daquela paz sombria, indolência negra, em que chega a ser vigor de vontade estrebuchar quatro arrancos através da onda grossa em busca da fêmea. A arte significa a alegria do movimento, ou um grito de suprema dor nas sociedades que sofrem. Entre nós, a alegria é um cadáver. Ao menos se sofrêssemos... A condição da alma é a prostração comatosa de uma inércia mórbida. Quem nos dera a tonicidade letal de uma vasca. Trituramos a vida por igual como um osso, roemos o dia, pacientes, de rojo, sobre o ventre, como cães ao pasto. Fosse manjar o crânio de Rogério, ao menos teríamos a tragédia... Nada! A condição é o descanso ininterrupto do aniquilamento no plano infinito da monotonia. E não é o teto de brasa dos estios tropicais que nos oprime. Ah! Como é profundo o céu do nosso clima material! Que irradiação de escapadas para o pensamento a direção dos nossos astros! O pântano das almas é a fábrica imensa de um grande empresário, organização de artifício, tão longamente elaborada, que dir-se-ia o empenho madrepórico de muitos séculos, dessorando em vez de construir. É a obra moralizadora de um reinado longo, é o transvasamento de um caráter, alagando a perder de vista a superfície moral de um império — o desmancho nauseabundo, esplanado, da tirania mole de um tirano de sebo!...[1]

Calculem agora que estava entre os convidados o doutor Zé Lobo, pai de um aluno, devoto jurado e confirmado das instituições, irmão de não sei quantas ordens terceiras, primo de todos os conventos, advogado de causas religiosas, conservador em suma, enraivado e militante. O sebo da tirania caiu-lhe nos melindres como um pingo de vela benta.

---

1 Diante da sociedade e da política do Segundo Império, o doutor Cláudio faz críticas semelhantes às que o próprio Raul Pompéia fizera à monarquia. "Tirano de sebo" seria referência sarcástica a dom Pedro II.

— Protesto — rugiu, rubro e rouquenho, dilacerando as barbas e erguendo o punho. Não podia admitir que viessem à sua vista ensebar as instituições! Por maior desgraça estava também presente o senador Rubim, avô de outro aluno, senador de maus bofes, um pai da pátria padrasto, sem considerações nem papas na língua.

— Quem protesta contra o sebo da tirania é burro! — redargüiu ao apartista com a pachorra temível dos velhos insolentes.

— Burro, não! — clamou o outro, empalidecendo sob a vergasta da injúria, nervoso, perturbado pela atenção da sala inteira que o encarava. — Burro, não! Tais expressões são indignas de vossa excelência, um senador e um velho!...

— Burro, sim!... — repetia o outro vagarosamente, com um arreganho enfastiado de insulto. — Burro, sim!...

Aristarco conservava-se à presidência, na pasmaceira de pau dos ídolos afrontados. O salão enorme, alunos e convidados, tumultuava em vagalhões, fragmentado em partidos opostos, uns pelo senador e pela anarquia, outros pelo advogado e pela ordem pública. Muitos gesticulavam de pé; havia estudantes gritando em cima dos bancos. Os insultos voavam como pelouros; os protestos rangiam como escudos feridos; havia mãos pelo ar que pediam espadas.

Aproveitando-se do escarcéu, o advogado ousara arremessar uns desaforos ao senador. O outro, sem ouvir bem, ia replicando com a impertinência do seu estribilho: "Burro, sim", até que, impaciente, pôs remate à polêmica com as cinco letras[1] da energia popular que Waterloo fez heróicas, Vítor Hugo fez épicas e Zola fez clássicas.

Sob o peso da conclusão, Zé Lobo cedeu.

Aristarco achou que era tempo de funcionar a presidência e sacudiu sobre o tumulto o badalo da ordem.

O orador na tribuna, ereto e calmo, promontório sobre a tormenta, esperava que o alvoroço chegasse a termo. Apenas viu arrefecer o furor dos impropérios. "Corramos um véu sobre o cenário desolador", continuou; "Venha em socorro a esperança de um renascimento." E por aí, habilidosamente conduzindo a oração, acabou por um quadro de futuro, armado em aurora sobre a tribuna, pórtico de luz, jorrando um deslumbramento que extasiou os ouvintes com o encanto dos vaticínios felizes, levando o sopro da viração matutina as nuvens do desânimo esfumadas antes sobre o panorama.

Tiveram a palavra, ainda, dois estudantes, que moeram uma quantidade profusa de frases comuns a propósito de letras e literatos. O filho do diretor, o republicanozinho que conhecem, tinha no bolso dez tiras, dez brulotes de eloqüência incendiária, que resolveu sufocar depois do escândalo colossal do sebo.

A segunda sessão solene do Grêmio, conquanto mais pacífica, não foi menos importante.

---

1 Eufemismo que se refere à palavra *merde*, que teria sido proferida pelo general francês Pierre Jacques Cambronne, ao ser intimado a render-se na Batalha de Waterloo, em 1815. Famoso, o episódio foi retomado por Hugo, Zola e outros escritores.

Realizou-se em princípios de outubro, pelas imediações das férias. A concorrência foi maior, compareceram senhoras em grande número, o que não sucedera na de instalação; houve mais capricho de ornatos nas salas; forrou-se a tribuna de verde e amarelo; inscreveram-se os mais aproveitados campeões da oratória do Amor ao Saber. O colégio compareceu fardado; a diretoria, de casaca.

A conferência do doutor Cláudio foi subversiva, mas em sentido diverso da primeira. Versou não mais sobre a literatura no Brasil, porém sobre a arte em geral:

....

Arte, estética, estesia é a educação do instinto sexual.

A manutenção da existência indivídua tem a razão de ser no instinto de vitalidade da espécie. O momento presente das gerações nada mais é que a ligação prolífica do passado com a posteridade. E a razão de ser das espécies? A indagação não perscruta.

Para que o indivíduo perdure, momento genésico da existência específica no tempo, é indispensável adaptar-se às imposições do meio universal. O rio a correr não despreza o detalhe do mais insignificante remanso nem pode sofismar o obstáculo do menor rochedo no álveo. O critério inconsciente do instinto é o guia da adaptação.

O esforço da vida humana, desde o vagido do berço até o movimento do enfermo, no leito de agonia, buscando uma posição mais cômoda para morrer, é a seleção do agradável. Os sentidos são como as antenas salvadoras do inseto titubeante; vão ao encontro das impressões, avisadores oportunos e cautelosos.

A cada mundo de sensações notáveis corresponde um sentido. Os sentidos, teoricamente delimitados, são cinco, múltipla transformação de processo de um único, o tato, exatamente o sentido rudimentar das antenas.

Faz-se tateando instintivamente a procura dos agradáveis: agradável visual, agradável auditivo, agradável olfativo, agradável gustativo, agradável tangível, em suma. O agradável é essencialmente vital; se é às vezes funesto, é porque o instinto pode ser atraiçoado pelas ilusões.

A perfectibilidade evolutiva dos organismos em função, manifestando-se prodigiosamente complexa, no tipo humano, corresponde à revelação, na ordem animal, do misterioso fenômeno personalidade, capaz de fazer a crítica do instinto, como o instinto faz a crítica da sensação.

A informação de reportagem de cada sentido não desperta, portanto, no homem a atividade cerebral dos impulsos de preferência, de repugnância, simplesmente, como nos outros animais; mas ampliada pela psicologia inteira dos fenômenos espirituais, a variedade infinita das comparações, permutadas de mil modos na unidade do espírito como as peças de um jogo maravilhoso sobre o mesmo pano.

Duas são as representações elementares do agradável realizado: nutrição e amor.

Os animais inferiores, não favorecidos por um razoável coeficiente de progresso, produzem secularmente a condição da inferioridade: olham, tocam, farejam, ouvem, não provam com demasiado escrúpulo e devoram grosseiramente para depois amar, como sempre fizeram.

O homem, por desejo de nutrição e de amor, produziu a evolução histórica da humanidade.

A nutrição reclamou a caçada fácil — inventaram-se as armas; o amor pediu um abrigo — ergueram-se as cabanas. A digestão tranqüila e a perfilhação sem sobressaltos precisaram de proteção contra os elementos, contra os monstros, contra os malfeitores — os homens tacitamente se contrataram para o seguro mútuo, pela força maior da união: nasceu a sociedade, nasceu a linguagem, nasceu a primeira paz e a primeira contemplação. E os pastores viram pela vez primeira que havia no céu a estrela Vésper, expandida e pálida como o suspiro.

Mas era preciso que fossem leitos de amor as crinas de ouro e fogo dos leões, e que houvesse marfim, metais luzentes, pedraria, sobre a alvura láctea da carne amada, que não bastavam beijos para vestir; era preciso deliciar a gustação, com o requinte das estranhezas. E os homens levaram a conquista aos reis da floresta, ao ventre do solo; foram colher aos ares os íncolas mais raros, emplumados de luz como criações canoras do sol, e foram buscar às ondas os mais esquivos viajores do abismo, singrando céleres, fantásticos, na sombra azul, em cauda um reflexo vago de escamas para morder-lhes a vida.

Urgiu ainda a fome, urgiu mais o amor e veio a guerra, a violência, a invasão. Curvaram-se os cativos ao látego vencedor e foram abatidas as escravas sob a garra da lascívia sanguinária, faminta de membros avulsos, olhos sem alma, lábios sem palavra, formas sem vontade, pretexto miserável de espasmos. Formaram-se os ódios de raça, as opressões de classe, as corrupções vingadoras e demolidoras.

Mas a cisma evoluiu também, aquela cisma poética da pastoral primeva que buscara os astros no céu para adereço dos idílios. O fundo tranqüilo e obscuro das almas, aonde não chega o tumultuar de vagas da superfície, inflamou-se de fosforescências; geraram-se as auréolas dos deuses, coalharam-se os discos das glórias olímpicas: as religiões nasceram.

Mas era preciso que fosse palpável o espectro da divindade: as rochas descascaram-se em estátuas, os metais se fizeram carne e houve templos, houve cultos, houve leis, vieram profetas e pontífices ambiciosos. E essa evolução da cisma que fora amante, feita instrumento da tirania, deu lugar às práticas do terror, aos apostolados do morticínio.

Mas uma lira ficara da geração primeira de cismadores, e as cordas cantavam ainda e os sons falaram no ar as epopéias do Oriente e da Grécia. Roubou-se aos sacerdotes tiranos o monopólio dos deuses para jungi-los à atrelagem do metro; que levassem, através dos séculos, o carro triunfal da estrofe, onda sonora de vibrações imortais.

E os esculpidores dos ídolos legaram o segredo da fábrica, revelando que vinham de um molde de barro aquelas arrogâncias de bronze e que se fazem deuses como as ânforas. E os artistas modernos recomeçaram, chamando a religião ao *atelier*, como um modelo de hora paga; e gravaram em tinta, pelos muros, as visões místicas da crença.

A nitidez artística das formas fizera crer aos homens que morava realmente um espírito sagrado na porosidade do mármore e que realmente havia em proporções infinitas uma tela de olimpos e paraísos, onde as cores do antropomorfismo artístico viviam soberanas, olhando o mundo lá em baixo, vazando a urna providencial das penas e das alegrias.

Decaídas as fantasias sentimentais, reformou-se o aspecto do mundo. Os deuses foram banidos como efeitos importunos do sonho. Depois da ordem em nome do Alto, proclamou-se a ordem positivamente em nome do Ventre. A fatalidade nutrição foi erigida em princípio: chamou-se indústria, chamou-se economia política, chamou-se militarismo. Morte aos fracos! Alçando a bandeira negra do darwinismo espartano, a civilização marcha para o futuro, impávida, temerária, calcando aos pés o preconceito artístico da religião e da moralidade.[1]

Sobrevive, porém, o poema consolador e supremo, a eterna lira...

Reinou primeiro o mármore e a forma; reinaram as cores e o contorno; reinam agora os sons, a música e a palavra. Humanizou-se o ideal. O hino dos poetas do mármore, do colorido, que remontava ao firmamento, fala agora aos homens, advogado enérgico do sentimento.

Sonho, sentimento artístico ou contemplação, é o prazer atento da harmonia, da simetria, do ritmo, do acordo das impressões, com a vibração da sensibilidade nervosa. É a sensação transformada.

A história do desenvolvimento humano nada mais é do que uma disciplina longa de sensações. A obra de arte é a manifestação do sentimento.

Dividindo-se as sensações em cinco espécies de sentidos, devem os sentimentos corresponder a cinco espécies, e igualmente as obras de arte.

Da sensação acústica vem a estesia acústica: sentimento nos sons, nas palavras — eloqüência e música; da sensação da vista, a estesia visual, o sentimento na forma, no traço e no colorido — escultura, arquitetura, pintura; da sensação palatal e olfativa nasce o sentimento do gosto e do perfume — artes menos consideradas pela relativa inferioridade dos seus efeitos. A sensação do tato, secundada por todas as outras, dá lugar ao sentimento complexo do amor, arte das artes, arte matriz, razão de ser de todas as espécies de estesia.

O primeiro momento contemplativo de um amoroso foi o advento da estética, no gozo visual das linhas da formosura, na delícia auditiva de uma expressão inarticulada, que fosse emitida com expressão, na comoção de um contato, na aspiração inebriante do aroma indefinido da carne. A obra de arte do amor é a prole; o instrumento é o desejo.

---

1 Pela vitória do mais forte sobre o mais fraco, princípio de Darwin e do naturalismo, o doutor Cláudio explica a evolução e a sobrevivência da humanidade, como, anteriormente, Sérgio explicara a sobrevivência no Ateneu. A arte também seria o resultado da evolução instintiva da espécie.

Depois da arte primitiva e fundamental do tato, arte do ouvido. A obra de arte é a frase sentida, hábil para produzir emoção; o instrumento é a linguagem.

Essa arte devia mais tarde ramificar-se em eloqüência propriamente e poesia popular, graças à aproximação híbrida de terceira arte, do ouvido, a música.

Com o progresso humano, o sentimento artístico da simetria e da harmonia destacou-se analiticamente da arte de amar. E, depois da arte primordial, descendente imediata do instinto erótico, da qual se desprendera, sob a forma selvagem das interjeições primitivas, a arte da eloqüência, e em seguida, sob a forma de expressões homométricas, a poesia popular e a primeira música; nasceram as artes intencionais, de imitação, da escultura, da arquitetura, do desenho. Depois da poesia popular, amorosa ou heróica, veio a rapsódia.

Ainda mais, segundo um traçado naturalíssimo de filiação, o sentimento da simetria, trasladado para a esfera das relações sociais, serviu de plano à organização das religiões, filhas do pavor, e das moralidades, invenção das maiorias de fracos. Com o predomínio insensato das religiões, o amor deixou de ser artístico, passou a ser sacramental; com o predomínio das moralidades, deixou de ser um fenômeno, passou a ser um ridículo ou uma coisa obscena.

Por um raciocínio de retrocesso, se ponderarmos que a moralidade é a organização simétrica da fraqueza comum, que a religião é a organização simétrica do terror, que a simetria, isto é, harmonia e proporção, é a norma artística das imitações plásticas da ingênua admiração da criatura primitiva, e que essa admiração prazenteira, testemunhada por uma tentativa de desenho ou de estátua, por um canto popular ou por uma interjeição veemente, nada mais é do que um modo acentuado de um esforço de atenção, e que a primeira atenção dos homens do princípio — a lenda de Adão que o diga — devia ser do indivíduo de um sexo para o indivíduo de outro sexo, teremos averiguado o aforismo paradoxal de que a arte subjetivamente, o sentimento artístico, nas suas mais elevadas, mais etéreas manifestações, é simplesmente a evolução secular do instinto da espécie.

Essa é a sua grandeza, e por isso vai zombando, através das idades, das vicissitudes tempestuosas do combate pela nutrição, dos próprios exasperos homicidas do amor.

A arte é primeiro espontânea, depois intencional.

Manifesta-se primeiro grosseiramente, por erupções de sentimento, e faz o amor concreto, a interjeição, a eloqüência rudimentar, a poesia primitiva, o primitivo canto. Manifesta-se mais tarde, progressivamente, por efeitos de cálculo e meditação e dá o epos, a eloqüência culta, a música desenvolvida, o desenho, a escultura, a arquitetura, a pintura, os sistemas religiosos, os sistemas morais, as ambições de síntese, as metafísicas, até as formas literárias modernas, o romance, feição atual do poema no mundo.

As manifestações espontâneas são coevas de todas as sociedades; a poesia popular, por exemplo, não desaparece, nem a eloqüência, ainda menos o amor. As manifestações intencionais, que nada mais são do que transformações, ampliações, aperfeiçoamentos do modo primitivo de expressão sentimental, sujeitam-se aos movimentos e vacilações de tudo o que progride.

O coração é o pêndulo universal dos ritmos. O movimento isócrono do músculo é como o aferidor natural das vibrações harmônicas, nervosas, luminosas, sonoras. Graduam-se pela mesma escala os sentimentos e as impressões do mundo. Há estados de alma que correspondem à cor azul, ou às notas graves da música; há sons brilhantes como a luz vermelha, que se harmonizam no sentimento com a mais vívida animação.

A representação dos sentimentos efetua-se de acordo com essas repercussões.

O estudo da linguagem demonstra.

A vogal, símbolo gráfico da interjeição primitiva, nascida espontaneamente e instintivamente do sentimento, sujeita-se à variedade cromática do timbre como os sons dos instrumentos de música. Gradua-se, em escala ascendente, u, o, a, e, i, possuindo uma variedade infinita de sons intermediários, que o sentimento da eloqüência sugere aos lábios, que se não registram, mas que vivem vida real nas palavras e fazem viver a expressão, sensivelmente enérgica, emancipada do preceito pedagógico, de improviso, quase inventada pelo momento.

Há ainda na linguagem o ritmo de cada expressão. Quando o sentimento fala, a linguagem não se fragmenta por vocábulos, como nos dicionários. É a emissão de um som prolongado, a crepitar de consoantes, alteando-se ou baixando, conforme o timbre vogal.

O que move o ouvinte é uma impressão de conjunto. O sentimento de uma frase penetra-nos, mesmo enunciado em desconhecido idioma.

O timbre da vogal, o ritmo da frase dão alma à elocução. O timbre é o colorido, o ritmo é a linha e o contorno. A lei da eloqüência domina na música; colorido e linha, seriação de notas e andamentos; domina na escultura, na arquitetura, na pintura: ainda a linha e o colorido.

Na sua qualidade de representação primária do sentimento, depois do fato do amor, a eloqüência é a mais elevada das artes. Daí a supremacia das artes literárias, eloqüência escrita.

A eloqüência foi a princípio livre, fiel ao ritmo do sentimento; influenciada pela música monótona dos mais antigos tempos, cadenciou-se em metro regular e monótono como a música. Aproveitada como recurso mnemônico, libertou-se da música, guardando, porém, a forma do metro igual e da quantidade equivalente, que havia de ser um dia a metrificação da sílaba, que havia de dar em resultado a monstruosidade da rima, o calembur feito milagre de perfeição.

A música seguiu à parte a sua evolução.

Na arte da eloqüência da atualidade acentua-se uma reação poderosa contra o metro clássico; a crítica espera que dentro de alguns anos o metro convencional e postiço terá desaparecido das oficinas da literatura. O sentimento encarna-se na eloqüência, livre como a nudez dos gladiadores e poderoso. O estilo derribou o verso. As estrofes medem-se pelos fôlegos do espírito, não com o polegar da gramática.

Hoje, que não há deuses nem estátuas, que não há templos nem arquitetura, que não há *dies irae*[1] nem Miguel Ângelo; hoje que a mnemônica é inútil, o estilo triunfa, e triunfa pela forma primitiva, pela sinceridade veemente, como nos bons tempos em que o coração para bem amar e o dizer não precisava crucificar a ternura às quatro dificuldades de um soneto.

Qual a missão da arte? Originária da propensão erótica, fora do amor, a arte é inútil, inútil como o esplendor corado das pétalas sobre a fecundidade do ovário. Qual a missão das pétalas coradas? De que nos serve a primavera ser verde? As aves cantam. Que se aproveita do cantar das aves? A arte é uma conseqüência e não um preparativo. Nasce do entusiasmo da vida, do vigor do sentimento, e o atesta. Agrada sempre, porque o entusiasmo é contagioso como o incêndio. A alma do poeta invade-nos. A poesia é a interpretação de sentimentos nossos. Não tem por fim agradar.

E, depois, reclamar títulos de utilidade às divagações graciosas de uma energia da alma, que significa em primeira manifestação a própria perpetuidade da espécie?!

Além de inútil, a arte é imoral. A moral é o sistema artístico da harmonia transplantado para as relações da coletividade. Arte *sui generis*. Se é possível eficazmente o regime social das simetrias da justiça e da fraternidade, o futuro há de provar. Em todo caso, é arte diferente, e as artes não se combinam senão em produtos falsos de convenção.

Poema intencionalmente moral é o mesmo que estátua polícroma, ou pintura em relevo. Apenas uma coisa possível, nada mais; há também quem faça flores com asas de barata e pernas.

A verdadeira arte, a arte natural, não conhece moralidade. Existe para o indivíduo sem atender à existência de outro indivíduo. Pode ser obscena na opinião da moralidade: Leda; pode ser cruel: Roma em chamas, que espetáculo!

Basta que seja artística.

Cruel, obscena, egoísta, imoral, indômita, eternamente selvagem, a arte é a superioridade humana — acima dos preceitos que se combatem, acima das religiões que passam, acima da ciência que se corrige; embriaga como a orgia e como o êxtase.

E desdenha dos séculos efêmeros.

À vista da tranqüilidade do auditório, subentende-se que não estavam presentes os dois heróis da primeira sessão solene: o doutor Zé Lobo não viera, para não encontrar o senador; o senador Rubim não viera, para não encontrar o doutor Zé Lobo: impulsos equivalentes em sentido contrário anulam-se.

---

1 Em latim, "dia da ira". Primeiras palavras de uma seqüência medieval que descreve os horrores do juízo universal. A expressão aparece, também, várias vezes, na Bíblia, como em Amós, 5, 18, contendo a idéia de castigo.

Havia na sala diversos ouvintes que se distraíam de perseguir com atenção a galopada de hipogrifo, em que se elevava a eloqüência do orador.

Bento Alves, um; outro o Malheiro, moreno, nervoso, carrancudo, o primeiro ginasta; outro, Barbalho.

A preocupação de Bento Alves era uma injúria. Entre ele e Malheiro havia rixa velha de emulação. Malheiro não lhe perdoava a culpa de ser bravo. Os próprios prodígios da força e agilidade, aplaudidos e proclamados pelo Ateneu, não davam para saciar a vaidade. De que valia ser forte, se era impossível a aplicação do seu esforço para afrouxar uma fibra à musculatura do Bento? Ah! Não ser possível por sugestão desfiar uma a uma aquelas meadas de arame, reduzir a infantilidade débil aquela corpulência odiosa! Por que não iriam os desejos da inveja, como vampiros, sorver o sangue àquela força, a vida, gota a gota, àquele vigor de ferro?

Bento Alves não dava mostras de perceber a rivalidade. Malheiro evitava-o. Era impossível conservar-se um momento perto do colega que lhe não dessem ímpetos de assaltá-lo.

A façanha da prisão efetuada pelo rival definitivamente retirava-lhe a glória de valoroso único. Malheiro entrou em melancolia trancada. O rosto moreno amorenou-se mais; a animação de um brilho não lhe chegava à janela do olhar; o sorriso nos lábios não abria a porta. Dir-se-ia um frontispício de luto.

Ficou a ruminar o projeto de um encontro.

O meu bom amigo, exagerado em mostrar-se melhor, sempre receoso de importunar-me com uma manifestação mais viva, inventava cada dia nova surpresa e agrado. Chegara ao excesso das flores. A princípio, pétalas de magnólia seca com uma data e uma assinatura, que eu encontrava entre folhas de compêndio. As pétalas começaram a aparecer mais frescas e mais leves; vieram as flores completas. Um dia, abrindo pela manhã a estante numerada do salão do estudo, achei a imprudência de um ramalhete. Santa Rosália da minha parte nunca tivera um assim. Que devia fazer uma namorada! Acariciei as flores, muito agradecido, e escondi-as antes que vissem.

Mas o Barbalho espiava, ultimamente constituído fiscal oculto dos meus passos.

As circunstâncias o tinham aproximado do Malheiro, e o açafroado caolho pretendia manejar a rivalidade dos dois maiores: um conflito entre Malheiro e Bento podia ser a vergonha para mim.

O Malheiro, com o vozeirão grave de contrabaixo, começou a infernizar-me por epigramas. Queria incomodar o Alves mortificando-me, julgando que me queixasse. Eu devorava as afrontas do marmanjo sem descobrir o meio de tirar correta desforra. Barbalho lembrou-se de tomar as dores. Depois de incitar o Malheiro contra mim, incitou o Bento contra o Malheiro. Procurou-o misteriosamente e informou: "O Malheiro não passa pelo Sérgio que não pergunte quando é o casamento... É preciso casar... Ainda hoje pediu convite para as bodas. O Sérgio está desesperado".

O furor do Alves não se descreve, furor poderoso dos calados. Uma onda de apoplexia ruborizou-lhe as faces. Por único movimento de indignação contraiu os dedos, como estrangulando. Procurou o Malheiro e com a voz talvez alterada, mas sem ódio, fez intimação: "Amanhã é a sessão de encerramento; em meio da festa saímos ambos; preciso falar-lhe das bodas".

Malheiro percebeu: era o sonhado encontro!

Apenas desceu da tribuna o presidente efetivo do Grêmio, os adversários deixaram as cadeiras. Barbalho saiu pouco depois. Notei o movimento e adivinhei mais ou menos.

Quando saímos do pavilhão, finda a solenidade, um criado entregou-me um envelope, uma carta do Alves, a lápis: "Estou preso; antes que te digam que por alguma indignidade, previno: por ter dado uma lição ao Malheiro".

Minutos depois, Franco, muito satisfeito, contava a todos: "Tinham lutado no jardim o Malheiro e o Alves; que briga dos dois brutos!" Alves saíra ferido com um golpe no braço, acreditam que de navalha; Malheiro estava no dormitório. Avisados pelo Alves, os criados tinham ido buscá-lo sem sentidos, ao fundo de um bosquete no parque. "Sem sentidos", garantia o Franco, "que pândega! Que sopapos! Ora o Malheiro malhado!"

Soube-se que Barbalho espreitara o combate através dos arbustos. Antes de o ver acabado, corria ativo, e, concentrando a vesgueira numa só atenção de intrigante, preparara as coisas de modo que, ao voltar do jardim, Bento Alves foi surpreendido por uma ordem de prisão do diretor.

Não denunciar nunca é preceito sagrado de lealdade no colégio. Os contendores recusaram-se a explicações. Bento Alves negou o braço a exame e a curativo; Malheiro, em panos de sal, fingindo-se muito prostrado, oferecia o mais impenetrável silêncio às indagações de Aristarco e protestava esborrachar as ventas a quem caísse na asneira de insinuar o bedelho no que não era da sua conta.

"Ora o malhado...", resmungavam os colegas; mas tratavam de esquecer o caso.

Por minha parte, entreguei-me de coração ao desespero das damas romanceiras, montando guarda de suspiros à janela gradeada de um cárcere onde se deixava deter o gentil cavalheiro, para o fim único de propor assunto às trovas e aos trovadores medievos.

7

O tédio é a grande enfermidade da escola, o tédio corruptor que tanto se pode gerar da monotonia do trabalho como da ociosidade.

Tínhamos em torno da vida o ajardinamento em floresta do parque e a toalha esmeraldina do campo e o diorama acidentado das montanhas da Tijuca, ostentosas em curvatura torácica e frentes felpudas de colosso: espetáculos de exceção, por momentos, que não modificavam a secura branca dos dias, enquadrados em pacote nos limites do pátio central, quente, insuportável de luz, ao fundo daquelas altíssimas paredes do Ateneu, claras da caiação do tédio, claras, cada vez mais claras.

Quando se aproxima o tempo das férias, o aborrecimento é maior.

Os rapazes, em grande parte dotados de tendências animadoras para a vida prática, forjicavam mil meios de combater o enfado da monotonia. A folgança fazia época como as modas, metamorfoseando-se depressa como uma série de ensaios.

A peteca não divertia mais, palmeada com estrépito, subindo como foguete, caindo a rodopiar sobre o cocar de penas? Inventavam-se as bolas elásticas. Fartavam-se de borracha? Inventavam-se as pequenas esferas de vidro. Acabavam-se as esferas? Vinham os jogos de salto sobre um tecido de linhas a giz no soalho ou riscadas a prego na areia, a amarela, e todas as suas variantes, primeira casa, segunda casa, terceira casa, descanso, inferno, céu, levando-se à ponta do pé o seixozinho chato em arriscada viagem de pulos. Era depois a vez dos jogos de corrida, entre os quais figurava notavelmente o saudoso e rijo chicote-queimado. Variavam os aspectos da recreação, o pátio central animava-se com a revoada das penas, o estalar elástico das bolas, passando como obuses, ferindo o alvo em pontaria amestrada, o formigamento multicor das esferas de vidro pela terra, com a gritaria de todas as vozes do prazer e do alvoroço.

Depois havia os jogos de parada, em que circulavam como preço as penas, os selos postais, os cigarros, o próprio dinheiro. As especulações moviam-se como o bem conhecido ofídio das corretagens. Havia capitalistas e usurários, finórios e papalvos; idiotas que se encarregavam de levar ao mercado, com a facilidade de que dispunham fora do colégio, fornecimentos inteiros, valiosíssimos, de Mallats e Guillots[1], que os hábeis limpavam com a gentileza de figurões da bolsa, e selos inestimáveis que os colecionadores práticos desmereciam para tirar sem custo; fumantes ébrios de fumo alheio, adquirido facilmente no movimento da praça, repimpados à turca sobre os coxins da barata fartura.

As transações eram proibidas pelo código do Ateneu. Razão de mais para interessar. Da letra da lei, incubados sob a pressão do veto, surgiram outros jogos, mais expressamente característicos, dados que espirravam como pipocas, naipes em leque, que se abriam orgulhosos dos belos trunfos, entremostrando a pança do rei, o sorriso galhardo do valete, a simbólica orelha da sota, a paisagem ridente do ás; roletas miúdas de cavalinhos de chumbo; uma aluvião de fichas em cartão, pululantes como os dados e coradas como os padrões do carteio.

A principal moeda era o selo.

Pelo sinete da posta dava-se tudo. Não havia prêmios de lição que valessem o mais vulgar daqueles *coupons* servidos. Sobre esse preço, permutavam-se os direitos do pão, da manteiga ao almoço, da sobremesa, as delícias secretas da nicotina, o próprio decoro pessoal em si.

A raiva dos colecionadores, caprichando em exibir cada qual o álbum mais completo, mais rico, transmitia-se a outros, simples agentes de especulação; desses ainda a outros com a sedução do interesse. No colégio todo, só Rabelo talvez e o Ribas; o primeiro fundeado no porto da misantropia senil que o distanciava do mundo tempestuoso, o outro a fazer perpetuamente de anjo feio aos pés de Nossa Senhora, escapavam à mania geral do selo, melhor, à geral necessidade de premunir-se com valor corrente para as emergências.

No comércio do selo é que fervia a agitação de empório, contratos de cobiça, de agiotagem, de esperteza, de fraude. Acumulavam-se valores, circulavam, frutificavam; conspiravam os sindicatos, arfavam o fluxo, o refluxo das altas e das deprecia-

1 Marcas de penas para caneta. Observe que se reproduz no colégio, em escala menor, a vida da sociedade capitalista.

ções. Os inexpertos arruinavam-se, e havia banqueiros atilados, espapando banhas de prosperidade.

Falava-se, com a reserva tartamuda dos caudatários do milhão, de fortunas imponderáveis... Certo felizardo que possuía aqueles imensos exemplares da primeira posta na Inglaterra, os dois raríssimos, ambos! O azul e o branco, de 1840, com a estampa nítida de Mulrady: a Grã-Bretanha braços abertos sobre as colônias, sobre o mundo; à direita, a América, a propaganda civilizadora, a conquista da savana; à esquerda, o domínio das Índias, *coolies*[1] sob fardos, dorsos de elefantes subjugados; ao fundo, para o horizonte, navios, o trenó canadiano que foge à disparada das renas; no alto, como as vozes aladas da fama, os mensageiros da metrópole.

Jóias desse preço imobilizavam-se nas coleções, inalienáveis por natureza como certos diamantes. Nem por isso era menos ardente a mercancia na massa febril da pequena circulação; da quantidade infinita dos outros selos, retangulares, octogonais, redondos, elipsoidais, alongados verticalmente, transversalmente, quadrados, lisos, denteados, antiqüíssimos ou recentes, ingleses, suecos, da Noruega, dinamarqueses de cetro e espada, suntuosos Hannover, como retalhos de tapeçaria, cabeças de águia de Lubeck, torres de Hamburgo, águia branca da Prússia, águia em relevo da moderna Alemanha, austríacos, suíços de cruz branca, da França, imperiais e republicanos, de toda a Europa, de todos os continentes, com a estampa de um pombo, de navios, de um braço armado; gregos com a efígie de Mercúrio, o deus único que ficou de Homero, sobrevivo do Olimpo depois de Pã; selos da China com um dragão esgalhando garras; do Cabo, triangulares; da república de Orange com uma laranjeira e três trompas; do Egito com a esfinge e as pirâmides; da Pérsia de Nasser-ed-Din com um penacho; do Japão bordados, rendilhados como panos de biombo e de ventarolas; da Austrália, com um cisne; do reino de Havaí, do rei Kamehameha III; da Terra Nova, com uma foca em campo de neve; dos Estados Unidos de todos os presidentes; da República de São Salvador com uma auréola de estrelas sobre um vulcão; do Brasil, desde os enormes malfeitos de 1843; do Peru com um casal de lhamas; todas as cores, todos os sinetes com que os estados tarifam as correspondências sentimentais ou mercantis, explorando indistintamente um desconto mínimo nas especulações gigantescas e o imposto de sangue sobre as saudades dos emigrados da fome.

A sala geral do estudo, comprida, com as quatro galerias de carteiras e a parede oposta de estantes e a tribuna do inspetor, era um microcosmo de atividade subterrânea. Estudo era pretexto e aparência, as encadernações capeavam mais a esperteza do que os próprios volumes.

A certas horas reunia-se ali o colégio inteiro, desde os elementos de primeiras letras até os mais adiantados cursos. Agrupavam-se por ordem de habilitações; o abc diante da porta de entrada, à direita; à extrema esquerda, os filósofos, cogitadores do Barbe, os latinistas abalizados, os admiráveis estudantes do alemão e do grego. Baralhavam-se as

1 Termo que, em inglês, identificava trabalhadores chineses ou indianos.

três classes de idades; podia estar um marmanjo empacado à direita na carteira dos analfabetos e podia estar um bebê prodígio a desmamar-se na filosofia da esquerda. O acaso da colocação podia sentar-me entre o Barbalho e o Sanches, como podia da afeição do Alves desterrar-me uma légua. Dependia tudo do adiantamento.

Como compensação dessas desvantagens havia os telégrafos e a correspondência de mão em mão. Os fios telegráficos eram da melhor linha de Alexandre 80, sutilíssimos e fortes, acomodados sob a tábua das carteiras, mantidas por alças de alfinete. Em férias desarmavam-se. Dois amigos interessados em comunicar-se estabeleciam o aparelho; a cada extremidade, um alfabeto em fita de papel e um ponteiro amarrado ao fio; legítimo Capanema.[1] Tantas as linhas que as carteiras vistas de baixo apresentavam a configuração agradável de cítaras encordoadas, tantas que às vezes emaranhava-se o serviço e desafinava a cítara dos recadinhos em harpa de carcamano.

Havia o gênio inventivo no Ateneu, esperanças de riqueza, por alguma descoberta milagrosa que o acaso deparasse à maneira do pomo de Newton. Ocorre-me um perspicaz que contava fazer fortuna com um privilégio para explorar ouro nos dentes chumbados dos cadáveres, uma mina! Foi assim a invenção malfadada do telégrafo-martelinho. Tantas pancadinhas, tal letra; tantas mais, tantas menos, tais outras. Os inventores achavam no sistema dos sinais escritos a desvantagem de não servir à noite. O elemento-base dessa reforma era uma confiança absoluta na surdez dos inspetores; aventuroso fundamento, como se provou.

As primeiras pancadinhas passaram; apenas os estudantes mais próximos sorriam disfarçando. Mas o martelinho continuou a funcionar e ganhou coragem. No silêncio da sala, gotejavam as pancadas, miúdas como o debicar de um pintainho no soalho.

No alto da tribuna, o Silvino coçou a orelha e ficou atento; começava a implicar com aquilo. Silêncio... silêncio, e as pancadinhas de vez em quando.

Foi o diabo. Inesperadamente precipitou-se do alto assento como um abutre, e com a finura do ofício foi cair justo sobre o melhor de um despacho. Seguiu-se a devastação. Examinando a carteira, descobriu a rede considerável dos outros telégrafos. Foi tudo raso. Brutal como a fúria, implacável como a guerra — oh Havas![2] — o Silvino não nos deixou um fio, um só fio ao novelo das correspondências! De carteira em carteira, por entre pragas, arrancou, arrebentou, destruiu tudo, o vândalo, como se não fosse o fio telegráfico listrando os céus a pauta larga dos hinos do progresso e a nossa imitação modesta uma homenagem ao século.

A violência não fez mais que aumentar o tráfego dos bilhetinhos e suspender temporariamente a telegrafia.

De mão em mão como as epístolas, corriam os periódicos manuscritos e os romances proibidos. Os periódicos levavam pelos bancos a troça mordaz, aos colegas, aos pro-

1 Guilherme Schuch Capanema (1824-1908), Barão de Capanema, engenheiro e físico, instalou no Rio de Janeiro a primeira linha de telégrafo brasileira.

2 Agência francesa de notícias que deu origem à conhecida France-Presse.

fessores, aos bedéis; mesmo a pilhéria blasfema contra Aristarco, uma temeridade. Os romances, enredados de atribulações febriciantes, atraindo no descritivo, chocantes no desenlace, alguns temperados de grosseira sensualidade, animavam na imaginação panoramas ideados da vida exterior, quando não há mais compêndios, as lutas pelo dinheiro e pelo amor, o ingresso nos salões, o êxito da diplomacia entre duquesas, a festejada bravura dos duelos, o pundonor de espada à cinta; ou então o drama das paixões ásperas, tormentos de um peito malsinado e sublime sobre um cenário sujo de bodega, entre vômitos de mau vinho e palavradas de barregã sem preço.

Com a proximidade das férias de ano, tudo desaparecia. O aborrecimento imperava.

A impaciência da expectativa de livramento fazia intolerável a reclusão dos últimos dias.

Organizavam-se os preparativos para a grande exposição de trabalhos da aula de desenho, as aulas primárias estavam a ponto de entrar em exames, dos particulares semestrais, em que o diretor sondava o aproveitamento. Esses cuidados não podiam combater a inércia expectante dos ânimos.

No salão do estudo poucos abriam livro. Os rapazes alargavam os cotovelos sobre a carteira, fincavam o queixo nas costas da mão e abstraíam-se com o olhar imóvel, idiotismo de espera, como se tentassem perceber o curso das horas no espaço. Por trás da casa, no quintal do diretor, ouvia-se cantando Ângela cantilenas espanholas, sinuosas de moleza; mais longe, muito mais, em zumbido indistinto, como um horizonte sonoro, as cigarras trilavam, agitando o ar quente com uma vibração de fervura.

Nas horas longuíssimas do recreio, os rapazes passeavam calados, destruindo a comunhão usual dos brincos, como se temessem estragar mais alegria naquele cativeiro, certos de melhor emprego breve. Pelas paredes a carvão, pelas tábuas negras a traços brancos, arranhada na caliça, escrita a lápis ou a tinta, por todos os cantos via-se essa proclamação: "Viva às férias!" determinando a ansiedade geral, como um pedido, uma intimativa ao tempo que fosse menos tardo, opondo, cruel, a resistência impalpável, invencível dos minutos, dos segundos, à chegada festiva da boa data.

Bento Alves, depois de assegurar que unicamente por mim se havia sujeitado à humilhação que sofrera, andava propositalmente arredio.

Eu, solitário, ia e vinha como os outros, percorrendo o pátio, marcando a bocejos os prazos alternados de impaciência e resignação, vendo pairar por cima do recreio um papagaio que soltavam meninos da rua para as bandas do Ateneu. Invejava-lhe a sorte, ao papagaio, cabeceando alegre, ondeando a balouçar, estatelando-se no vento, pássaro caprichoso, dominando vermelho o vasto retângulo azul que as paredes cortavam no firmamento, solitário, solitário como eu, cativo também, mas ao alto e lá fora.

Relaxava-se o horário; professores faltavam; era menos rude a inspeção. Os alunos iam por toda parte à vontade. Faziam roda de palestra nos dormitórios, pilando enfastiadamente os mais duros assuntos, murmurações esmoídas, escabrosidades pulverizadas, trituradas malícias, algumas vezes malícias ingênuas se é possível, caracterizando-se no conciliábulo o azedume tagarela do cansaço podre de um ano, conforme a psicologia de cada salão.

Os dormitórios apelidavam-se poeticamente, segundo a decoração das paredes: salão pérola, o das crianças, policiado por uma velha, mirrada e má, que erigira o beliscão em preceito único disciplinar, olhos mínimos, chispando, boca sumida entre o nariz e o queixo, garganta escarlate, uma população de verrugas, cabeça penugenta de gipaeto sobre um corpo de bruxa; salão azul, amarelo, verde, salão floresta, dos ramos do papel, aos quais se recolhia a classe inumerável dos médios. O salão dos grandes, independente do edifício, sobre o estudo geral, conhecia-se pela denominação amena de *chalé*. O chalé fazia vida em separado e misteriosa.

O policiamento dos dormitórios competia aos diversos inspetores, convenientemente distribuídos.

Na época atenuavam-se os zelos da polícia. O próprio gipaeto do "pérola" batia as asas para a folia, uma inocente folia de noventa anos.

A palestra corria desassombrada.

Deitavam-se uns a uma cama, outros cercavam agrupados nas camas próximas e atacavam os assuntos.

No salão dos médios:

"Dona Ema... Dona Ema... não se murmura à toa... Reparem na maneira de falar do Crisóstomo... Tem motivo, um rapagão... Palavra que os apanhei sozinhos, juntinhos, conversando, a distância de um beijo...

— O melhor é que o Crisóstomo não vai para a rua... Que diabo, nem tanto vale o grego, que se pague a beijocas descontadas pela mulher... Tenho para mim que o negócio ainda acaba mal e porcamente, *kakós kai ruparós*[1], com uma estralada...

— Ora, diretores! Empresários! Fabricantes de ciência barata e prodígios de carregação, com que empulham os papais basbaques... O que querem é a freqüência do negócio... Falem cá em anúncios... Mulher ao balcão... Que chamariz, uma carinha sedutora! Eu por mim, se fosse diretor, inaugurava um *Kindergarten*[2] para taludos; uma bonita diretora à testa e quatro adjuntas amáveis... Não haveria nhonhô graúdo que não morresse pelo ensino intuitivo. Como não haviam de pagar para cortar pauzinhos no meu jardim! E que serviço ao progresso do meu país: estimular à *Froebel*[3] as inteligências perrengues e as adolescências atrasadas...

— Pois eu seria capaz de guerrear o estabelecimento. Se fosse diretor, teria o cuidado de ser também ministro do império... Revogava a instrução pública e aprovava a minha gente por decreto, tudo de pancada e com distinção.

---

1 Expressão grega que quer dizer "mal e sujo".
2 Em alemão, "jardim-de-infância".
3 Pedagogo alemão (1782-1852), criador de métodos educacionais que permitiam às crianças grande liberdade de ação. Foi o fundador do primeiro jardim-de-infância.

— Qual! Eu, se fosse diretor, seria safado! Não há nada neste mundo como ser safado! Uma bonita meninada, que festança! Os meninos gostam da gente, a gente gosta dos meninos e o colégio cresce: *crescite!*... Daí a pouco tanta matrícula, que precisaríamos mudar de casa...

— Que canalha! Que lingüinhas... Safa! Pois eu cá só digo mal daquele tipo do Liceu Marcelo, que tem na face a costura cicatrizada do talho que lhe fez um discípulo em certa aventura com o mais pacífico dos utensílios, e que, ainda assim, foi apanhado no Cassino deixando aberto num divã o carnê de baile, cuidadosamente ilustrado de símbolos... pedagógicos."

A palestra no pérola era muito mais cândida e, principalmente, nada pessoal.

Curso improvisado de obstétrica elementar, pura especulação. Todos queriam saber; apertavam-se vinte pequenos em roda do problema, como aquelas figuras da lição de Rembrandt.[1] Qual a origem das espécies? Eram investigadores. Ninguém adiantava um passo. Estava ausente o gipaeto, que talvez pudesse explicar. Feliz quem pode conhecer a causa das coisas! Como é a entrada na vida? Ordem dórica? Jônica? Compósita? As imaginações trabalhadas formigavam avidamente sobre a questão; ninguém penetrava. Desenrolavam-se as teorias domésticas, angélico-ginecológicas.

Havia em Paris uma grande empresa de exportação, da qual eram agentes em todo o mundo os parteiros, e comissária central no Rio madame Durocher. Vinha o gênero nos berços, encaixotados, mijadinhos e chorosos. Essa teoria tinha o merecimento filosófico de prescindir das causas finais. Os metafísicos inclinavam-se mais para a intervenção da sobrenatureza: por ocasião do Natal havia de noite uma distribuição geral de herdeirozinhos pela terra, chuva de pimpolhos, para compensar a matança dos inocentes, tão prejudicial no tempo de Herodes. Inútil dizer que os referidos inocentes vinham outrora ao mundo pela mão dos mesmos portadores das credenciais da revelação, hoje em desuso.

E a academiazinha de investigadores arrumava documentos, sorrindo alguns da credulidade dos outros, exibindo em refutação credulidade de diverso quilate, alguns, mais positivos, aduzindo observações próprias, porque os meninos espiam, oferecendo à opinião dos colegas uma nota ponderosa, edificando-se lentamente o sistema como os sistemas se edificam, aproveitando-se apenas o elemento franqueado pelo apoio comum.

Dois últimos pareceres concorreram oportunamente para desatar os embaraços e a assembléia dispersou-se. Um cearensezinho, de cabelo à escova, inteligente e silencioso, amigo de responder por um jeito especial de virar os olhos, senhor de um sorriso desconcertante que sabia armar a propósito, falando baixinho e explícito, introduziu no debate a descrição minuciosa, sem perda de fofos nem apanhados, da *toilette* balneária das mulheres do sertão na província, descendo ao rio, de um belo pano simpático em

---

1 Referência ao famoso quadro *Lição de anatomia*, do pintor holandês Rembrandt (1606-1669).

que o raio do sol nascente representa de fio mais grosso. Outro parecer foi a grosseira chacota de um caturra barrigudinho, fronte de novilho, miniatura de arrieiro, brutal e maroto, filho de um criador abastado do Paraná e instruído para todas as exigências práticas da indústria paterna. Estava ali a ouvir desde o princípio, sem dizer palavra, esperando a conclusão. Supondo que o cearense ia fazer a luz, atirou-se adiante, interrompeu-o e concluiu largando o enxurro, espojando-se farto na garotada, como a cria da estância no lodo fresco.

A vadiagem dos dormitórios não consistia só em palestra. Depravados pelo aborrecimento e pela ociosidade, inventavam extravagâncias de cinismo.

O Cerqueira, ratazana, sujeito cômico, cara feita de beiços, rachada em boca como as romãs maduras, de mãos enormes como um disfarce de pés, galopava a quatro pelos salões, zurrando em fraldas de camisa, escoucinhando uma alegria sincera de mu. Maurílio, o dos quinaus, não era exclusivamente o campeão da tabuada que conhecemos; tinha outra habilidade notável e prestava-se com aplauso a uma experiência original de fluidos inflamáveis. Esse rapaz escapou de morrer, em um dos últimos naufrágios da nossa costa; um ex-colega escreveu-lhe: "Quem os semeia, colhe tempestades".

As provocações no recreio eram freqüentes, oriundas do enfado; irritadiços todos como feridas; os inspetores a cada passo precisavam intervir em conflitos; as importunações andavam em busca das suscetibilidades; as suscetibilidades a procurar a sarna das importunações. Viam de joelhos o Franco, puxavam-lhe os cabelos. Viam Rômulo passar, lançavam-lhe o apelido: "mestre cook!"

Essa provocação era, além de tudo, inverdade. Cozinheiro, Rômulo! Só porque lembrava a culinária, com a carnosidade bamba, fofada dos pastelões, ou porque era gordo das enxúndias enganadoras dos fregistas, dissolução mórbida de sardinha e azeite, sob os aspectos de mais volumosa saúde? Rômulo era simplesmente e completamente o confeiteiro das esperanças doces de Aristarco.

Anafado de aparência, e ainda mais ancho de fortuna, significava bem o que se diz um bom partido. Aristarco tinha uma filha; saúde, fortuna: um genro ideal; ainda por cima bonachão e pacato.

A Melica, a altiva e requebrada Amália, lambisgóia, proporções de vareta, fina e longa, morena e airosa, levava o tempo a fazer de princesa. Dois grandes olhos pretos, exagero dos olhos pretos da mãe, tomavam-lhe a face, dando-lhe de frente a semelhança justa de um belo I com dois pingos. Por esses olhos e por sobre os ombros, que tinha erguidos e mefistofélicos, derramavam-se desdéns sobre tudo e sobre todos. Possuía e petiscava a certeza fácil de que o Ateneu em peso andava caído por ela, e morava no andor imaginário daquela idolatria de trezentos. Trezentos corações, trezentos desdéns. A eminência do pai sobre aquele mundozinho desprezível dava-lhe vida à vanglória, e ela gostava de visitar o colégio para ter ocasião de exercitar a altivez culminante, misturada, do sexo e da hierarquia. Quanto a Rômulo, era o primeiro no seu desprezo. Timbrava em não lhe prestar atenção. Designava-o esplendidamente: o parvo. Melica era bem-conversada e preciosa.

Rômulo filosofava por Epicuro. Desdéns não matam. Havia de bom naquela atitude de noivado perene uma série de utilidades: cargo de vigilante, privilégios de benevolência, um jantar de vez em quando com o diretor, isto é, uma folga ao paladar, imaginada em sonho por quantas bocas, no regime obrigatório e destemperado da casa, *menu* permanente, inviolável como a letra das constituições.

Quando vinha Melica ao Ateneu era Rômulo o primeiro a aproximar-se, o último a ser visto. Aristarco chamava-o às vezes e levava a passeio com a menina. Melica, toda donaire e orgulho, passava adiante e permitia quando muito que Rômulo a seguisse cabisbaixo e mudo, como um hipopótamo domesticado. Diga-se, a bem da verdade, que o gorducho esperava rir por último ao pai e à filha.

Em um estabelecimento de rumorosa fama como o Ateneu não se podia deixar de incluir no quadro das artes a música de pancadaria.

Passava despercebido o harmônio do Sampaio, religioso e bálbuce. Estimava-se como coisa somenos a rabequinha do Cunha, choramingas e expressiva, nas mãos do esguio violinista; manhoso o instrumento como uma casa de maternidade, pálido o músico, espichadinho e clorótico; dando ares de graça à linguagem das cravelhas por meio de sons que imitavam a quase afasia timorata e infantil do Cunha, descambando em síncopes, de vez em quando, de quando em vez, estendendo guinchos histéricos de amor vadio, saltitando *pizzicatos* como as biqueiras de verniz do Cunha, amigo de valsar, ágil no baile como as fitas, as plumas e as evaporadas tules.

Considerava-se razoavelmente o piano do Alberto Souto, bochechas largas de maestro em efígie, pianista portento que viera parar ao Ateneu depois de percorrer a Europa à cata de triunfos, redondo, curto e musical como um cilindro de realejo; famoso pela gargalhada soez, bagaço espremido da vaidade, da cobiça, que lhe ficara dos sucessos do palco e das surras da aprendizagem; e pela estupidez seca nos estudos, como se a inteligência lhe houvesse escapado pelos dedos para os teclados em deserção definitiva.

Mas a predileção de Aristarco era pela banda, pela pancadaria, grita vibrante dos cobres, fuzilaria das vaquetas, levando gente à janela quando o Ateneu passava, dando rebate à admiração das esquinas, o estrépito das caixas troando à marcha dobrada como um eco de combates, furor infrene, irresistível, de zabumbada em feira.

A banda tinha casa própria e um professor bem-pago. Os instrumentistas gozavam de particular favor nos relaxamentos de disciplina; nas ocasiões de festa eram mimoseados com um brinde de gulodices; condecoravam-se com distintivos de prata, que nem os harmoniosos concertantes do Orfeão logravam pilhar.

Ainda na banda graduava-se a predileção de Aristarco, segundo a importância de sonoridade dos timbres. O grave bombardão, o oficlide, a trompa, o trombone, o próprio sax, destinados ao mister secundário de acompanhamento, recuando, como lacaios, na encenação sonora, homens de armas servilmente bravos nas investidas brilhantes, ou tímidos pajens, arrepanhando o abandono de caudas escapadas ao luxo régio das grandes notas do canto, valiam menos ainda, na estima do diretor, que na marcação da partitura.

Predileto era o flautim, florete feito som, tênue, penetrante, perfuração de agulhas; predileta era a requinta, espécie de flautim rachado, agressiva como a vibração do dardo das serpentes; o fagote, aumentativo de requinta, único aparelho capaz de produzir artificialmente a fanhosidade colérica das sogras; o claro oboé, laringe metálica de um cantor de epopéias, heróico e belo; o *piston* frenético e vivo, estandarte à mostra sobre a celeuma, harmonizando, centralizando a instrumentação como um regimento de cavaleiros. Prediletos porque gritavam mais! Prediletos principalmente o tambor e o bombo tonante, primazia do estrondo, a trovoada das peles tesas, que a tormenta sobraça nos arroubos de carnaval canalha dos seus dias e que sobraçava, no Ateneu, Rômulo, o graxo Rômulo, o nédio, o opulento, o caríssimo genro das esperanças caras.

Foi exatamente por essa seriação de preferências acústicas que chegou Aristarco à descoberta do seu favorito. E por acaso.

Durante uma festa escolar, exibia-se a banda. Distrai-se o bombo e solta fora de tempo um magnífico tiro, que ia bem à composição executada como uma gota de tinta Monteiro numa aquarela. Metade dos ouvintes acreditaram que aquilo era um capricho wagneriano[1] enxertado de propósito; outra metade não conteve o riso.

Aristarco admirava o bombo em solo, solidão das salvas em pleno mar, fator grandioso de sonoridade que o Zé-Pereira multiplica. Mas o riso dos convidados incomodou-o.

Acabada a festa, mandou vir à presença o artista do estampido. Apresenta-se o músico e não sei como se entenderam que, em vez de castigo, retirou-se Rômulo do gabinete com os forais vantajosos de genro *ad honorem*.[2]

O escandaloso favor suscitou uma reação de inveja.

Rômulo era antipatizado. Para que o não manifestassem excessivamente, fazia-se temer pela brutalidade. Ao mais insignificante gracejo de um pequeno, atirava contra o infeliz toda a corpulência das infiltrações de gordura solta, desmoronava-se em socos. Dos mais fortes vingava-se, resmungando intrepidamente.

Para desesperá-lo, aproveitavam-se os menores do escuro. Rômulo, no meio, ficava tonto, esbravejando juras de morte, mostrando o punho. Em geral procurava reconhecer algum dos impertinentes e o marcava para a vindita. Vindita inexorável.

No decorrer enfadonho das últimas semanas, foi Rômulo escolhido, principalmente, para expiatório do desfastio. Mestre cook! via-se apregoado por vozes fantásticas, saídas da terra; mestre cook! por vozes do espaço rouquenhas ou esganiçadas. Sentava-se acabrunhado, vendo se se lembrava de haver tratado panelas algum dia na vida; a unani-

1 Referência irônica ao compositor alemão Richard Wagner (1813-1883).

2 Expressão latina: "com honra". Mais uma ironia do narrador, já que Rômulo nada fizera de louvável.

midade impressionava. Mais freqüentemente, entregava-se a acessos de raiva. Arremetia bufando, espumando, olhos fechados, punhos para trás, contra os grupos. Os rapazes corriam a rir, abrindo caminho, deixando rolar adiante aquela ambulância danada de elefantíase.

A uma das vaias estive presente. Rômulo marcou-me. Pouco depois encontrávamonos no longo corredor que levava à biblioteca do Grêmio. Situação embaraçosa. Eu vinha, ele ia. Parar? Recuar? Enquanto hesitava, fui-me adiantando. Rômulo, de salto, empolgou-me a gola da blusa. Sacudia a ponto de macerar-me o peito. "Então, seu cachorro (*sic*), diga-me aqui, se é capaz, quem é *mestre*."

A injúria equilibrou-me o espanto. Estava tudo perdido. Deitei bravura. "Mestre, mestríssimo cook", gritei-lhe à barba. Não sei bem do que houve. Quando dei por mim, estava estendido embaixo de uma escada. Entraram-me na cabeça três pregos que havia nos últimos degraus. Ponderando que tinha no futuro tempo de sobra para vingança, levantei-me e sacudi da roupa a poeira humilhante da derrota.

Afinal, o dia chegou dos exames primários.

Provas de formalidade para as transições do curso elementar: primeira aula, para a segunda, segunda para a terceira, terceira para o ensino secundário.

Levavam-se assentos e mesas para o salão do oratório, vestido o altar de um reposteiro, repoltreava-se a comissão solene, da qual faziam parte personagens da instrução pública, com o diretor e os professores.

Aristarco representava, na mesa, o voto pensado do guarda-livros. Contas justas: aprovação com louvor, cambiando às vezes para distinção simples; atraso de trimestre, aprovação plena, com risco de simplificação; atraso de semestre, reprovado.

Havia no Ateneu, fora dessa regra, alunos gratuitos, dóceis criaturas, escolhidas a dedo para o papel de complemento objetivo de caridade, tímidos como se os abatesse o peso do benefício; com todos os deveres, nenhum direito, nem mesmo o de não prestar para nada. Em retorno, os professores tinham obrigação de os fazer brilhar, porque caridade que não brilha é caridade em pura perda.

Nas provas do terceiro ano, as distinções foram tão numerosas que me veio ter às mãos uma, sem escândalo aliás, que desde muito perdera o medo e começava a quadrarme a *aisance*[1] das demonstrações, como um mal contaminado do diretor. Fiz um figurão, apanhei a deliciosa nota, que levei a mostrar em casa, como um bichinho raro, mimandolhe o pêlo fino, beijocando-lhe a focinheira. Sanches teve louvor; Maurílio louvor; Cruz louvor também, graças à especialidade da cartilha, em que era provecto, espantando a comissão julgadora com a ladainha toda de Nossa Senhora e ameaçando-nos com o calendário de cor, santo por santo, observações adjacentes, mais a designação das festas móveis e das luas, como o próprio doutor Ayer das pílulas catárticas o não faria. Gualtério, palhaço, foi reprovado. Nascimento, o "bicanca", fungou de satisfação: plenamente. Negrão,

---

1 Palavra francesa que significa "comodidade", "facilidade".

Almeidinha, Álvares, distinção. Contra a distinção desse último, o professor Mânlio protestou surdamente; o bronco do Álvares com distinção! Batista Carlos, o bugre das setas, bomba! Diante da comissão mostrou-se muito surpreendido das perguntas, como se tivesse alguma coisa com aquilo; Barbalho, bomba. Barbalho pai andava atrasado semestre e meio, e Barbalho filho não deixou de salvar as aparências com uma escrupulosa colaboração de asneiras. O ótimo, o venerável Rabelo não compareceu: deixara o colégio, havia meses, por causa dos olhos.

Enquanto na sala verde, emparedada de pórfiro polido, esperava, com os colegas, que aparecesse à porta o inspetor que devia ler o resultado do escrutínio, foi me parar a vista aos quadros de alto-relevo, das artes e das indústrias, os risonhos meninos nus, fraternais, em gesso puro e inocência. Senti-me velho. Que longa viagem de desenganos! Alguns meses apenas, desde que vira, à primeira vez, as ideais crianças vivificadas no estuque pelo contágio do entusiasmo ingênuo, ronda feliz do trabalho... Agora, um por um, que os interpretasse, aos pequenos hipócritas mostrando as nádegas brancas como um reverso igual de candura, um por um que os julgasse, e todo aquele gesso das facezinhas rechonchudas coraria de uma sanção geral e esfoladora de palmadas. Não me enganavam mais os pequeninos patifes. Eram infantis, alegres, francos, bons, imaculados, saudade inefável dos primeiros anos, tempos da escola que não voltam mais!... E mentiam todos!... Cada rosto amável daquela infância era a máscara de uma falsidade, o prospecto de uma traição. Vestia-se ali de pureza a malícia corruptora, a ambição grosseira, a intriga, a bajulação, a covardia, a inveja, a sensualidade brejeira das caricaturas eróticas, a desconfiança selvagem da incapacidade, a emulação deprimida do despeito, da impotência, o colégio, barbaria de humanidade incipiente, sob o fetichismo do mestre, confederação de instintos em evidência, paixões, fraquezas, vergonhas, que a sociedade exagera e complica em proporção de escala, respeitando o tipo embrionário, caracterizando a hora presente, tão desagradável para nós, que só vemos azul o passado, porque é ilusão e distância.

Para a exposição dos desenhos foram retiradas as carteiras da sala de estudo, forradas de metim escuro as paredes e os grandes armários. Sobre esse fundo, alfinetaram-se as folhas de Carson, manchadas a lápis pelo sombreado das figuras, das paisagens, pregaram-se, nas molduras de friso de ouro, os trabalhos reputados dignos dessa nobilitação.

Eu fizera o meu sucessozinho no desenho, e a garatuja evoluíra no meu traço, de modo a merecer encômios. A princípio, o bosquejo simples, linear, experiência da mão; depois, os esbatimentos de tons que consegui logo como um matiz de nuvem; depois, as vistas de campo, folhagem rendilhada em bicos, pardieiros em demolição pitoresca da escola francesa, como ruínas de pau podre, armadas para os artistas. Depois de muito moinho velho, muita vivenda de palha, muito casarão deslombado, mostrando as misérias como um mendigo, muita pirâmide de torre aldeã esboçada nos últimos planos, muita figurinha vaga de camponesa, lenço em triângulo pelas costas, rotundas ancas, saias grossas em pregas, sapatões em curva, passei ao desenho das grandes cópias, pedaços de rosto humano, cabeças completas, cabeças de corcel; cheguei à ousadia de copiar com toda a magnificência das sedas, toda a graça forte do movimento, uma cabra do Tibete!

Depois da distinção do curso primário, foi essa cabra o meu maior orgulho. Retocada pelo professor, que tinha o bom gosto de fazer no desenho tudo quanto não faziam os discípulos, a cabra tibetana, meio metro de altura, era aproximadamente obra-prima. Ufanava-me do trabalho. Não quis a sorte que me alegrasse por muito. Negaram-me à bela cabra a moldura dos bons trabalhos; ainda em cima — considerem o desespero! — exatamente no dia da exposição, de manhã, fui encontrá-la borrada por uma cruz de tinta, larga, de alto a baixo, que a mão benigna de um desconhecido traçara. Sem pensar mais nada, arranquei à parede o desgraçado papel e desfiz em pedaços o esforço de tantos dias de perseverança e carinho.

Quando os visitantes invadiram a sala, notaram na linha dos trabalhos suspensas duas enigmáticas pontas de papel rasgado. Estranhavam, ignorando que ali estava, interessante, em último capítulo, a história de uma cabra, de uma cruz, drama de desespero e espólio miserando de uma obra-prima que fora.

As exposições artísticas eram de dois em dois anos, alternadamente com as festas dos prêmios. Conseguia-se assim uma quantidade fabulosa de papel riscado para maior riqueza das galerias. Cobria-se o metim desde o soalho até o teto. Havia de tudo, não só desenhos. Alguns quadros a óleo, do Altino, risonhas aquarelas acidentando a monotonia cinzenta do Fáber, do Conté, do *fusain*[1]. Os futuros engenheiros aplicavam-se às aguadas de arquitetura, aos desenhos coloridos de máquinas.

Entre as cabeças a *crayon* retinto, crinas de ginete, felpas de onagro lanzudo, inclinando o funil das orelhas, cerdosas frontes hirsutas de javalis, que arreganhavam presas, perfis de audácia em colarinhos de renda, abas atrevidas de feltro, plumas revoltas, fisionomias de marujo, selvagens, arrepiadas, num sopro de borrasca, barbas incultas, carapuça esmurrada sobre a testa, cachimbo aos dentes; entre todas essas caras, avultava uma coleção notável de retratos do diretor.

O melindroso assunto fora inventado pela gentileza de um antigo mestre. Preparou-se modelo; um aluno copiou com êxito; e, depois, não houve mais desenhista amável que não entendesse zeladamente dever ensaiar-se na respeitável verônica[2]. Santo Deus! Que ventas arranjavam ao pobre Aristarco! Era até um desaforo! Que olhos de blefarite! Que bocas de beiços pretos! Que calúnia de bigodes! Que invenção de expressões aparvalhadas para o digno rosto do nobre educador!

Não obstante, Aristarco sentia-se lisonjeado pela intenção. Parecia-lhe ter na face a cocegazinha sutil do *crayon* passando, brincando na ruga mole da pálpebra, dos pés-de-

---

1 Em francês, "desenho a carvão".

2 Imagem do rosto de Jesus estampada num pano em que, segundo a tradição, uma mulher de Jerusalém, chamada Verônica, enxugou o rosto do Mestre. Nessa passagem, o narrador refere-se à figura de Aristarco como se fosse um rosto sagrado.

galinha, contornando a concha da orelha, calcando a comissura dos lábios, entrevista na franja dos fios brancos, definindo a severa mandíbula barbeada, subindo pelas dobras oblíquas da pele ao nariz, varejando a pituitária, extorquindo um espirro agradável e desopilante.

Por isso eram acatados os desenhistas da verônica.

Os retratos todos, bons ou maus, eram alojados indistintamente nas molduras de recomendação. Passada a festa, Aristarco tomava ao quadro o desenho e levava para casa. Tinha-os já às resmas. Às vezes, em momentos de *spleen*, profundo *spleen* de grandes homens, desarrumava a pilha; forrava de retratos, mesas, cadeiras, pavimento. E vinha-lhe um êxtase de vaidade. Quantas gerações de discípulos lhe haviam passado pela casa! Quantos afagos de bajulações à efígie de um homem eminente! Cada papel daqueles era um pedaço de ovação, um naco de apoteose.

E todas aquelas coisas malfeitas animavam-se e olhavam brilhantemente. "Vê, Aristarco", diziam em coro, "vê; nós aqui estamos, nós somos tu, e nós te aplaudimos!" E Aristarco, como ninguém na Terra, gozava a delícia inaudita, ele incomparável, único capaz de bem se compreender e de bem se admirar, de ver-se aplaudindo em chusma por alter-egos, glorificado por uma multidão de si-mesmos. *Primus, inter pares*[1].

Todos, ele próprio, todos aclamando-o.

1 Expressão latina: "primeiro entre seus iguais".

8

No ano seguinte, o Ateneu revelou-se-me noutro aspecto. Conhecera-o interessante, com as seduções do que é novo, com as projeções obscuras de perspectiva, desafiando curiosidade e receio; conhecera-o insípido e banal como os mistérios resolvidos, caiado de tédio; conhecia-o agora intolerável como um cárcere, murado de desejos e privações.

Desenvolvido à força e habilitado no torvelinho moral do internato, aproveitara os dois meses de feriado para espreitar a animação da vida exterior. A sala, a sociedade, os negócios da praça pública, que na infância são como contatos de nevoeiros resvalando pela imaginação, que nos despertam com um estardalhaço de pesadelo, que fogem, que se somem, deixando-nos readormecidos no esquecimento da idade, ao tempo em que preferimos da *soirée* os bons-bocados, das *toilettes* os laços de cores rútilas, ignorando que há talvez na vida alguma coisa mais açúcar que o açúcar, e que o toque macio pode uma vez levar vantagem à coloração fulgurante, quando invejamos das posições sociais modestamente o garbo de Faetonte[1] nos

1 Segundo a mitologia grega, filho de Hélio (divindade helênica do Sol e da luz), que teria tomado o carro do pai e, não sabendo manejá-lo, quase abrasou a Terra. Zeus, para evitar o desastre, fulminou-o com seus raios.

carros de praça ou a bravura rubente de umas calças de grande uniforme, sem saber que as ambições vão mais alto e que há comendadores; o movimento do grande mundo não me aparecia mais como um teatro de sombras. Comecei a penetrar a realidade exterior como palpara a verdade da existência no colégio. Desesperava-me então ver-me duplamente algemado à contingência de ser irremissivelmente pequeno ainda e colegial. Colegial, quase calceta! Marcado com um número, escravo dos limites da casa e do despotismo da administração.

Havia a escassa compensação dos passeios. Uniformizava-se de branco o colégio como para as festas de ginástica, com os gorros de cadarço, e saíamos a dois, a quatro de fundo, tambores, clarins à frente.

No ano anterior, os passeios tinham sido insignificantes, marchas alegres pelo arrabalde. Vinham ao peitoril as mocinhas, e nós todos, anchos de militarismo, despendíamos elegância prodigamente. Eram melhores as excursões à montanha. Subíamos aos Dois Irmãos, caminho do Corcovado, marchávamos até a Caixa d'Água. Aí debandávamos, na ameníssima chapada.

Os passeios eram depois do jantar. À noitinha voltávamos, dando balanço às notas de sensações, um deslumbramento verde de floresta, um retalho de afogueado crepúsculo, um canto de cidade ao longe diluído em fumaça cor de pérola, ou o olhar de uma dama e o sorriso de outra, projéteis inofensivos de namoro que na hipótese de andar a gente em forma têm o defeito da incerteza, se vêm expressamente a nós, se ao vizinho, e a nós apenas por uma casualidade de ricochete — o ciúme eterno dos cerra-filas que a Praia Vermelha conhece.

Os novos passeios foram mais consideráveis.

Primeiro ao Corcovado, assalto ao gigante, hoje domado pela vulgaridade da linha férrea.

Às duas horas da noite, troaram os tambores como em quartel assaltado. Os rapazes, que mal havíamos dormido, na excitação das vésperas, precipitaram-se dos dormitórios. Às três e pouco estávamos na serra.

Aristarco rompia a marcha, valente como um mancebo, animando a desfilada como Napoleão nos Alpes.

Passeio noturno de alegria sem nome. As árvores beiravam a estrada de muros de sombra num e noutro ponto rendada de frestas para o céu límpido. No caminho, trevas de túnel e a agitação confusa das roupas, malhada a esmo de placas de luar brando, reptil imenso de cinza e leite em vagarosa subida. Que sonho de cócegas experimentaria o colosso, na dormência de pedra que o prostrava ainda, espezinhado pela invasão! Subíamos. Pelas abertas do arvoredo devassávamos abismos; ao fundo, a iluminação pública por enfiadas, como rosários de ouro sobre veludo negro.

A boa altura, acampamos para o café. Criados que nos precediam com o farnel improvisaram um balcão e nos serviam sucessivamente na ordem da forma. Felizes alguns, conseguiram uma gota de fino Porto, mais quente que o café, reforçando com um banho interno de conforto contra a umidade da altitude e da hora, inflamando a coragem como um ponche, avivando a alegria como um brinde de fogo.

O espaço aparecia mais claro sobre a renda das ramas; as últimas estrelas por entre as folhas emurcheciam como jasmins e fechavam-se. Aristarco deu ordens à banda. A subida recomeçou em festa, um dobrado triunfal rasgou o silêncio das montanhas espavorindo a noite; o bombo de Rômulo trovejou robusto, com imensa admiração da passarada que o espiava metendo o bico à beira dos ninhos, que o cobiçava talvez para genro, aturdindo os ecos com um repente brutal de alvorada.

Ao passo que nos elevávamos, elevava-se igualmente o dia nos ares. Apostava-se a ver quem primeiro cansava. Ninguém cansava. Cada avanço da luz no espaço era como um excitante novo para a jornada, suavizando a doçura do alvorecer todo o esforço da ascensão. Quando a música parava, ouvíamos na alvenaria do grande encanamento, pelos respiradouros, as águas do Carioca, ciciando queixas poéticas de náiade emparedada.

Avistávamos por hiatos de perspectiva a baía, o oceano vastamente desdobrado em chamas, extenso cataclismo de lava.

No planalto do Chapéu de Sol paramos. O diretor convencionou que, ao sinal de debandar, assaltaríamos na carreira o espigão de granito empinado à extrema do monte. A rapaziada aclamou a proposta e, com um alarido bárbaro de peleja, arrojamo-nos à conquista da altura.

Chegou na frente o Tonico, meninote nervoso, de São Fidélis, especialista invicto da carreira, corredor de prática e princípios, que de cada exame da instrução pública fugia duas vezes à chamada, entendendo que a fuga é a expressão verdadeira da força, e a bravura uma invenção artificial dos que não podem correr.

Rômulo fez a asneira de tentar o espigão; ficou a meio caminho, sufocado, inanimado, roncando por terra.

Almoçamos às dez horas, cada um para seu lado, depois da distribuição frugal do mantimento. Fartos de paisagem, formamos para a descida.

Descida penosa. Tínhamos imprudentemente esgotado as forças na folgança. A marcha de volta foi uma miséria. Formamos ainda, mas já não havia quem olhasse para o alinhamento. As correias frouxas escapavam à cintura, as blusas às correias; os pés cambavam, mal-equilibrados no calçado; bambeavam os joelhos passadas de bêbado.

As crianças adiante voltavam os olhos dolorosamente para o diretor, segurando-se uns aos outros pelos ombros, seguindo em grupos atropelados como carneiros para a matança. Aristarco, tão lépido como na subida, estimulava o seu povinho, chasqueando compadecidas ironias.

Quis recorrer ao estimulante da música. Os músicos, derreados, haviam deixado os instrumentos na carroça da matalotagem que vinha longe. Nem tambores nem clarins; apenas Rômulo, atrás de todos, trazia o bombo de roldão pela estrada como uma pipa.

Por maior tormento, fundia-se a soalheira em chumbo ardente sobre nós, ascendendo reflexos insuportáveis na areia da estrada, enquanto reverberava o dia lá em baixo, sobre as casas, pelos jardins, nublados de vaporizações de estio, sobre a vegetação das montanhas, a florescer das tristes flores da Paixão da aleluia.

Voltávamos de um dia alegre como soldados batidos. A ordem de marcha decompôs-se aos poucos. Quando chegamos ao Rio Comprido, íamos por bandos dispersos, arquejantes, os de maior fôlego na vanguarda; depois, em cauda interminável de alquebramento, os mais fracos, até aqueles que ficavam pelo chão como enfermos e que os inspetores buscavam como gado perdido.

No portão do Ateneu, mãos às cadeiras, dentinhos brancos à vista, esperava-nos Ângela, fresca e forte, e recebia com uma vaia de risadas aquela entrada de vencidos, homens e moços.

Quando, tempos passados, anunciou-se o grande piquenique ao Jardim Botânico, certo não foi objeção a lembrança desse descalabro de fadiga. Tínhamos almoçado na montanha; tratava-se agora de ir jantar ao jardim. Prontos!

Ao meio-dia, apeava o Ateneu dos bondes especiais à porta do grande parque. Atravessamos cantando um dos hinos do colégio as arcarias elevadas de palmas. Junto ao lago da avenida, debandamos.

No bosque dos bambus, à esquerda, estavam armadas as longas mesas para o banquete das quatro horas. Graças à boa vontade dos pais, prevenidos oportunamente, vergavam as tábuas, sobre cavaletes, ao peso de uma quantidade rabelaisiana de acepipes. À parte, em cestos, no chão, amontoavam-se frutas, caixas e frascos de confeitaria.

Era por um desses dias caprichosos, possíveis todo o ano, mais freqüentes de verão, em que as bátegas de chuva fazem alternativa com as mais sadias expansões de sol, deliciosos e traidores, em que, parece, a alma feminina se faz clima com as incertezas de pranto e riso.

Chovera uma vez ao partirmos, outra vez em viagem; havia no jardim muita umidade na relva e sob as folhas caídas; às alamedas de mais sombra, via-se a areia crivada recentemente dos pequeninos furos que cava o gotejar do arvoredo. Mas eram tão claros os trechos de bom tempo, no intervalo dos nimbos, que não podiam apreensões de aguaceiro entibiar a franqueza de alegria a que estávamos preparados.

A rapaziada dispersou-se pelos gramados para a montanha, para os canaviais e pomares de ingresso vedado. Alguns, munidos de anzóis, acocoravam-se à beira do açude, como batráquios, enquanto esperavam que picasse a probabilidade difícil de um peixe.

Os de espírito calmo buscavam sítios de soledade, iam passear a cisma silenciosa; os sentimentais, com o instinto dos fotógrafos paisagistas, ensaiavam, comparavam, aplaudiam os melhores pontos de vista, ou simplesmente, dois a dois, íntimos, seguiam para longe, braços pela cintura, balbuciando diálogos lentos. Os menores corriam, armando animadíssimos brincos, atiravam-se às borboletas, iam pelos cursos d'água canalizada através do parque, perseguindo a fuga de um graveto, trépido, inalcançável na evasão rápida da linfa. Nos enredamentos obscuros do bosque, exatamente onde o artista grego incluiria um sátiro, podia-se surpreender sobre uma blusa o confiado abandono bucólico de outros colegas.

De quando em quando, um sinal de clarim. Tocava-se a reunir e fazia-se a distribuição das gulodices. Muitos não compareciam.

Às quatro horas a banda de música assinalou com o Hino Nacional o grande momento da festa campestre.

De todos os pontos do jardim começaram a chegar magotes pressurosos de uniformes brancos. Os vigilantes, enérgicos, regularizavam a ocupação dos lugares.

Ao correr da mesa, fechou-se o bloqueio ameaçador de dentaduras.

No centro, alinhavam-se as peças, sem conta, frias, sem molho, apetitosas, entretanto, da cor tostada e do aroma suculento.

Os garfos agitavam-se inimigos, amolavam-se os trinchantes nas mãos dos copeiros...

Obrigados a uma sobranceria estóica de filósofos, depois da provação definitiva do forno, nem os perus, nem os leitões, nem os tímidos frangos mostravam aperceber-se da situação arriscada.

Os frangos de pernas para trás, sobre o dorso, cabeça escondida na asa, pareciam dormir sonhando o calembur das penas perdidas; os redondos bácoros, encouraçados na bela cor de torresmo, serviam-se dos olhos de azeitona para não mais ver as seduções mentidas da existência, empenhados em ensinar aos homens como se leva a cabo o suplício culinário dos palitos com a agravante azeda dos limões em rodela; os perus, soberbos até a última e menos filosóficos, prescindiam francamente da cabeça, orgulhosos apenas da vastidão do peito, enfunando a vaidade cheia do papo, hipertrofia de farofa.

Guarnecendo os assados, perfilavam-se as garrafas pretas desarrolhadas, conglobavam-se montes de maçãs, pêras, laranjas, apoiadas às nacionalíssimas bananas, como um traço de nativismo. Os pudins, as marmeladas, as compotas enchiam os vãos da toalha, com um zelo apertado de mediador plástico. Mesmo sem meter em conta as postas de rosbife com que contribuíra Aristarco, percebe-se que era de truz o jantar.

Quando os rapazes sentaram-se, em bancos vindos do Ateneu de propósito, e um gesto do diretor ordenou o assalto, as tábuas das mesas gemeram. Nada pôde a severidade dos vigilantes contra a selvageria da boa vontade. A licença da alegria exorbitou em canibalismo.

Aves inteiras saltavam das travessas, os leitões, à unha, hesitavam entre dois reclamos igualmente enérgicos, dos dois lados da mesa. Os criados fugiram. Aristarco, passando, sorria do espetáculo como um domador poderoso que relaxa. As garrafas, de fundo para cima, entornavam rios de embriaguez para os copos, excedendo-se pela toalha em sangueira. Moderação, moderação, clamavam os inspetores, afundando a boca em aterros de farofa dignos do senhor Revy. Alguns rapazes declamavam saúdes, erguendo, em vez de taça, uma perna de porco. À extremidade da última das mesas um pequeno apanhara um trombone e aplicava-se, muito sério, a encher-lhe o tubo de carne assada. Maurílio descobriu um repolho recheado e devorava-o às gargalhadas, afirmando que era munição para os dias de gala. Cerqueira, "ratazana", curvado, redobrado, sobre o prato, comia como um restaurante, comia, comia, comia como as sarnas, como um cancro. Sanches, meio embriagado, beijava os vizinhos, caindo, com os beiços em tromba. Ribas, dispéptico, era o único retraído; suspirava de longe, anjo que era, diante dos reprovados excessos da bacanal.

Em meio do tumulto ebrifestante, ouviram-se palmas. À cabeceira da mesa principal, apresentavam-se de pé Aristarco e o empertigadinho e cúprico professor Venâncio. Era a poesia! Venâncio de Lemos costumava improvisar, mais ou menos previamente, estrofes análogas nas festas campestres...

Outros professores, que tinham concorrido ao piquenique, davam-se à faina grosseira de jantar. Ele não.

Havia um quarto de hora que andava misteriosamente por uma aléia de bambus, esfiapando as barbicas, a gaforinha, palpando a testa, arrancando inspiração ao couro cabeludo, passando, nervoso, repassando, espiado furtivamente pela nossa admiração. Ninguém ousava acercar-se, temendo perturbar a elaboração do gênio.

Muxoxos adoráveis das brisas, que andais pela mata, gemedoras fontes, que desfiais à toa as lágrimas de vossos penares, amáveis sabiás cantores, que viveis de plantão na palmeira da literatura indígena, sem que vos galardoe uma verba da secretaria do Império, vinde comigo repartir o segredo do vosso encanto! Sedutoras rolinhas, um pouco da vossa ternura! Vívidos colibris, a mim! Que sois como os animados tropos do poema frondoso da floresta... E as inspirações vieram. Primeiro, cerimoniosamente, à altura, volteando espirais de urubu sobre a carniça; depois, de chofre caindo-lhe às bicadas sobre o estro. O estro entorpecido acordou. Fez-se hipogrifo um asno morto. O poeta foi registrando as estrofes.

Quadras de rima fácil de particípios, espancados pelo camartelo contundente dos agudos.

Sustou-se em toda a linha o furor gastronômico dos rapazes. Ficamos a ouvir, surpresos.

Murmuraram as brisas; as fontes correram; tomaram a palavra os sabiás; surgiram palmeiras em repuxo; houve revoadas de juritis, de beija-flores; todas essas coisas, de que se alimentam versos comuns e de que morrem à fome os versejadores. Súbito, no melhor das quadras, exatamente quando o poeta apostrofava o dia sereno e o sol, comparando a alegria dos discípulos com o brilho dos prados, e a presença do mestre com o astro supremo, mal dos improvisos prévios, desata-se das nuvens espessadas uma carga d'água diluvial, única, sobre o banquete, sobre o poeta, sobre a miseranda apóstrofe sem culpa.

Venâncio não se perturbou. Abriu um guarda-chuva para não ser inteiramente desmentido pelas goteiras e continuou, na guarita, a falar entusiasticamente ao sol, à limpidez do azul.

Não querendo desprestigiar o estimável subalterno, Aristarco fingia acreditar no improviso e, indiferente, deixava cair o aguaceiro. As abas do chapéu de palha murchavam-lhe ao redor da cabeça, o rodaque branco desengomava-se em pregas verticais gotejantes.

Para os rapazes a chuva foi novo sinal de desordem. Deixou-se o poeta com a sua inspiração arrebatadora de bom tempo; recomeçou a investida aos pratos.

A abóbada de folhagem que nos cobria, em vez de atenuar a violência das águas, concorria para fazer mais grossos os pingos. Pouco importava. A filosofia impermeável do diretor servia-nos também de capa. Que chovesse! Era o molho dos manjares que nos faltava. As frutas lavadas luziam com um verniz de frescura que o próprio outono não possui. O vinho estendia-se pela toalha encharcada numa generalização solene de púrpura. O banho oportuno do banquete vinha temperar a demasiada aridez das farinhas de recheio. "Acabamos pela sopa", descobriu Nearco, o penetrante, "por onde o vulgo principia!"

Qual acabávamos! Ninguém acabou. Sucedeu que, com os fundilhos molhados, ninguém quis mais sentar-se. Girou o atropelo ao redor das mesas; os bancos foram repelidos a pontapés. Repartia-se o doce sem eqüidade; quem não avançava a tempo ficava sem ele. Dois inspetores, João Numa e o Conselheiro, a pretexto de decidir uma contenda, arranjaram-se com uma caixa de pessegada e desapareceram.

A chuva desculpava a bebida. Era inacreditável o consumo de brindes. Brindes a Aristarco, brindes aos companheiros, ao Silvino, ao poeta, ao sol, aos temporais, ao trovão escandinavo; inimigos figadais, no transporte do prazer, reconciliaram-se; Barbalho saudou-me fogosamente. Rômulo, já tonto, afastado das mesas, brindava o copeiro que lhe arranjara uma garrafa; depois brindou a noiva; o criado, bebendo também, tocou-lhe o copo.

Como escurecia, o diretor fez o clarim chamar à forma.

Debaixo do aguaceiro que não cessava, o colégio alinhou-se como bem pôde. Muitos, queixando-se de saúde delicada, obtiveram dispensa dessa importuna disciplina de equilíbrio; seguiram adiante para o portão abrigado do jardim... Após, fomos os outros, em marcha regular, pingando de molhados. A fita vermelha dos gorros desbotava-se-nos pelo rosto em fios de sangue.

Quando chegamos ao portão, já nos esperavam os bondes especiais. Do outro lado da rua, à entrada do conhecido restaurante, apareceu a família do Aristarco com alguns professores, que lá tinham jantado. Dona Ema, pelo braço do Crisóstomo, a Melica altivamente só e distanciada.

No colégio, tivemos ordem de subir a descanso nos dormitórios. Preventivo louvável de prudência, depois dos excessos e da tempestade sofrida. O descanso foi simplesmente um prolongamento da pândega do passeio. Para cessar a desordem, tocou-se a estudo... Baixamos ao salão geral. Aristarco, reassumindo a dureza olímpica da seriedade habitual, apresentou-se e perguntou asperamente se pretendíamos que a vida passasse a ser agora um piquenique perpétuo na desmoralização. Tacitamente negamos e a tranqüilidade normal entrou nos eixos.

Não sabíamos que, a essas horas, preparava o segredo da alta justiça uma trama de intrigas, que devia estragar em terrores a lembrança do grande passeio.

À hora da ceia, na mesma porta em que se lia a gazetilha das aulas, sombrio como nunca, vagaroso como os compassos de réquiem, tétrico como o juízo final, entrou o diretor.

Pausa preliminar, frêmito de sensação pelo refeitório: "Tenho a alma triste", começou, cavernosamente. Uma cinta de trovões no horizonte, restos da tormenta da tarde, faziam fundo às palavras em coro esquiliano.

"Tenho a alma triste. Senhores! A imoralidade entrou nesta casa! Recusei-me a dar crédito, rendi-me à evidência..." Com todo o vigor tenebroso dos quadros trágicos, historiou-nos uma aventura brejeira. Uma carta cômica e um encontro marcado no Jardim. "Ah! Mas nada me escapa... Tenho cem olhos. Se são capazes iludam-me! Está em meu poder um papel, monstruoso corpo de delito, assinado por um nome de mulher! Há mulheres no Ateneu, meus senhores!"

Era uma carta do Cândido, assinada Cândida.

"Essa mulher, essa cortesã, fala-nos da segurança do lugar, do sossego do bosque, da solidão a dois... Um poema de pouca vergonha! É muito grave o que tenho a fazer. Amanhã é o dia da justiça! Apresento-me agora para dizer somente: serei inexorável, formidando! E para prevenir: todo aquele que direta ou indiretamente se acha envolvido nessa miséria... Tenho a lista dos comprometidos... e que negar espontâneo auxílio ao procedimento da justiça, será reputado cúmplice e como tal: punido!"

Esse convite era um verdadeiro arrastão. Remexendo a gaveta da consciência e da memória, ninguém havia, pode-se afirmar, que não estivesse implicado na comédia colegial dos sexos, ao menos pelo enredo remoto do "ouvi dizer". Ouvir dizer e não denunciar logo era um crime dos grandes na jurisprudência costumeira. A devassa prometida fazia alarma geral. Como prever as complicações do processo? Como adivinhar o segredo tremendo da lista?

Aristarco ufanava-se de perspicácia de inquisidor. Sob a saraivada das perguntas, ameaças, promessas, o interrogado perturbava-se, comprometia-se, entregava-se e traía os outros; nos processos do gabinete, os fatos floresciam em corimbo, frutificavam em cacho; a pesquisa de uma culpa descobria três, sem contar as ramificações da cumplicidade de outiva.

Ao retirar-se, o diretor deixou na sala uma estupefação de pavor.

Eu, particularmente, tinha valiosos motivos de sobressalto. A guerra latente que já me ligava ao diretor, como as conjunções disjuntivas, exacerbara-se com um episódio gravíssimo, rompimento decisivo.

A caminho da biblioteca, no mesmo lugar do infeliz encontro com o enorme Rômulo, achei-me inesperadamente com o Bento Alves.

As simpatias do excelente companheiro não tinham diminuído. Durante as férias, fora ver-me em casa, travando relações com a minha família. Fui recomendado insistentemente ao amigo, que me valesse, nas dificuldades da vida colegial, contra o constante perigo da camaradagem perniciosa. Durante o mês de janeiro não nos vimos. Por ocasião da abertura das aulas, notei-lhe um calor novo de amizade, sem efusões como dantes, mas evidentemente testemunhado por tremores da mão ao apertar a minha, embaraços na voz de amoroso errado, bisonho desviar dos olhos, denunciando a relutância de movimentos secretos e impetuosos. Às vezes mesmo, um reflexo assustador de loucura acentuava-se-lhe nos traços.

Interessava-me aquela agonia comprimida. Estranha coisa, a amizade que, em vez de aproximação franca dos amigos, podia assim produzir a incerteza do mal-estar, uma situação prolongada de vexame, como se a convivência fosse um sacrifício e o sacrifício uma necessidade.

Durante os primeiros dias do ano, poucos alunos chegados, ficávamos horas inteiras em companhia. Trouxera-me um presente de livros, com dedicatória a cores de bela caligrafia, inscrita em rosas entrelaçadas de cromo. Recordo-me também de um dulcíssimo cofre dourado de pastilhas e outras ridicularias de amabilidade que me oferecia, passado de vergonha pela insignificância do obséquio. Confusamente ocorria-me a lembrança do meu papelzinho de namorada faz-de-conta, e eu levava a seriedade cênica a ponto de galanteá-lo, ocupando-me com o laço da gravata dele, com a mecha de cabelo que lhe fazia cócega aos olhos, soprava-lhe ao ouvido segredos indistintos para vê-lo rir, desesperado de não perceber. Uma das irmãs casara no Rio Grande; ele mostrou-me o retrato do noivo, um par de bigodes negros descaídos, com a noiva, um rosto oval correto e puro, o turbilhão nevoento dos véus. Deu-me um botão de flor de laranjeira que tinham remetido.

Andavam assim as coisas, em pé de serenidade, quando ocorreu a mais espantosa mudança.

Não sei que diabo de expressão notei-lhe no semblante, de ordinário tão bom. Desvairamento completo. Apenas me reconheceu atirou-se como fizera Rômulo e igualmente brutal. Rolamos ao fundo escuro do vão da escada. Derribado, contundido, espancado, não descurei da defesa. Entrevi na meia obscuridade do recanto um grande sapato embolorado. Lutando na poeira, sob o joelho esmagador do assaltante, ataquei-lhe a cabeça, a cara, a boca, a formidáveis golpes de tacão, apurando a energia de sola ferrada com a onipotência dos extremos. Bento Alves deixou-me bruscamente.

Tínhamos lutado em silêncio, sem que nada mais se ouvisse do que os encontrões pelo soalho. No corredor, entretanto, vimos Aristarco que chegava como em socorro. Bento Alves passou; imobilizou-o com o olhar sem vista, esgazeado, medonho, de quem acaba de perpetrar um homicídio e desapareceu, trôpego, manchado de pó, lábios inflamados, desordem nos cabelos.

Aristarco veio sobre mim. Que explicasse a briga! Eu estava como o adversário, empoeirado e sujo como de rolar sobre escarros.

Respondi-lhe com violência.

"Insolente", rugiu o diretor. Com uma das mãos prendendo-me a blusa, a estalar os botões, com a outra pela nuca, ergueu-me ao ar e sacudiu. "Desgraçado! Desgraçado, torço-te o pescoço! Bandalhozinho impudente! Confessa-me tudo ou mato-te."

Em vez de confessar, segurei-lhe o vigoroso bigode. Fervia-me ainda a excitação do primeiro combate; não podia olhar conveniências de respeito. Esperneei, contorci-me no espaço como um escorpião pisado. O diretor arremessou-me ao chão. E, modificando o tom, falou: "Sérgio! Ousaste tocar-me!"

— Fui primeiro tocado! — repliquei fortemente.

— Criança! Feriste um velho!

Reparei que havia no chão fios brancos de bigode.

— Fui vilmente injuriado — disse.

— Ah! Meu filho, ferir a um mestre é como ferir ao próprio pai, e os parricidas serão malditos.

O tom comovido desse final inesperado impressionou-me até o íntimo da alma. Estava vencido. Fiquei por um minuto horrorizado de mim mesmo. De volta do atordoamento, achei-me só no corredor. A saída dramática do diretor aumentou-me ainda os remorsos. Houve uma reação de esforço moral e desatei nervosamente em pranto, chorei a valer, amparando-me ao peitoril de uma janela.

Contava certo com um castigo excepcional, uma cominação qualquer do célebre código do arbítrio, em artigo cujo grau mínimo fosse a expulsão solene.

Esperei um dia, dois dias, três: o castigo não veio. Soube que Bento Alves despedira-se do Ateneu na mesma tarde do extraordinário desvario. Acreditei algum tempo que a minha impunidade era um caso especial do afamado sistema das punições morais e que Aristarco delegara ao abutre da minha consciência o encargo da sua justiça e desafronta. Hoje penso diversamente: não valia a pena perder de uma vez dois pagadores prontos, só pela futilidade de uma ocorrência, desagradável, não se duvida, mas sem testemunhas.[1]

O caso morreu em segredo de discrição, encontrando-nos eu e o diretor num conchavo bilateral de reserva, como se nada houvesse.

O ressentimento, porém, devia ser fundo e a perspectiva tormentosa do processo ameaçava-me como o ensejo iminente da desforra.

Não foi possível dormir tranqüilo.

À hora do primeiro almoço, como prometera, Aristarco mostrou-se em toda a grandeza fúnebre dos justiçadores. De preto. Calculando magnificamente os passos pelos do diretor, seguiam-no em guarda de honra muitos professores. À porta fronteira, mais professores de pé e os bedéis ainda, e a multidão bisbilhoteira dos criados.

Tão grande a calada, que se distinguia nítido o tique-taque do relógio, na sala de espera, palpitando os ansiados segundos.

Aristarco soprou duas vezes através do bigode, inundando o espaço com um bafejo todo-poderoso.

---

1 Note o enfoque do mesmo fato em dois tempos diferentes: a impressão de Sérgio menino no momento e a análise fria do fato pelo narrador adulto.

E, sem exórdio:

"Levante-se, senhor Cândido Lima!"

"Apresento-lhes, meus senhores, a senhora dona Cândida", acrescentou com uma ironia desanimada.

"Para o meio da casa! E curve-se diante dos seus colegas!"

Cândido era um grande menino, beiçudo, louro, de olhos verdes e maneiras difíceis de indolência e enfado. Atravessou devagar a sala, dobrando a cabeça, cobrindo o rosto com a manga, castigado pela curiosidade pública.

"Levante-se, senhor Emílio Tourinho...

Este é o cúmplice, meus senhores!"

Tourinho era um pouco mais velho que o outro, porém mais baixo; atarracado, moreno, ventas arregaladas, sobrancelhas crespas, fazendo um só arco pela testa. Nada absolutamente conformado para galã; mas era com efeito o amante.

"Venha ajoelhar-se com o companheiro."

"Agora, os auxiliares..."

Desde as cinco horas da manhã trabalhava Aristarco no processo. O interrogatório, com o apêndice das delações da polícia secreta e dos tímidos, comprometera apenas dez alunos.

A chamado do diretor, foram deixando os lugares e postando-se de joelhos em seguimento dos principais culpados.

"Estes são os acólitos da vergonha, os co-réus do silêncio!"

Cândido e Tourinho, braço dobrado contra os olhos, espreitavam-se a furto, confortando-se na identidade da desgraça, como Francesca e Paolo[1] no inferno.

Prostrados os doze rapazes perante Aristarco, na passagem alongada entre as cabeceiras das mesas, parecia aquilo um ritual desconhecido de noivado: à espera de bênção para o casal à frente.

Em vez da bênção chovia a cólera.

"... Esquecem pais e irmãos, o futuro que os espera e a vigilância inelutável de Deus!... Na face estanhada não lhes pegou o beijo das mães... Caiu-lhes a vergonha como um esmalte postiço... Deformada a fisionomia, abatida a dignidade, agravam ainda a natureza; esquecem as leis sagradas do respeito à individualidade humana... E encontram colegas assaz perversos, que os favorecem, calando a reprovação, furtando-se a encaminhar a vingança da moralidade e a obra restauradora da justiça!..."

Não posso atear toda a retórica de chamas que ali correu sobre Pentápolis[2]. Fica uma amostra do enxofre.

---

1 Casal de amantes punido com os tormentos do inferno; personagens do poema *A divina comédia*, de Dante Alighieri (1265-1321)

2 Nome dado na Antigüidade a uma região que agrupava cinco cidades. Nessa passagem, a referência dirige-se a Sodoma, Gomorra, Adama, Segor e Seboim. As duas primeiras, segundo a Bíblia, foram destruídas pela ira divina por meio do fogo e do enxofre, por causa de sua imoralidade.

Isso, porém, era um começo. Conduzidos pelos inspetores, saíram os doze como uma leva de convictos para o gabinete do diretor, onde deviam ser literalmente seviciados, segundo a praxe da justiça do arbítrio.

Consta que houve mesmo pancada de rijo. Os condenados negaram, depois. Em todo caso, era de efeito o simples consta, engrandecido pela refração nebulosa do boato.

Concluída a chamada dos indiciados, a sala inteira respirou desafogo. No recreio, a rapaziada dispersou-se com gritos festivos.

Franco, sobretudo, estava de um contentamento nunca visto. Casualmente em liberdade, por não ter havido leitura das notas, fazia da circunstância uma pirraça contra o Silvino: "Eu é que sou o mau", repetia andando à rodada. "Eu é que sou o bandalho, a peste do colégio!... O mau sou eu só!..." Silvino foi gradualmente perdendo a paciência. Atirou-se por fim ao Franco, desesperado, lançou-o à terra, meteu-lhe os pés. Alguns rapazes protestaram com gritos, Silvino ameaçou. Fogosos da exaltação desordeira do passeio da véspera, que por momentos dominara o terror do processo, reuniram-se em massa contra o Silvino. O inspetor salvou a força moral refugiando-se no alto da escada e fazendo de cima trejeitos enérgicos com a carteira e o lápis.

À tardinha, em nome do diretor, foram convocados a castigo os cabeças do motim.

Eu no meio. Fomos alinhados vinte e tantos no corredor que partia do refeitório. Na qualidade de presos políticos, vítimas de generosa sedição, não nos vexava a penitência. Uns conversavam gracejando, outros sentavam-se no soalho. Junto de mim ficava um armário dos aparelhos escolares, revestindo-se a vidraça de uma teia protetora de metal. Através do arame, na última luz vespertina, eu espiava lá dentro os queridos planetas de vago brilho, como a noite encarcerada ainda.

Por trás do armário, havia uma porta. Conversavam do outro lado, na sala das visitas. Aristarco e o guarda-livros. Chegavam-me palavras perdidas. "... De boa família... dois, um descrédito!... Vão pensar... Expulsar não é corrigir... Isso é o menos; não há gratuitos?... Sim, sim. Quanto a mim... desagradável sempre riscar... borra a escrita... Em suma... mocidade..."

Acabavam de acender a iluminação do Ateneu.

Decididamente, era um dia nefasto. Do corredor, ouvimos enorme barulho no pátio. Recomeçavam as vaias. Protegidos pela noite, mostravam-se mais alvoroçados os rapazes. Era um tumulto indescritível, vozear de populaça em revolta, silvos, brados, injúrias, em que os gritos estrídulos dos pequenos destacavam-se como arestas da massa confusa de clamores.

Os inspetores chegaram aterrados a procurar o diretor, mostrando a cara salpicada de verrugas vermelhas. Adivinhei. Era a revolução da goiabada! Uma velha queixa.

A comida do Ateneu não era péssima.

O razoável para algumas centenas de tolinhos. Possuía mesmo o condimento indispensado das moscas, um regalo. Mas aborrecia a impertinência insistida de certos pratos. Uma epidemia, por exemplo, de fígados guisados, o ano todo! Ultimamente, havia três meses, a "goiabada" mole de bananas, manufatura econômica do despenseiro.

Aristarco empalideceu de despeito. Visava-o diretamente a desaforada insurreição. E isso no mesmo dia em que fizera espetáculo da justiça tremenda. Não quis entretanto arriscar o prestígio. Vimo-lo no corredor, incerto, sem sangue, mandando que voltassem os bedéis a acalmar.

Torturava-o ainda em cima o ser ou não ser das expulsões. Expulsar... Expulsar... Falir talvez. O código, em letra gótica, na moldura preta, lá estava imperioso e formal como a lei, prescrevendo a desligação também contra os chefes da revolta... Moralidade, disciplina, tudo ao mesmo tempo... Era demais! Era demais!... Entrava-lhe a justiça pelos bolsos[1] como um desastre. O melhor a fazer era chimpar um murro no vidro amaldiçoado, rasgar ao vento a letra de patacoadas, aquela porqueira gótica de justiça!

Quando informaram qual o motivo das assuadas, saiu-lhe um peso do coração! "Ah! Tinham motivo... Mas aquilo era patota do despenseiro... Pedras que lhe atirassem seria pouco... Mas não tinha culpa... Era indústria secreta a goiabada de bananas!..."

A sineta, chamando à ceia, pacificou os ânimos. Espalhou-se que Aristarco rendia-se à revolta e ia falar.

À mesma porta em que aparecera formidável de manhã, surgia-nos transformado, manso, liso como a própria cordura e a lealdade; altivo, contudo, quanto comportava a submissão.

"Mas por que, meus amigos, não formularam uma representação? A representação é o motim reduzido à expressão ordeira e papeliforme! Qual a necessidade da representação por assuadas? Têm todos razão... Perdôo a todos... Mas eu sou tão enganado como os senhores... Até hoje estava convencido de que a goiabada era de goiaba... A verba consagrada é para a legítima de Campos... Nesta casa não há misérias!... Quando alguma coisa faltar, reclamem, que aqui estou eu para as providências, vosso mestre, vosso pai!... Legítimo cascão de Campos... Aqui têm as latas... Mais latas!... Leiam o rótulo... Como podia eu suspeitar..."

Enquanto o diretor falava, ia-lhe um copeiro amontoando em torno quanta lata vazia encontrou na copa. Grandes caixas redondas de folha, espelhantes como luas, com o letreiro em barra. Aristarco mirava-se nos luminosos documentos da sua inteireza. "Legítimo cascão! Legítimo cascão, meus senhores", garantia, tamborilando com os nós dos dedos numa tampa.

Escangalhavam-se as pilhas fragorosamente pelo soalho, mas o montão subia, em desordem, cintilando reflexos amarrotados do gás. Aristarco avultava sobre as latas, como o princípio salvo da autoridade. A justificação era completa. Mais algumas palavras azeitadas de ternura, e todo o ressentimento cedia, e nós saudávamos o diretor, grande ali, como sempre, sobre o chamejamento do Flandres.

---

1 "Entrava-lhe a justiça pelos bolsos." O que falava mais alto a Aristarco: a justiça ou o dinheiro?

9

A anistia dos revolucionários aproveitou por extensão aos execrandos réus da moralidade. Já frouxa a fibra dos rigores, Aristarco despediu-os do gabinete com a penitência de algumas dezenas de páginas de escrita e reclusão por três dias numa sala. Desprestigiava-se a lei, salvavam-se, porém, muitas coisas, entre as quais o crédito do estabelecimento, que nada tinha a lucrar com o escândalo de um grande número de expulsões. Quanto ao encerramento dos culpados na trevosa cafua, impossível, que lá estava o Franco, por exigência do Silvino, como causador primeiro das inqualificáveis perturbações da ordem no Ateneu.

Essa resolução agradou-me sumamente. Pena séria, em verdade, que perdesse eu, logo depois do Bento Alves, tão desastradamente concluído na história sentimental das minhas relações, o meu amigo Egbert.

Adquirira-o com a transição para as aulas secundárias, onde o encontrei com outros adiantados. Vizinhos de banco, compreendemo-nos mutuamente simpáticos, como se um propósito secreto de coisa necessária tivesse guiado o acaso da colocação.

Conheci pela primeira vez a amizade. A insignificância cotidiana da vida escolar em que a gente se aborrece é favorável ao desenvolvimento de inclinações mais sérias que as de simples conveniência menineira. O aborrecimento é um feitio da ociosidade, e da mãe proverbial dos vícios gera-se também o vício de sentir.

A convivência do Sanches fora apenas como o afeiçoamento aglutinante de um sinapismo, intolerável e colado, espécie de escravidão preguiçosa da inexperiência e do temor; a amizade de Bento Alves fora verdadeira, mas do meu lado havia apenas gratidão, preito à força, comodidade da sujeição voluntária, vaidade feminina de dominar pela fraqueza, todos os elementos de uma forma passiva de afeto, em que o dispêndio de energia é nulo, e o sentimento vive de descanso e de sono. Do Egbert fui amigo. Sem mais razões, que a simpatia não se argumenta. Fazíamos os temas de colaboração; permutávamos significados, ninguém ficava a dever. Entretanto eu experimentava a necessidade deleitosa da dedicação. Achava-me forte para querer bem e mostrar. Queimava-me o ardor inexplicável do desinteresse. Egbert merecia-me ternuras de irmão mais velho.

Tinha o rosto irregular, parecia-me formoso. De origem inglesa, tinha os cabelos castanhos entremeados de louro, uma alteração exótica na pronúncia, olhos azuis de estrias cinzentas, oblíquos, pálpebras negligentes, quase a fechar, que se rasgavam, entretanto, a momentos de conversa, em desenho gracioso e largo.

Vizinhos ao dormitório, eu deitado, esperava que ele dormisse para vê-lo dormir e acordava mais cedo para vê-lo acordar. Tudo o que nos pertencia era comum. Eu por mim positivamente adorava-o e o julgava perfeito. Era elegante, destro, trabalhador, generoso. Eu admirava-o, desde o coração até a cor da pele e a correção das formas. Nadava como as toninhas. A água azul fugia-lhe diante em marulho, ou subia-lhe aos ombros banhando de lustre de marfim polido a brancura do corpo. Dizia as lições com calma, dificilmente às vezes, embaraçado por aspirações ansiosas de asfixia. Eu mais o prezava nos acessos doentios da angústia. Sonhava que ele tinha morrido, que deixara bruscamente o Ateneu; o sonho despertava-me em susto, e eu, com alívio, avistava-o tranqüilo, na cama próxima, uma das mãos sob a face, compassando a respiração ciciante. No recreio éramos inseparáveis, complementares como duas condições recíprocas de existência. Eu lamentava que uma ocorrência terrível não viesse de qualquer modo ameaçar o amigo, para fazer valer a coragem do sacrifício, trocar-me por ele no perigo, perder-me por uma pessoa de quem nada absolutamente desejava. Vinham-me reminiscências dos exemplos históricos de amizade; a comparação pagava bem.

No campo dos exercícios, à tarde, passeávamos juntos, voltas sem fim, em palestra sem assunto, por frases soltas, estações de borboleta sobre as doçuras de um bem-estar mútuo, inexprimível. Falávamos baixo, bondosamente, como temendo espantar com a entonação mais alta, mais áspera, o favor de um gênio benigno que estendia sobre nós a amplidão invisível das asas. *Amor unus erat*[1].

---

1 Expressão latina que significa “o amor era um só”. Note como o autor parodia alguns traços típicos do Romantismo: a descrição idealizada de Egbert, os encontros a sós junto à natureza, o pôr-do-sol.

Entrávamos pelo gramal. Como ia longe o burburinho de alegria vulgar dos companheiros! Nós dois sós! Sentávamo-nos à relva. Eu descansando a cabeça aos joelhos dele ou ele aos meus. Calados, arrancávamos espiguilhas à grama. O prado era imenso, imenso, os extremos escapavam já na primeira solução de crepúsculo. Olhávamos para cima, para o céu. Que céus de transparência e de luz! Ao alto, ao alto, demorava-se ainda, em cauda de ouro, uma lembrança de sol. A cúpula funda descortinava-se para as montanhas, diluição vasta, tenuíssima de arco-íris. Brancos reflexos de chama; depois, o belo azul de pano; depois, a degeneração dos matizes para a melancolia noturna, prenunciada pela última zona de roxo doloroso. Quem nos dera ser aquelas aves, duas, que avistávamos na altura, amigas, declinando o vôo para o ocaso, destino feliz da luz, em pleno dia ainda, quando na Terra iam por tudo as sombras!

Outras vezes, subíamos ao duplo trapézio. Embalávamo-nos primeiro brando, afrontando a carícia rápida do ar. Pouco a pouco aumentava o balanço e arriscávamos loucuras de arremesso, assustando o Ateneu, levados em vertigem, distendidos os braços, pés para frente, cabeça para baixo, cabelos desfeitos, ébrios de perigo, ditosos se as cordas rompessem e acabássemos os dois ali, como uma só vida, no mesmo arranco.

Líamos muito em companhia. Páginas que não terminavam, de leituras delicadas, fecundas em cisma: Robinson Crusoé, a solidão e a indústria humana; Paulo e Virgínia[1], a solidão e o sentimento. Construíamos risonhas hipóteses: que faria um de nós, vendo-se nos apuros de uma ilha deserta?

— Eu, por mim, iniciava logo uma furiosa propaganda a favor da imigração e ia clamar às praias, até que me ouvisse o mundo.

— Eu faria coisa melhor; decretava preventivamente o casamento obrigatório e punha-me a esperar pelo tempo.

A pastoral de Bernardin de Saint-Pierre foi principalmente o nosso enlevo. Parecia-nos ter o poema no coração. *A baía do túmulo*, de águas profundas e sombrias, festejada apenas algumas horas pelo sol a prumo, em suave tristeza sempre; ao longe, por uma bocaina, a fachada, à vista, branca, da igreja rústica de Pamplemousses.

Ideávamos vagamente, mas inteiramente, na meditação sem palavras do sentimento, quadro de manchas sem contorno, ideávamos bem as cenas que líamos da singela narrativa, almas que se encontram, dois coqueiros esbeltos crescendo juntos, erguendo aos poucos o feixe de grandes folhas franjadas, ao calor da felicidade e do trópico. Compreendíamos os pequeninos amantes de um ano, confundidos no berço, no sono, na inocência.

Revivíamos, o idílio todo, instintivo e puro. "Virginie, elle sera heureuse!..."[2]. Animávamo-nos da animação daquelas correrias de crianças na liberdade agreste, gozá-

1 No romance sentimental de Bernardin de Saint-Pierre (1737-1814), Paulo e Virgínia são dois adolescentes apaixonados que vivem como irmãos numa ilha paradisíaca. Note a semelhança dessas personagens com Sérgio e Egbert.

2 Em francês, "Virgínia, ela será feliz!"

vamos o sentido daquela topografia de denominações originais — *Descobertas da Amizade*, *Lágrimas Enxugadas*, ou de alusões à pátria distante. Ouvíamos palmear a revoada dos pássaros, disputando, ao redor de Virgínia, a ração de migalhas. Percebíamos sem raciocínios a filosofia sensual da mimosa entrevista. "Est-ce par ton esprit? Mais nos mères en ont plus que nous deux. Est-ce par tes caresses? Mais elles m'embrassent plus souvent que toi... Je crois que c'est par ta bonté... Mais, auparavant, repose-toi sur mon sein et je serai délassé. — Tu me demandes pourquoi tu m'aimes. Mais tout ce qui a été élevé ensemble s'aime. Vois nos oiseaux élevés dans les mêmes nids, ils s'aiment comme nous; ils sont toujours ensemble comme nous. Écoute comme ils s'appellent et se répondent d'un arbre à l'autre..."[1]

Confrangia-nos, enfim, ao voltar das páginas, a dificuldade cruel das objeções de fortuna e de classe, o divórcio das almas irmãs, quando os coqueiros ficavam juntos. E a iminência constritora do austro, da catástrofe, a lua cruenta de presságios sobre um céu de ferro...

E guardávamos do livro, cântico luminoso de amor sobre a surdina escura dos desesperos da escravidão colonial, uma lembrança, misto de pesar, de encanto, de admiração. Que tanto pôde o poeta: sobre o solo maldito, onde o café floria e o níveo algodão e o verde claro dos milhos de uma rega de sangue, altear a imagem fantástica da bondade. Virgínia coroada; como o capricho onipotente do sol, formando em glória os filetes vaporosos que os muladares fumam, que um raio chama acima e doura.

Com o Egbert experimentei-me às escondidas no verso. Esboçamos em colaboração um romance, episódios medievais, excessivamente trágicos, cheios de luar, cercados de ogivas, em que o mais notável era um combate devidamente organizado, com fuzilaria e canhões, antecipando-se de tal maneira a invenção de Schwartz[2], que ficávamos para todo o sempre, em literatura, a salvo da increpação de não descobrir a pólvora.

Quando ouvi-lhe o nome, à chamada dos comprometidos no processo, sofri como a surpresa de um golpe. Desesperou-me não achar o meio de compartir com ele a vergonha.

Qual a espécie de cumplicidade que se atribuía? Não quis saber, fosse o mais torpe dos réus, era o meu amigo: tudo que sofresse, muito culpado embora, era, no meu conceito, uma provação da fatalidade. E fazia-me estremecer a idéia de que iam maltratar criatura tão mansa, tão complacente, tão amável, feita de sensibilidade e brandura, contra quem o mal seria sempre uma injustiça, que eu prezaria com todos os defeitos, com todas as máculas, na facilidade de perdão das cegueiras sentimentais, estranhezas da preferência,

---

1 Tradução do texto francês: "É por causa de teu saber [que me cativas]? Mas nossas mães possuem mais do que nós. É por causa de tuas carícias? Mas elas me beijam mais freqüentemente que tu... Acho que é por causa de tua bondade... Mas, antes, repousa-te em meu seio e ficarei descansado. — Tu me perguntas por que me amas. Mas tudo o que foi criado junto se ama. Vê nossos pássaros criados nos mesmos ninhos, eles se amam como nós; estão sempre juntos como nós. Escuta como eles se chamam e se respondem de uma árvore a outra..."

2 Berthold Schwartz (1310-1384): monge alemão a quem se atribuía erroneamente a invenção da pólvora; foi ele quem fundiu os primeiros canhões dos venezianos.

que envolve tudo, no ser querido, a frase límpida do olhar ou o cheiro acre, mesmo impuro, da carne.

Quando nos tornamos a ver, nenhum teve para o outro a mínima palavra; ficamos a um banco, lado a lado, em expansivo silêncio. E nunca, depois, nem por alusão distante, nos referimos ao caso. Coincidência instintiva de um respeito recíproco, ódio talvez comum de uma recordação ominosa.

Desde o mês de julho do ano anterior, cursava os estudos elementares das línguas, alegrando-me a aquisição do vocábulo estrangeiro, comércio com a linguagem dos grandes povos, como se provasse a goles a civilização, como se bebesse a realidade do movimento humano nos países remotos que os cosmoramas pintam, em que vagamente acreditávamos como se acredita em romances.

Seguiu-se a maçada dos intermináveis temas.

Nas aulas superiores, a facilidade adquirida amenizava o trabalho. As páginas sorriam de literatura, com o sorriso conhecido dos objetos familiares.

Os professores eram bons e moderados. O de francês, M. Delille, nome de poeta aplicado a um urso, honrado urso, inofensivo e benévolo; saudoso do Terceiro Império, cujo desastre o deportara para a vida de aventuras além-mar; barbado como um colchão de crinas, por um vigor de cabelo denso, luxuriante, ruivo queimado no lugar da boca, mais longe preto, através do qual passavam-nos simultaneamente baforadas expressivas de cachaça e regras de Halbout[1]. O professor de inglês, doutor Velho Júnior, nome de contradição ainda, o melhor dos homens: zeloso, explicador detalhado, sem exaltar-se nunca, calvo como a ocasião, mas que excelente ocasião de se estimar e querer bem!

A companhia do Egbert ultimava a situação e o estudo era uma festa.

O professor Venâncio lecionava também inglês; escapei-lhe às garras, felizmente: uma fera! Chatinho sob o diretor, terrível sobre os discípulos; a um deles arremessou-o contra um registro de gás, quebrando-lhe os dentes. Mânlio, além das primeiras letras, regia a cadeira especial de português.

Graças ao estudo do outro ano, alcancei sofrivelmente o meu atestado do vernaculismo, garantido pela competência oficial; graças também às tinturas do latim, em que me iniciara o padre-mestre Frei Ambrósio, respeitável, de nariz entupido, gesticulando com o Alcobaça, rezando a artinha com a entonação oca e funda das missas cantadas, consumidor de rapé por um convento, culpado, assim, de cheirar-me ainda hoje a Paulo Cordeiro o magnífico idioma do *qui, quae, quod*[2], e produzir-me espirros uma simples reminiscência de Salústio[3].

---

1 Regras da gramática francesa de Halbout, muito utilizada nos colégios da época.

2 Referência ao idioma latino. As disciplinas estudadas por Sérgio coincidem com as que formavam o currículo do Colégio Abílio, onde estudou Raul Pompéia.

3 Historiador romano (c. 86-34 a.C.) contemporâneo de César, a quem acompanhou na campanha africana em 46 a.C., sendo nomeado governador da Numídia. Escreveu inúmeras obras, que chegaram até nossos dias.

Era costume no Ateneu licenciar-se um pouco do regimento da casa estudante de certa ordem que estivesse em véspera de exame. Saía-se então para o jardim com os livros e a comodidade do trabalho a bel-prazer. Companheiros sempre, aproveitávamos, eu e o Egbert, com toda vontade, a regalia consuetudinária. Antes da data memorável do francês, muito passeamos pelas avenidas de sombra Chateaubriand, Corneille, Racine, Molière. O teatro clássico dava para grandes efeitos de declamação. Quanta tragédia perdida sobre as folhas secas! Quanto gesto nobre desperdiçado! Quantas soberbas falas confiadas à viração leviana e passageira!

Um era Augusto, outro Cina; um Nearco, outro Poliúto; um Horácio, outro Curiácio, dom Diogo e o Cid, Joas e Joad, Nero e Burro, Filinto e Alceste, Tartufo e Cleanto. O arvoredo era um cenário deveras. Dialogávamos, com toda a força das encarnações dramáticas, a bravura cavalheiresca, o civismo romano, as apreensões de rei ameaçado, o heroísmo da fé, os arrufos da misantropia, as sinuosidades do hipócrita. Uma estátua de deusa anônima, de louça esfolada, verde de velhice, constituía o auditório, auditório atento fixamente, comedido, sem demasias de aplauso nem reprovação, mas constante e infatigável.

Para o desempenho dos papéis femininos havia dificuldades; cada um queria a parte mais enérgica do recitativo. Tirava-se a sorte, e, segundo o acaso, um de nós ou o outro enfiava sem cerimônia as saias de qualquer dama e ia perfeita a *toilette* do sentimento, noivado de Chimène, desespero de Camila, luto de Paulina, ambição de Agripina, soberania de Ester, astúcia de Elmira, dubiedade de Celimene. Outro papel custoso de distribuir era o de Burro, papel honesto, entretanto, e altamente simpático. Ninguém o queria fazer, o virtuoso conselheiro de Nero.

Melhor que a prerrogativa do estudo livre era uma espécie de prêmio, não catalogado nos estatutos, com que Aristarco gentilmente obsequiava os "distintos". Levava-os a jantar em sua casa, uma honra! À mesma toalha com a "princesa" Melica, dos olhos grandes.

Quis o bom fado que obtivéssemos, os dois amigos, a prezada nota, e, registre-se perene, examinados pelo professor Courroux, o tremendo Catão[1] das bolas pretas, terror universal dos "bichos!"

O diretor recebeu-me da instrução com um abraço contrafeito de estilo: percebi que ainda escorria a fístula dos ressentimentos. Convidado Egbert, força era que o fosse eu também, e o fui, de má vontade, por fórmula. Cumpria-me forjar pretexto e recusar o convite, mas atraía-me certo número de curiosidades, por exemplo: ver como comia a Melica, uma coisa de subido interesse.

Lembro-me, entretanto, que havia flores sobre a mesa, que estava a queimar a sopa; não reparei sequer se esteve presente a filha do diretor.

Uma atenção absorveu-me exclusiva e única. Dona Ema reconheceu-me: era aquele pequeno das madeixas compridas! Conversou muito comigo. Um fiapo branco pousa-

1 O professor Courroux é associado ao romano Catão (234-149 a.C.), famoso por sua severidade.

va-me ao ombro do uniforme; a boa senhora tomou-o finalmente entre os dedos, soltou-o e mostrou-me, sorrindo, o fio levíssimo a cair lentamente no ar calmo... Estava desenvolvido! Que diferença do que era há dois anos! Tinha idéia de haver estado comigo rapidamente, no dia da exposição artística...

— Um peraltinha! — interrompeu Aristarco, entre mordaz e condescendente, de uma janela a cujo vão conversava com o professor Crisóstomo.

Eu quis inventar uma boa réplica sem grosseria, mas a senhora me prendia a mão nas dela, maternalmente, suavemente, de tal modo que me prendia a vivacidade também, prendia-me todo, como se eu existisse apenas naquela mão retida.

Depois da interrupção de Aristarco, não sei mais nada precisamente do que se passou na tarde.

Miragem sedutora de branco, fartos cabelos negros colhidos para o alto com infinita graça, uma rosa nos cabelos, vermelha como são vermelhos os lábios e os corações, vermelha como um grito de triunfo. Nada mais. Ramalhetes à mesa, um caldo ardente, e sempre a obsessão adorável do branco e a rosa vermelha.

Estava a meu lado, pertinho, deslumbrante, o vestuário de neve. Serviam-me alguns pratos, muitas carícias; eu devorava as carícias. Não ousava erguer a vista. Uma vez ensaiei. Havia sobre mim dois olhos perturbadores, vertendo a noite. Parece que me olhava também, não tenho certeza, do outro lado, por entre as flores, o professor Crisóstomo.

Empossado no seu grande orgulho, que mesmo em casa fazia valer, Aristarco presidia; tão alto, porém, e tão longe, que dir-se-ia um ausente.

De volta ao Ateneu, senti-me grande. Crescia-me o peito indefinivelmente, como se me estivesse a fazer homem por dilatação. Sentia-me elevado, vinte anos de estatura, um milagre. Examinei então os sapatos, a ver se haviam crescido os calcanhares. Nenhum dos sintomas estranhos constatei. Mas uma coisa apenas: olhava agora para Egbert como para uma recordação e para o dia de ontem.

Daí começou a esfriar o entusiasmo da nossa fraternidade.

10

Bem diferente essa exaltação deliciosa do abatimento espavorido da véspera, da manhã mesmo, na Secretaria da Instrução Pública. A expectativa mortal das chamadas; uma insignificância: o terror acadêmico que nos sobressalta, que nos deprime como o que há de mais grave. E por ocasião das provas de francês já não era estreante.

A estréia do primeiro exame foi de fazer febre. Três dias antes pulavam-me as palpitações; o apetite desapareceu; o sono depois do apetite; na manhã do ato, as noções mais elementares da matéria com o apetite e com o sono. *Memoria in albis*[1].

O professor Mânlio animava; a animação, lembrando o perigo, assustava mais. Esmagava-me por antecipação o peso enorme da bastilha da Rua do Ourives, como os tribunais, ferozes, sem apelo, a terrível campainha penetrante da abertura da solenidade, os reposteiros plúmbeos de espesso verde, sopesando as armas imperiais, as formidáveis paredes de alvenaria secular. Que barbaridade aquela conspiração toda contra mim, contra um, de todos aqueles perfis rebarbativos, contínuos, o Matoso, o Neves

1 Em latim, "memória em branco".

Leão, as comissões, qual mais poderosa e carrancuda; o Conselho da Instrução no fundo, coisa desconhecida, mitológica, entrevista como as pinturas religiosas das abóbadas sombrias, onde as vozes da nave engrossam de ressonância, emprestando a força moral à justiça das comissões, com o prestígio da elevação e do inacessível; mais alto que tudo, o ministro do Império, o Executivo, o Estado, a Ordem Social, aparato enorme contra uma criança.

Entrava-se pela Rua da Assembléia, para o saguão ladrilhado.

Ali estive não sei que tempo, como um condenado em oratório. Em redor de mim, morriam de palidez outros infelizes, esperando a chamada. Um, o mais velho de todos, cadavérico, ar de Cristo, tinha a barba rente, pretíssima, como um queixo de ébano adaptado a uma cara de marfim velho.

De repente abre-se uma porta. De dentro, do escuro, saía uma voz, uma lista de nomes: um, outro, outro... Ainda não era o meu... Afinal! Não houve nem tempo para um desmaio. Empurraram-me; a porta fechou-se; sem consciência dos passos; achei-me numa sala grande, silente, sombria, de teto baixo, de vigas pintadas, que fazia dobrar-se a cabeça instintivamente. Uma parede vidraçada em toda a altura, de vidros opacos de fumaça, cor de pergaminho, coava para o interior um crepúsculo fatigado, amarelento, que pregava máscaras de icterícia às fisionomias.

Entre as vidraças e os lugares que eram destinados aos examinandos, ficava a mesa examinadora: à direita um velho calvo, baixinho, de alouradas cãs, rodeando a calva em franja de dragonas, barba da cor dos cabelos, reclinava-se ao espaldar da poltrona e lia um pequeno volume com o esforço dos míopes, esfregando as páginas ao rosto. À esquerda, um homem de trinta anos, barba rareada por toda a face, pálpebras inclusive, óculos escuros, cabelo seco, caracolando. A claridade, batendo pelas costas, denegria-lhe confusamente as feições. O terceiro, presidente da comissão, não se via bem, encoberto pela urna verde de frisos amarelos.

Distribuiu-se o papel rubricado. Um dos examinadores levantou-se, apanhou com movimento circular um punhado de pontos e lançou-os à urna. A urna de folha cantava irônica sob o cair dos números, sonoramente.

Tirou-se o ponto; momento de angústia ainda...

Depois: estrofe dos *Lusíadas*! Estávamos livres da expectativa. Não me preocupou mais a dificuldade do ponto.

Depois do ditado, como em relaxamento de cansaço do espírito, esqueci o inventário natural dos conhecimentos que a prova reclamava. Pus-me a pensar nas primeiras leituras de Camões, no Sanches, nos banhos da natação, na maneira de rir de Ângela, no criado assassinado, no processo do assassino, que fora julgado havia pouco... Três pancadinhas que senti no calcanhar chamaram-me das distrações.

Voltei-me: era o meu vizinho da mesa de trás, o queixo de ébano que pedia socorro. "Valha-me que estou perdido, não atino com a ordem direta!"

O ruído dessa frase balbuciada sibilou bem forte para atrair a atenção da mesa. Atirei-lhe a oração principal, mas tive medo de acudir inteiramente. Além disso, precisava cuidar do próprio interesse. Deixei o pobre Cristo de marfim entregue ao desespero de uma lauda deserta. De vez em quando, o infeliz espetava-me as costas com a caneta.

Para a prova oral fui mais animado. A nota da escrita era tranqüilizadora.

Os exames orais eram todos nas salas de cima. Entrava-se pela Rua dos Ourives. Os examinandos estavam em geral mais calmos. Além desses, enchia-se o saguão da escada com a turbamulta dos assistentes, confusão de fardetas, fraques surrados, sobrecasacas, todas as idades, todos os colégios representados, além dos estudantes avulsos de aulas particulares, em cujo número confundiam-se caras suspeitas de farroupilhas, exemplares definidos de vagabundagem.

O Ateneu era invejado. Vítimas do uniforme, os discípulos de Aristarco passeavam entre os grupos dos colégios rivais, sofrendo dichotes, com uma paciência recomendada de boa educação.

Fumava-se. No ambiente sem luz pairava fixo o nevoeiro dos hálitos e um cheiro de sarro intolerável; emplastravam-se de cusparadas as paredes; passeava-se arrastando os pés na areia do ladrilho; ressoavam grandes gargalhadas de *ship-chandler*[1]; chasqueava-se a palavrões. Alguns rapazes de sorrisos frouxos, sem expressão, maneiras reles, arrebitavam para o alto, com as costas da mão, chapéus de palha suja, e passeavam gingando. Os mais distintos davam caminho, repuxando um canto desdenhoso de lábios, perfilando mais a elegância.

Um rebuliço extraordinário agitou a multidão. Acabava-se de descobrir na cal, coberta de epigramas e rabiscos, uma nova inscrição de muito espírito: versalhada satírica contra o professor Courroux, da mesa de francês, rimando em *u*, sempre em *u*, de cima a baixo, com uma fertilidade pasmosa de epítetos.

Nem de propósito! Na mesma ocasião entrava e lançava-se precipitadamente pela escada o terrível professor. "Não o conhece? Lá vai", indicou-me um companheiro mais próximo.

— Não o conhecia...

Vi-o, magro, anguloso, feio, olhando com ferocidade contínua, não se sabia felizmente para quem, porque era estrábico. Por ele começou o meu improvisado informante, e, conhecendo que eu andava atrasado a respeito, não me deixou mais: "Se tem empenho, fura; se não tem, babau[2]. Bancas de peixe! O peixe é caro às vezes, mas é sempre peixe de mercado. Olhe o Meireles da filosofia, aquele compridão de barba russa; o empenho é a Ritinha Pernambucana da Rua dos Arcos; o Simas da mesa de geografia, um pançudo apelidado "esfera terrestre", mimoseiem-no com um par de galos de briga... O Barros Andrade... comprem-lhe os pontos... aquele diabo da retórica que me bombeou há dias... falem-lhe nos versos, que não há suíças mais amáveis. O seu diretor é que os compreende. Quando entra aqui é uma onça; o próprio teto branco empalidece; levantam-se, saúdam o soberano! Agora, há homens respeitáveis: o velho Moreira, o simpático Ramiro, de sorriso patriarcal..."

---

1 Em inglês, fornecedor de cordas para navios.

2 Expressão coloquial, usada ainda hoje, que significa "acabou-se", "era uma vez".

Do topo da escada gritaram para o saguão que ia principiar a chamada dos de português.

Quando subia, vi um movimento enorme de rapazes na rua: um rolo! Silvavam os apitos. Atacavam-se os estudantes com os carroceiros a sopapos de ida e volta, segundo o belo costume do tempo.

Prestavam-se os exames numa grande sala de muitas janelas, de velhos caixilhos em xadrez apertado, vidros grossos, antigos, malfundidos, oferecendo espessuras desiguais e densidades verdes. Um parapeito de ferro em grade dividia o salão por dois lances; o mais espaçoso para os assistentes. No outro havia duas mesas de exame: a de matemática, perto da entrada, a de português, mais adiante, e tão chegadas que se fundiam as respostas de uma com as perguntas da outra, resultando admiráveis efeitos de aplicação das ciências exatas à filologia.

Antes da cerimônia palestrava-se, a meia voz. Um sujeito entrou, deixando cair a bengala. Olharam todos. "Não conhece?", indagou-me o oficioso companheiro.

Um sexagenário, encanecido e helicoidal, cara lambida de padre, cabelos brancos ondeando pelos ombros em bossa, sobrecasaca ilimitada riscando o chão a cada passo. "O conselheiro Vilela, ou melhor, o conselheiro Tieitch, uma instituição! Vai presidir às matemáticas. Preside a tudo, conforme é preciso. Incorruptível! Catão e Bruto somados... Na banca de inglês, há uns anos, reprovava a todos... Como não?! dizia; se erram escandalosamente no *tieitch!* Muito depois, apanharam-no consultando o Tautphoeus[1]: Que diabo, barão, é este célebre *tieitch* em que tanto se erra?...

Quando no dia do jantar subi para o dormitório com o Egbert, dançava-me no espírito, reduzida a miniatura, a imagem de Ema (era agradável suprimir o dona), pequenina como uma abelha de ouro, vibrante e incerta.[2]

Sonhei: ela sentada na cama, eu no verniz do chão, de joelhos. Mostrava-me a mão, recortada em puro jaspe, unhas de rosa, como pétalas incrustadas. Eu fazia esforços para colher a mão e beijar; a mão fugia; chegava-se um pouco, escapava para mais alto; baixava de novo, fugia mais longe ainda, para o teto, para o céu, e eu a via inatingível na altura, clara, aberta como um astro.

Ela ria do meu desespero, mostrava-me o pé descalço, que a calçasse; não permitia mais. Calçar-lhe apenas o arminho que ali estava, o pequeno sapato, branco exânime, voltando a sola, sem o conforto cálido do pé que o pisava, que o vivificava. Eu me inclinava, invejoso do arminho, sobre o crivo de seda da meia, milagre de indústria para o qual concorrera cada dia do século industrial com um esforço, tecido impalpável, de fibras vivas, filtrando a transparência branda do sangue, invólucro sutil de um mimo de joelho, de perna, de tornozelo irremediavelmente desfalcado do espólio glorioso da estatuária

1 Barão de Tautphoeus: um dos professores do Colégio Pedro II.

2 Note que dona Ema representa a figura ambígua de mãe e mulher; esse nome, aliás, é anagrama de mãe.

pagã. Calçá-la apenas! Mas eu a fazia torcer-se, calçando-a de dores numa tortura ardente de beijos, exalando eu próprio a alma toda em chama.

Que outra criatura eu era ao despertar! A aparição encantadora extinta; mas eu sofria da reação de trevas que sucede aos deslumbramentos.

Continuava cordialmente com o Egbert. Parecia-me, entretanto, a sua amizade agora uma coisa insuficiente, como se houvesse em mim uma selvageria amordaçada de afetos.

Egbert parecia às vezes um intruso. Passeando com ele, que diferença de outrora! Produzia-me o efeito de uma "terceira pessoa". Eu preferia andar só.

Não sei por que conveniência de acomodação, fui transferido para o dormitório dos maiores. Essa mudança distanciava-me ainda mais do Egbert; passamos a nos encontrar somente à tarde, no campo.

Depois das aulas, subia para o dormitório, aproveitando-me do relaxamento da polícia do salão.

O inspetor responsável era o Silvino. Receoso de uma represália dos grandes, o prudente bedel deixava andar.

Eu deitava-me preguiçoso, ouvindo a grita do pátio, como coisa absolutamente alheia à minha vida. Contava as tábuas do teto, porção de traços paralelos que se perdiam num reflexo da tinta. Às vezes lia narrativas de Dumas, que não distraíam. Em outras camas, deitados como eu, de cara para cima, cruzando os botins, alguns colegas fumavam, soprando, devagarinho, colunas de fumo que subiam verticalmente e rodavam azuis. A um canto, no fim do salão, jogavam três parceiros, bocejantes, acentuando sem entusiasmo as alternativas do azar como uma partida de sonâmbulos. Muita vez na modorra pesada da sesta, as costas aquecidas da posição, fechando-se-me os olhos, ao brilho do sol que adivinhava lá fora no terreiro abrasado, eu adormecia. À hora da aula ou do jantar, um companheiro puxava-me.

Esses intervalos de dormência sem sonho, sem idéias, sem definida cisma, eram o meu sossego. Pensar era impacientar-me. Que desejava eu? Sempre o desespero da reclusão colegial e da idade. Vinham-me crises nervosas de movimento, e eu cruzava de passos frenéticos o pátio, sôfrego, acelerando-me cada vez mais, como se quisesse passar adiante do tempo. Nem me interessavam as intrigas do salão. E que intrigas! Exatamente a substância do afamado mistério do *chalé*!

A uma das extremidades do comprido salão, armava-se o biombo do Silvino, grande caixão de pinho a meia altura do teto, com uma porta e uma janela de palmo quadrado, donde saíam emanações de roupas suadas e várias outras, cheiros indecifráveis de pouco asseio; donde saía mais, durante a noite, crescendo, decrescendo, um roncar enorme, fungado de narigudo.

Os rapazes furavam orifícios com verrumas para espiar, e tinham achado a legenda do Silvino. Depois disso, vinha a demografia especial da terceira classe, a distribuição por famílias regulares, ou por aproximações eventuais, conforme os caracteres, sob a divisa comum do "nada haver", ou como entendiam outros "nada ver". Louvavam-se os exemplos de fidelidade; comentavam-se as traições; censuravam-se as tentativas de sedução; improvisava-se a teoria do lar e do leito; cantava-se o hino báquico dos caprichos volantes, do entusiasmo passageiro. Chamavam-me a mim o Sérgio do Alves. Fazia-se a crítica dos novos sob um ponto de vista inteiramente deles. Apostavam a ver quem seria primeiro. Exigiam juramento de segredo, para passar adiante uma história que tinham por sua vez jurado não contar a ninguém. Serviam-se mutuamente em pasto às boas risadas, anedotas espessas, com ou sem aplicação, conforme o pedido e o paladar do ensejo. Toda a crônica obscura do Ateneu redigia-se ali, em termos explícitos e fortes, expurgada dos arrebiques de recato, de inverdade, pelo escrúpulo das comissões investigadoras. O Silvino que se fosse! Não tinha nada com a conversa dos rapazes. Uma das melhores máximas do *chalé* era esta, característica: "Fica revogado o diretor".

Tudo que na primeira classe e na segunda era extraordinário ali era normal e corrente. Todas as idades, desde o Cândido até o Sanches.

Das classes inferiores, havia quem fizesse empenho em mudar para a terceira. No ambiente torvo da intriga, insinuava-se o vaivém silencioso das ficções, drama joco-sério dos instintos, em ilusão convencional e grosseira. E investiam-se dos diversos caracteres convictamente os mancebos, explorando o momento efêmero da pele, novidade tenra do semblante, como elemento de artifício, deleitando-se no engano, tomando a peito a caricatura da sensualidade.

Havia o que afetava moderação no capricho, conhecendo o desvio em regra, como o ladrão sabe ser honesto no roubo; com o ar sério, espantadiço das *femmes qui sortent*[1]; havia os ingênuos, perpetuamente infantis, não fazendo por mal, risonhos de riso solto, com o segredo de adiar a inocência intata através dos positivos extremos; havia os entusiastas da profissão, conscientes, francos, impetuosos, apregoando-se por gosto, que não perdoavam à natureza o erro original da conformação: ah! não ser eu mulher para melhor o ser! Esses faziam grupo à parte, conhecidos publicamente e satisfeitos com isso, protegidos por um favor de simpatia geral, inconfessado mas evidente, beneplácito perverso e amável de tolerância que favoneia sempre a corrupção como um aplauso. Eles, os belos efebos, exemplos da graça juvenil e da nobreza da linha. Às vezes traziam pulseiras; ao banho triunfavam, nus, demorando atitudes de ninfa, à beira d'água, em meio da coleção mesquinha de esqueletos sem carnes nas tangas de meia e carnes sem forma. Havia os decaídos, portadores miseráveis de desprezo honesto, culpados por todos os outros, gastos às vezes antes do consumo, atormentados pela propensão de um lado, pela repulsa de outro, mendigos de compaixão sem esmola, reduzidos ao extremo de conformar-se deploravelmente com a solidão.

Com esses em contraposição, os de orgulho masculino, peludos, morenos, nodosos de músculos, largos de ossada, e outros mirrados de malícia, insaciáveis, de voz trêmula e

1 Expressão francesa: literalmente significa "mulheres que saem". Na verdade, quer dizer "mulheres fáceis", "mulheres da vida".

narinas ávidas de bode, os gorduchosos de beiço vermelho relaxado, fazendo praça de uma superioridade porque nem sempre zelaram antes da madureza das banhas.

Ângela dominava-os a todos; vencia-os.

As janelas abertas para o quintal do diretor eram fortemente gradeadas de madeira; por entre as travessas olhávamos.

Ângela fazia-se menina para brincar e correr com vivacidades de gata. Rolava no chão, envolvendo a cara nos cabelos secos, soltos. Saltava agitando o ar com as roupas; colhia flores e jogava, distribuindo por igual a todos, que ela a todos queria bem. Quando não havia muitos, às grades do salão, descuidava-se, aparecia em corpinho e saia branca, afrouxando o cordão sobre o seio, mostrando o braço desde a espádua, espreguiçando-se com as mãos ambas à nuca e os cotovelos para cima, contando para a janela histórias que não acabavam mais, enquanto às axilas, em fofos de camisa, ia escapando a indiscrição dos fios fulvos. Sempre ao sol! Sempre alegre! Filha selvagem da luz, fauna indomável das regiões quentes, afrontando a temperatura como as leoas, insensível e sobranceira.[1]

Cantava.

Só no canto era triste: canções nostálgicas repassadas do sentimento de coisas distantes, um lar amigo de pais, um coração de adolescente, conhecido uma vez antes da imigração para sempre, canções da ilha em que se ouvia o murmúrio do oceano calmo e das brisas viajadas, e o grito angustiado das gaivotas e a celeuma longe da maruja à faina, acompanhando um estribilho insistente de amor, amor malandro de gente pobre à beira-mar, feito de peixe, de ociosidade triste e de calor.

Às vezes era grosseira: dialogava ao desafio em chacota desbocada, com quem quisesse; impacientava-se abruptamente e desaparecia, arremessando uma praga de bem-acabada torpeza. Fazia pilhéria; tinha um colégio também para receber internos, externos, meio-pensionistas. Batia no ventre.

E, com a grosseria, com a chacota, com o estribilho sentimental, com os descuidos do corpinho, com as flores, com as turbulências de criança sem modos, Ângela era a rainha da atenção e da curiosidade; inflamava-se o *chalé* em conflagrações de entusiasmo. Se passava algum tempo sem aparecer, colavam-se às grades, perscrutando a sombra das árvores do quintal, carinhas sem conta, chupadas de saudade.

E divertia-se a apreciar os ardores engaiolados dos seus meninos, entretendo-se a desesperá-los como quem atiça o braseiro para ver a erupção das fagulhas, o rodopiar dos rubis candentes, com um prazer graduado entre o orgulho da castelã reqüestada de cem paladinos e a expectativa palpitante do carname em postas de um festim de jaula.

Com o tempo vim a descobrir que uma camarilha de espertos conseguira sofismar alguns paus da grade da última janela, três ou quatro leitos além do meu, e passavam de

1 A descrição de Ângela, ressaltando aspectos sensuais e fisiológicos, está conforme o gosto do Naturalismo e em oposição ao nome, que significa anjo.

noite, quando o silêncio se fazia, a tomar fresco no jardim do diretor. Preferiam as noites escuras, que têm mais estrelas e mais segredo, e preferiam as noites de chuva, que em questão de fresco são decisivas. Desciam por uma corda de lençóis torcidos e voltavam às vezes como pintos, mas refrescados sempre. Por medida de prudência, não passeavam mais de dois por noite, fazendo sentinela um durante a ausência do outro.

Disse que me não interessavam as intrigas e preocupações gerais do salão; não fui preciso; e não sei como possa ser nesse ponto sem recorrer às modalidades de expressão, atualmente, virtualmente, que o anacronismo injusto condenou. Pouco se me davam fatos; o espírito seduzia. Talvez por isso fiz a descoberta do sofisma da camarilha; incomodando-me a liberdade secreta, o regabofe às altas horas, como um roubo feito a mim, aos companheiros, iludidos no sono, traição odiosa à nossa tolice de descuidados. Veio-me uma noite a tentação violenta de espalhar o segredo por todos, desmoralizar os finórios, conduzir o Silvino e mostrar-lhe os sarrafos ajeitados à deslocação, trair merecidamente aos traidores. Medi as objeções: além de feia delação de voluntário da espionagem, podia ser asneira. Talvez soubessem todos, menos eu, simplesmente por estar de pouco na terceira classe. Experimentei. Conservei-me acordado até a hora, com uma paciência e um esforço de caçador de emboscada. No momento flagrante, ergui-me na cama, esfregando os olhos, fingindo-me admirado. Não houve remédio senão iniciar-me. Os dois da noite contaram. Malheiro era o chefe da troça, uma troça de nove, muito discretos, muito hábeis; também quem traísse apanhava.

A minha irritação contra o sofisma abrandou sem desfazer-se. Sempre que por acaso algum rapaz surpreendia os expedicionários da frescata, era incontinenti aliciado para as vantagens e sob as ameaças. O murro fabuloso do Malheiro era a sanção.

Não quis as vantagens, mesmo murro à parte. Não que me escaldassem as horas noturnas do *chalé*. Ah! O passeio livre no jardim! As grades abertas do cárcere forçado! Mas uma hesitação prendia-me, de compromissos antigos comigo mesmo, compromissos de linha reta, não sei como diga, razões velhas de vaidade vertebrada; aversão ao subterfúgio; ou talvez um medo que me ocorreu por último, sem fundamento: fosse uma vez, e de volta não achasse mais a corda para subir.

Outro sinal de que não escapava à psicologia comum do *chalé* foi um acesso de furor que tive de sufocar, um dia que falaram de dona Ema diante de mim. Que me importava dona Ema? Uma boa senhora, nada mais, que me festejara com excesso de complacência, nos limites, porém, da hospitalidade de rigor para muitas pessoas amáveis. Deixara uma simples lembrança de gratidão, que começava a apagar-se.

Repetiam as murmurações do professor Crisóstomo, frioleiras da maldade. Pelas janelas gradeadas indicavam junto do muro da natação as venezianas da enfermaria e faziam a apologia da enfermeira, enfermeirazinha cuidadosa, com um jeito incomparável para o tratamento dos casos graves do coração. E vinham com histórias de estudantes muito mal de imaginárias moléstias... Doeu-me aquilo, como se me houvessem ferido o mais santo escrúpulo de sentimento. Uma infâmia, uma infâmia, essa afirmação de coisas improvadas!

No meio dessa temporada de descontentamento, tive um dia de prazer, prazer malvado, mas completo. Dormia no *chalé* o famoso Rômulo. Ocupava a cama inteira de ferro com a fartura de ádipo e ressonava, no extremo oposto do salão, com a mesma intensidade que o Silvino; falava fino o diabo e roncava grosso. Era um dos tais da troça do Malheiro.

Quando lhe tocava a vez, reforçavam-se os lençóis e saíam mais dois paus.

Uma noite que o vi descer, tive idéia de pregar-lhe uma peça. Arriscadíssima, como vão ver, mas eu contava com o concurso, depois, do interesse de todos em abafar o negócio.

Lembram-se do receio infundado de que falei. Estava de sentinela o companheiro, que recolocava a grade até que um aviso do quintal pedisse corda. Ofereci-me para substituí-lo. O colega foi dormir.

Com o sangue-frio das boas vinganças, sem a menor pressa, evoquei a memória da afronta que me devia Rômulo. Era justo. Recolhi pouco a pouco a corda de lençóis, firmei forte as barras da grade e fui dormir. Chovia a potes; tanto melhor: a injúria, que o sangue não lava, bem pode levar uma ducha de enxurro.

Estava vingado! No outro dia apareceu o gorducho, estanguido, encatarrado, furibundo, em chinelos sem meias, calças, camisas de náufrago, miserando, cercado pelo espanto de todos e pela galhofa.

Passara a noite sob a janela pedindo misericórdia ao sarrafo impassível, toda a noite, inundado pelo aguaceiro, até que, ao romper do dia, Aristarco o foi achar no lastimoso estado.

A noiva não viu, que acordava tarde. O sogro atinou espertamente com a aventura. Fez-se de esquerdo.

"Ora o rapaz!...", exclamou com uma satisfação íntima.

E estranhou apenas que o bom do genro se deixasse pegar como um lorpa.

11

O doutor Cláudio encetou uma série de preleções aos sábados, à imitação das que fazia às quintas Aristarco sobre lugares-comuns de moralidade. Filosofia, ciência, literatura, economia política, pedagogia, biografia, até mesmo política e higiene, tudo era assunto; interessantíssimas, sem pesadas minuciosidades. Depois da astronomia do diretor, nenhuma curiosidade me valera tão bons minutos de atenção.

Narrava-nos a vida. As festas plutonianas do movimento, da ignição; a gênese das rochas, fecundidade infernal do incêndio primitivo, do granito, do pórfiro, primogênitos do fogo; o grande sono milenário dos sedimentos, perturbado de convulsões titânicas.

Falava da antracita e da hulha, o luto feito pedra, lembrança trágica de muitas eras orgulhosas do planeta, monumento da pré-história das árvores, negro, que a indústria dos homens devasta. Descrevia a escadaria dos terrenos, onde existe a pegada impressa do gênio das metamorfoses, subindo, desde a vegetação florestal dos fetos até o homem quaternário. Falava-nos de Cuvier[1] e da procissão dos monstros ressurgidos, caminho dos

1 Georges Cuvier (1769-1832): zoologista francês.

museus, o megatério potente, tardo, balançando as passadas, sujo, descamando saibro e as concreções secas do lobo diluviano, solene, cônscio da carga de séculos que transporta.

Vinha depois a aluvião moderna das zonas formadas, o solo fecundo, lavradio. E o mestre passava a descrever a vida na umidade, na semente, a evolução da floresta, o gozo universal da clorofila na luz. Falava-nos do cerne, o generoso madeiro, o tronco, que sangra em Dante, que sustenta nos mares o comércio, Netuno inglês do tridente de ouro. Falava-nos da poesia ignorada da vegetação marinha nos abismos e da giesta, isolada nas altas neves, flor do ermo, a degradada eterna do inacessível.

Depois, a história dos brutos, os grandes bramidos de macho nas regiões virgens, os dramas do egoísmo na selva, do egoísmo rude da força que pode, cego, formidável, sagrado como a fatalidade. E corria inteira a série das classificações, mostrando a vida no infinitésimo, a microbia invisível, onipotência do número, sociedade inconsciente da mônada, solidária para a morte e para as reconstruções imperecíveis da Terra.

O homem finalmente, ventre, coração e cérebro, política, poemas, critério: a alma, universo de universo, imagem de Deus, refletor imenso, antropocêntrico, do dia, das cores, que o sol inflama, que o sol não sente.

Falava uma vez sobre educação.

Discutiu a questão do internato. Divergia do parecer vulgar, que o condena.

É uma organização imperfeita, aprendizagem de corrupção, ocasião de contato com indivíduos de toda origem? O mestre é a tirania, a injustiça, o terror? O merecimento não tem cotação, cobrejam as linhas sinuosas da indignidade, aprova-se a espionagem, a adulação, a humilhação, campeia a intriga, a maledicência, a calúnia, oprimem os prediletos do favoritismo, oprimem os maiores, os mais fortes, abundam as seduções perversas, triunfam as audácias dos nulos? A reclusão exacerba as tendências ingênitas?

Tanto melhor: é a escola da sociedade.

Ilustrar o espírito é pouco; temperar o caráter é tudo. É preciso que chegue um dia a desilusão do carinho doméstico. Toda a vantagem em que se realize o mais cedo.

A educação não faz almas: exercita-as. E o exercício moral não vem das belas palavras de virtude, mas do atrito com as circunstâncias.

A energia para afrontá-las é a herança de sangue dos capazes da moralidade, felizes na loteria do destino. Os deserdados abatem-se.

Ensaiados no microcosmo do internato, não há mais surpresas no grande mundo lá fora, onde se vão sofrer todas as convivências, respirar todos os ambientes; onde a razão da maior força é a dialética geral e nos envolvem as evoluções de tudo que rasteja e tudo que morde, porque a perfídia terra-terra é um dos processos mais eficazes da vulgaridade vencedora; onde o aviltamento é quase sempre a condição do êxito, como se houvesse ascensões para baixo; onde o poder é uma redoma de chumbo sobre as aspirações altivas; onde a cidade é franca para as dissoluções babilônicas do instinto; onde o que é nulo, flutua e aparece, como no mar as pérolas imersas são ignoradas, e sobrenadam ao dia as algas mortas e a espuma.

O internato é útil; a existência agita-se como a peneira do garimpeiro: o que vale mais e o que vale menos separam-se.

Cada mocidade representa uma direção. Hão de vir os disfarces, as hipocrisias, as sugestões da habilidade, do esclarecimento intelectual; no fundo a direção do caráter é invariável. A constância da bússola é uma; temos todos um norte necessário: cada um leva às costas o sobrescrito da sua fatalidade. O colégio não ilude: os caracteres exibem-se em mostrador de franqueza absoluta. O que tem de ser é já. E tanto mais exato que o encontro e a confusão das classes e das fortunas equipara tudo, suprimindo os enganos de aparato, que tanto complicam os aspectos da vida exterior, que no internato apagam-se no socialismo do regulamento.

E não se diga que é um viveiro de maus germes, seminário nefasto de maus princípios, que hão de arborecer depois. Não é o internato que faz a sociedade; o internato a reflete. A corrupção que ali viceja vai de fora. Os caracteres que ali triunfam trazem ao entrar o passaporte do sucesso, como os que se perdem, a marca da condenação.

O externato é um meio-termo falso em matéria de educação moral; nem a vida exterior impressiona, porque a família preserva, nem o colégio vive socialmente para instruir a observação, porque falta a convivência de mundo à parte, que só a reclusão do grande internato ocasiona. O internato com a soma dos defeitos possíveis é o ensino prático da virtude, a aprendizagem do ferreiro à forja, habilitação do lutador na luta. Os débeis sacrificam-se; não prevalecem. Os ginásios são para os privilegiados da saúde. O reumatismo deve ser um péssimo acrobata. Erro grave combater o internato.

Cumpre que se institua, que se desenvolva, que floresça e se multiplique a escola positiva do conflito social com os maus educadores e as companhias perigosas, na comunhão corruptora, no tédio de claustro, de inação, de cárcere; cumpre que os generosos ardores da alma primitiva e ingênua se disciplinem na desilusão crua e prematura, que nunca é cedo para sentir que o futuro importa em mais que flanar facilmente, mãos às costas, fronte às nuvens, através das praças desimpedidas da república de Platão[1].

Durante a conferência pensei no Franco. Cada uma das opiniões do professor, eu aplicava onerosamente ao pobre eleito da desdita, pagando por trimestre o seu abandono naquela casa, aluguel do desprezo. Lembrava-me do desembargador em Mato Grosso e da carta que eu lera e da irmã raptada, da vingança extravagante dos cacos, da timidez baixa das maneiras, da concentração muda de ódios, dos movimentos incompletos de revolta, da submissão final de escorraçado que resigna. Tive pena.

Depois da conferência fui visitá-lo.

Estava de cama no salão verde, à direita, perto das janelas. Andava adoentado desde a última vez que fora à prisão.

Embaixo da casa. Fazia-se entrada pelo saguão cimentado dos lavatórios; sentia-se uma impressão de escuro absoluto; para os lados, a distância, brilhavam vivamente, como

1 Filósofo grego (428-348 a.C.) que idealizou uma cidade perfeita em sua obra *A república*.

olhos brancos, alguns respiradouros gradeados daquela espécie de imensa adega. O chão era de terra batida, mal enxuta. Impressionava logo um cheiro úmido de cogumelos pisados. Com a meia claridade dos respiradouros, habituando-se a vista, distinguia-se no meio uma espécie de gaiola ou capoeira de travessões fortes de pinho. Dentro da gaiola um banco e uma tábua pregada, por mesa. Sobre a mesa um tinteiro de barro. Era a cafua.

Engaiolava-se o condenado na amável companhia dos remorsos e da execração; ainda em cima, uma tarefa de páginas, para a qual o mais difícil era arranjar luz bastante. De espaço a espaço, galopava um rato no invisível; às vezes vinham subir às pernas do condenado os animaizinhos repugnantes dos lugares lôbregos. À soltura surgia o preso, pálido como um redivivo, espantado do ar claro como de uma coisa incrível. Alguns achavam meio de voltar verdadeiramente abatidos.

Franco saiu doente.

Alguns colegas mostravam interesse por ele. Franco respondia com aspereza: não tinha nada! Eram todos culpados; havia de adoecer, havia de adoecer gravemente para que tivessem remorsos, eles mesmos, o Silvino, Aristarco, todos os seus algozes! Raciocinava como as vítimas da antiga escola, que se deixavam morrer fiadas no espectro. E ocultou que sofria.

Devorou-o por semanas uma febre ligeira, mas impertinente. Expunha-se à soalheira, ao sereno, de propósito.

Um dia não pôde levantar-se.

Dorzinha de cabeça, explicava. Vinham-lhe náuseas, ele corria à janela. Embaixo havia um pé de magnólias, copado como um bosque; ele no intervalo dos arrancos entretinha-se em aprumar o fio visguento do vômito contra as amplas flores alvas.

Encontrei-o mal.

Com a cabeça afundada no travesseiro, sumido sob a porção de cobertores que os vizinhos haviam cedido, afetava o descuido infantil, na fisionomia, a indiferença horripilante, suprema dos que não vão longe. Fiquei surpreendido e aterrado.

O médico, a chamado de Aristarco, viera duas vezes. Condenou a idéia de remover-se o doente; recomendou cuidado com as vidraças; diagnosticou uma febre qualquer, redigindo o récipe, partindo ambas as vezes com a discrição hermética que faz a importância da classe.

Perguntei ao Franco como passava. Ele agitou devagar as pálpebras e sorriu-se. Nunca lhe conheci tão belo sorriso, sorriso de criança à morte. Oito horas da noite. O gás atenuado produzia eflúvios contristadores de claridade. Retirei-me sem aprofundar a vista pelos outros dormitórios, em cujas vidraças espelhantes devia passar sucessivamente a minha sombra. Procurei o diretor e comuniquei-lhe os meus terrores.

No dia seguinte, um domingo alegre, Franco estava morto.

O correspondente compareceu em pessoa para as indispensáveis providências. Transferiu-se o corpo para a capela, onde se erigiu a essa. Aristarco chorou; mas o saimento foi modesto: não convinha ao colégio o aparato de um grande enterro, pregão talvez de insalubridade.

Eu nada vi; quando subi ao salão verde novamente, estava tudo acabado. Alguns rapazes revolviam curiosos na gaveta do Franco o espólio da morte: uma escova de dentes esfiapada, tingida de carmim de um pó chinês, uma velha correia sem fivela, uma fotografia gorda de mulher despindo os seios, cartas à toa e um maço considerável de "boas notas", arranjadas ninguém sabe como, com assinaturas falsas de professores, e o nome de Franco, fraude de sucesso com que o pobre pretendia maravilhar o magistrado de Cuiabá.

Desmanchando-se a cama, caiu dos lençóis um cartão: uma gravura, Santa Rosália! A minha padroeira desaparecida. Morrera talvez beijando-a, o pária.

Pouco tempo depois, o Ateneu em festa.

Preparava-se a solenidade da distribuição bienal dos prêmios. As benemerências andavam famintas de coroas. Suspenderam-se as aulas. Era preciso começar o preparativo com grande anterioridade, porque se projetava coisa nunca vista. Alguns discípulos tinham prevenido o diretor, guardavam-lhe uma surpresa: a oferta de um busto de bronze! Aristarco predispunha-se para a surpresa com todas as veras da alma. Um busto! Era a remuneração que chegava dos impagáveis esforços, a sonhada estátua. Vinha-lhe aos pedaços. Começavam pela cabeça; mais tarde, oferecer-lhe-iam o abdômen, bela pança metálica e magnífico umbigo de bonzo gordo, saliente como um murro; depois, o prolongamento do corpo, aos roletes, gradualmente... Ah! Quando lhe oferecessem as botas!... Depois, não seria preciso mais: o pedestal, ele mesmo oferecer-se-ia para adiantar. E parafusaria, acumuladas, as peças do seu orgulho, a pilha dos seus anelos, a estátua, surgida aos poucos da sinceridade vagarosa das oblações, como dificilmente a glória, do escrutínio demorado dos tempos.

Devia ser uma solenidade sem memória nos fastos da pedagogia triunfante, um obelisco de despesas, de luxo, de esplendor, a cuja ponta, como a erupção de uma cratera, saltasse a surpresa, galardão das altas qualidades e pirraça suprema à concorrência dos rivais.

Não havia sala no Ateneu que comportasse tão vasta festividade; nem o próprio lugar dos recreios abrigados. Resolveu-se cobrir de lona o pátio central, sobre grandes mastros plantados convenientemente. Uma barraca incalculável, a maior barraca que a imaginação humana tem concebido, que abrangesse na sombra quatro mil pessoas, com o pano emprestado aos toldos, ao velame de uma esquadra. Embaixo, as arquibancadas; reservando-se, no meio, espaçosa arena para a exibição dos laureados. Por intermédio do ajudante-general da Armada, que tinha dois filhos no estabelecimento, podia-se comodamente obter a lona.

Durante alguns dias chegaram ao Ateneu cargas imensas de pano. Espichavam-se os rolos no pátio, ao longo das paredes. Apareceram em seguida as madeiras e os carpinteiros, um povo de carpinteiros.

Em meio dos operários iam e vinham os estudantes, ajudando, atrapalhando às carreiras, aos saltos, aos gritos, pressentindo a felicidade do dia solene. Aristarco aprovava o tumulto; queria vê-los alegres. A morte do Franco produzira uma penumbra de pânico; alguns rapazes tinham ido para casa, receosos da febre.

O alvoroço dos preparativos reanimava o Ateneu. Em poucos dias atravancou-se o pátio de postes e travessões, tábuas e pés de serra como um desmedido estaleiro. Os martelos batiam por todos os cantos com a crepitação contínua dos tiroteios. Desaparecia a terra sob a poeira dos paus cortados. Aristarco fiscalizava o serviço como mestre-de-obras, rondando calado, sério, sorvendo satisfeito as emanações da serragem fresca, cheiro de oficina, cheiro do trabalho, ouvindo atritar os serrotes com um rumor de fábrica, que lembrava os haustos de ofego do vapor ao vaivém poderoso dos êmbolos. Havia um prazer especial naquilo; crescer do chão em três dias por honra sua a floresta das vigas e barrotes, ao esforço de tantos homens ativos e azafamados; contarem as tábuas sob os malhos, desdobrando-se escadas e bancadas como um desafio às exaltações e prejulgar do efeito total, quando tudo fosse belbutina e paninho, e o concurso da população invadisse, e assomasse, de um terremoto de aclamações, o busto, altaneiro e luzente.

Certo não foi tão nobre o orgulho daqueles monarcas das pirâmides, idiotas macabros e colossais, arquitetos inúteis de sepulcros.

Partiram os carpinteiros, apresentaram-se os armadores. Estenderam-se sobre o vigamento os toldos, as velas, como um céu de lona. As janelas do pátio abriam-se para o anfiteatro como tribunas.

Os armadores comprometeram em sanefas todo o pundonor do talento. Tudo que pode produzir de aparatoso o bem-combinado das cores vivas e os apanhados de cassa flutuante, e os lambrequins pintados de coreto, e as colunatas de papelão; tudo que pode a concordância assombrosa da cenografia e da ripa armou-se no pátio profusamente.

Na arena central expandia-se um tapete pardo, de flores claras. Em parte da arquibancada, convenientemente disposta, alinhavam-se cadeiras. Os estudantes e os assistentes somenos sentar-se-iam na tábua dura. As abertas de construção que não podiam ficar assim em osso foram empanadas de veludo com frisos de galão. Vermelho e ouro. Acima dos assentos havia uma linha de balaústres espiralados de fitas. Em cada balaústre um escudo com o nome de um pedagogo célebre. Por delicadeza incluíram o nome de Aristarco várias vezes. Aristarco não reparou.[1]

Um dos lados do tapete ondeava-se em quatro degraus para um longo estrado, fronteiro à entrada do anfiteatro, apoiado à parede da sala geral de estudo. Erguia-se ali um trono, sob um dossel, para a princesa regente. De vez em quando, Aristarco, cansado de tanto mover-se, subia ao trono, sentava-se. Fazia-lhe bem o dossel por cima. E dava regras aos armadores de lá, como um soberano precavido ditando o esplendor da coroação.

Os iniciadores da subscrição do busto haviam concluído a tarefa. Eram dois: o Clímaco, aluno gratuito, e o professor de desenho. Clímaco, moço de espírito prático, não levou muito a ruminar uma feliz idéia. E se oferecêssemos um busto ao nosso diretor? Lembrou-se a princípio de congregar os gratuitos; mas repeliu imediatamente a lembran-

---

1 Observe a ironia dessa passagem.

ça por inexeqüível. A gratidão podia-se subscrever por todos; saía mais barato. Entrou em campo. Os primeiros assaltados pelo convite ficaram frios. Diabo! Não estavam dispostos, assim, a ser gratos de uma hora para outra. Consultasse os colegas que, se a idéia pegasse, não teriam dúvida. Alguns mais acanhados assinaram logo; alguns, ainda, dos pequenos assinaram sem saber claramente o que significava a coisa. Em poucos minutos a existência da subscrição estava no domínio público. Começou a pressão irresistível de fato. Que miséria! Hesitar por dez mil-réis! Quem teria coragem de furtar-se ao testemunho público de agradecimento que a oferta do busto significava? Era uma desfeita ao diretor! Os primeiros signatários encarniçavam-se com despeito em coagir os outros, como se não quisessem ser os únicos sangrados.

Já não era preciso esforço do iniciador. A idéia ganhava terreno por si; em dois dias inteirava-se a subscrição. Muitos pagavam à vista; os que não tinham dinheiro iam tirar ao escritório e o guarda-livros em segredo debitava o valor, despesas diversas na conta do trimestre.

Diante da facilidade de obter o dinheiro, Clímaco resolveu sensatamente dispensar do rateio os gratuitos: aderiam com a intenção sincera. Razoável. Quando principiaram os preparativos da solenidade, já o busto, obra de zeloso artista, estava fundido.

No dia treze de novembro, às nove horas, começou a afluência. O anfiteatro do pátio estava fechado ainda. Os convidados que apareciam, depois de cumprimentar o diretor, espalhavam-se a passear em grupos pelo jardim, ou percorriam as salas do estabelecimento, examinando os aparelhos escolares, as cartas de parede, as máximas sábias, meditando a seriedade do ensino naquela casa. A afluência aumentou. Os convites tinham sido distribuídos largamente pela cidade. Às onze horas era difícil circular no Ateneu. A festa principiava às duas. Ao meio-dia franqueou-se o anfiteatro.

Foi como se se houvera aberto o seio de Abraão.[1] A última demão dos armadores fora digna do primeiro esforço. Cruzavam-se, fazendo volta às arquibancadas, no alto, em bambinela, em faixas entrelaçadas, balançantes, o cor-de-rosa dos sorrisos infantis com uma tira alaranjada do arrebol; imediatamente depois, uma zona de vivo escarlate, ferindo sangue às veias do mais subido júbilo; aprumavam-se as colunatas dos escudos; debaixo dos escudos, oito soberbos degraus da arquibancada, veludo e galões. Perto do trono, elevava-se um palanque para o corpo docente; ao lado oposto, simetricamente, outro palanque para a banda de música e para os cantores. Não se via mais o teto de lona: alças enormes de ramaria e flores enredavam-se ao alto em graciosa desordem, flácidas, pendentes, como um dilúvio de primavera a desprender-se. Entre o verdor carregado dos festões do teto e o tapete pardo, vagava a serenidade obscura das catedrais e das florestas, neblina penetrante de recolhimento. As pessoas que entravam guardavam silêncio. O pouco que se ouvia de vozes era baixinho, cochichos de missa, surdina aveludada, amortecida, como se estivesse falando o tapete. A cornija de sanefas vibrava em desconcerto com

1 Essa expressão, na Bíblia, significa "o paraíso", "o céu" (Lucas 16, 22).

a melancolia religiosa do recinto. Algumas nesgas da lona sobre a folhagem contrastavam ainda mais, abrindo-se à irrupção do dia.

Os alunos entravam fardados, subiam, abancavam-se à esquerda, fazendo tremer o edifício todo de carpintaria. Aristarco veio ficar à porta. Imenso reposteiro, rubro, de grandes borlas, desviava-se acima dele como para mostrá-lo. Calças pretas, casaca, peito blindado de condecorações, uma fita de dignitário ao pescoço, que o enforcava de nobreza. Mirando! A suprema correção, a envergadura imponente do talhe, a majestade dominadora da presença fundia-se tudo numa mesma umbigada de empáfia. Os rapazes olhavam com o prazer do soldado que se orgulha do comandante. O mestre invejável, desempenado, brilhante para a festa, como se houvesse engolido um armador.

Ao redor de Aristarco, ajudantes-de-ordens, apressavam-se os membros de uma comissão de recepção, composta de professores de bela presença e alunos em condições semelhantes. Realizavam com o diretor um cerimonial interessante de hospitalidade. Na entrada do anfiteatro comprimia-se a multidão dos convidados. Aristarco e os ajudantes espiavam, farejavam, descobriam os pais, as famílias dos de mais elevada posição social, e pescavam para o ingresso preterindo os mais próximos. Os escolhidos eram levados para as arquibancadas de cadeiras. Se encontravam nos lugares especiais quem para lá não houvessem conduzido, convidavam delicadamente a levantar-se; que a família do Visconde de Três Estrelas não podia ir para as tábuas nuas. Esse rigor de etiqueta fazia suar a comissão, embaraçada na massa da concorrência. Aristarco aproveitava também para desforrar-se dos pagadores morosos da escrituração. Afinal deu na vista a pescaria dos seletos. Houve murmúrios, estremecimento de surda revolta; os convites eram todos iguais! E, a pretexto de haver crescido a multidão, foram-se muitos esgueirando sem mais ver diretor nem comissionados de cortesia.

O anfiteatro encheu-se tumultuariamente.

A princesa sereníssima, com o augusto esposo, chegou pontual às duas horas, acedendo ao convite que recebera primeiro que ninguém.

Às duas e três minutos, subia à tribuna Aristarco. Não preciso dizer que a caranguejola sofrera mais uma das grandes comoções da malfadada existência. Ali estava, paciente e quadrada, no exercício efetivo de porta-retórica. Ficava à direita do sólio da princesa e diante do Orfeão.

Aristarco inclinou-se ligeiramente para a graciosa senhora. Passeou um olhar sobre o anfiteatro. Não pôde dizer palavra. Pela primeira vez na vida sentiu-se mal diante de um auditório. A massa de ouvintes apertava-se curiosa na linha das bancadas, em curva de ferradura. A cor preta das casacas e paletós generalizava-se no espaço como uma escuridão desnorteadora; amedrontava-o o semicírculo negro, enorme. A impressão simultânea do público impedia-lhe reconhecer uma fisionomia amiga que o animasse. Mas urgia improvisar alguma coisa antes da eloqüência rabiscada que trazia em tiras de papel... Quando o olhar foi ter a um objeto que o chamou à consciência de si mesmo. Diante da tribuna erigia-se uma peanha de madeira lustrosa; sobre a peanha uma forma indeterminada, misteriosamente envolta numa capa de lã verde. A surpresa! Era ele que ali estava encapado na expectativa da oportunidade; ele bronze impertérrito, sua efígie, seu estímulo, seu exemplo: mais ele até do que ele próprio, a tremer; porque bronze era a verdade do seu caráter, que um momento absurdo de fraqueza desfigurava e subtraía. Lembrou-se de que o vasto barracão, as alças de flores, o vigamento, a belbutina, a arquitetura dos palanques, os galões alfinetados, todas as sanefas de paninho, o olhar dos discípulos, a presença da população, o busto na capa verde, tudo era o seu triunfo por seu triunfo, e o embaraço desvaneceu-se. A inspiração ferveu-lhe de engulho à goela, vibrou-lhe elétrica na língua, e ele falou. Falou como nunca, esqueceu o calhamaço sobressalente que trouxera, improvisou como Demóstenes[1], inundou a arena, os degraus do trono, as ordens todas da arquibancada até a oitava, com o mais espantoso chorrilho de facúndia que se tem feito correr na Terra.

O assunto conjetura-se. Agradecimentos, e elogio de seus penares de apóstolo. Abria a casaca e mostrava. Debaixo das comendas tinha as cicatrizes. As setas que lhe varavam a alma não se podiam ver bem por causa do colete. Avaliava-se pela descrição: devia ser horrível. Depois dos sofrimentos, os serviços.

O educador é como a música do futuro, que se conhece em um dia para se compreender no outro: a posteridade é que havia de julgar. Quanto ao seu passado, nem falemos! não olhava para trás por modéstia, para não virar monumento, como a mulher de Loth[2]. Com o Ateneu estava satisfeito: uma sementeira razoável; não fazia rogar para florescer. Corações de terra roxa, onde as lições do bem pegavam vivo. Era cair a semente e a virtude instantânea espipocava. Uma maravilha, aquela horta fecunda! Antes de maldizerem do hortelão, caluniadores e invejosos julgassem-lhe os repolhos, pesassem-lhe os nabos, as tronchudas couves, crespas, modestas, serviçais, as cândidas alfaces, as sensíveis cebolas de lágrima tão fácil quanto sincera, as instruídas batatas, as delicadas abóboras, que todos vão plantar e ninguém planta, os alhos, tipos eternos, às vezes porros, da vivacidade bem-aproveitada; sem contar os arrepiados maxixes, nem as congestas berinjelas, nem os mastruços inomináveis, nem os agriões amargos, nem os espinafres insignificantes, nem o caruru, a bertalha, a trapoiraba dos banhos, que tem uma flor galante, mas que afinal é mato. Horta paradisíaca que se ufanava de cultivar! A distribuição dos prêmios mostraria.[3]

Podia concluir voltando à vaca-fria do louvor em boca própria; preferiu uma simples bomba qualquer de retórica, porque o mestrículo Venâncio ia também falar, e, na qualidade de pajem por dedicação, disputava-lhe sempre uma ponta para carregar do manto de glórias.

Seguiram-se algumas peças da banda do Ateneu e os hinos escolares.

---

1 Político grego (384-322 a.C.) considerado o príncipe dos oradores da Antigüidade.

2 Referência irônica à passagem bíblica segundo a qual a mulher de Loth, desobedecendo às ordens de Deus, olhou para trás para ver a destruição de Sodoma e Gomorra, tendo sido por isso imediatamente transformada numa estátua de sal.

3 Ao fazer Aristarco comparar os alunos a hortaliças, o narrador subverte maldosamente a retórica do diretor para ironizá-lo e ao próprio sistema de ensino baseado na oratória.

Na parte concertante diziam que Aristarco mandara encartar um solo de zabumba para exibir o genro. Caçoadas.

A premiação foi, como devia ser, exuberante. Aristarco leu um relatório do movimento literário nos dois últimos anos. Lembrou o nome dos alunos de medalhas de ouro e prata, desde a fundação da casa, e convidou o secretário a evocar, por ordem de merecimento, os novos premiados. Extensa lista. A cada nome descia um aluno, branco de emoção, atrapalhando os passos; e transpunha a arena.

À esquerda do trono estava uma longa mesa, a que sentavam-se o excelentíssimo ministro do Império e vários figurões da instrução pública.

Diante deles, a cavaleiro, encobrindo-os, erguia-se uma pirâmide verde de coroas de carvalho, papel e arame, e outra de coroas de ouro, idem, idem. Ouro para os de medalha; carvalho para o resto, em quantidade.

No estrado, a pouca distância, rumas de livros luxuosamente encadernados. O premiado recebia três, dois, um, daqueles volumes, a medalha, a menção honrosa, um sermãozinho amável do ministro, e saía com tudo, zonzo.

Em caminho, pelas costas, à traição, um inspetor enfiava-lhe um dos diademas de papel; até os olhos, quando era grande demais; e pior ainda quando era pequeno, porque o mísero laureado tinha de o agüentar em equilíbrio até a bancada.

O público batia palmas, talvez ao prêmio, talvez à sorte.

Ribas, o Mata Corcundinha, Nearco, o Saulo das distinções e mais outro alcançaram medalha de ouro. Rômulo, Malheiro, Clímaco, Sanches, Maurílio, Barreto, mais uns quinze, medalha de prata. Eu, o Egbert, o Cruz da doutrina, o açafroado Barbalho, o Almeidinha, o Negrão e numerosíssimos outros, a singela menção honrosa. Aos não-contemplados, ficava a compensação de desfazer raso na justiça distribuída.

Na massa dos convidados, diversas centenas de representantes da boa sociedade, havia pessoas verdadeiramente notáveis; titulares de sólida grandeza, argentários de mais sólidos títulos, vultos políticos de bela estampa e tradições sonoras, uns exibindo à fronte as neves pensativas do hibernal senado, outros a energia moça da câmara temporária, médicos celebrizados por façanhas cirúrgicas, ou simplesmente pela vivissecção recíproca de mazelas em pleno logradouro público dos "a pedidos".

Havia jornalistas, literatos, pintores, compositores; entre as senhoras, acumuladas principalmente nas bancadas especiais, distinguiam-se perfis soberbos de rainha em toda a eflorescência da formosura, que a claridade branda do lugar vaporizava idealmente; havia ostentações de pedraria e vestuários que impressionavam; havia juventudes de lábios e de olhar enervantes ou arrebatadores, morenas, forçando magicamente o torpor da sesta sensual sob a carícia opressora de um pequenino pé vitorioso, louras convidando a um enlace de transporte à nuvem, mais alto, ao retiro etéreo onde vivem amor as estrelas duplas... Nada disso era o grande atrativo, nada conseguia altear-se para nós um palmo na perspectiva geral da multidão; o nosso grande cuidado era o poeta, "o poeta!" murmurava o colégio, uns à procura, outros indicando. Era aquele de pé, mão no quadril, vistosamente, no palanque do professorado, entornando para as duas bandas, sobre as pessoas mais próximas, uma profusão assombrosa de suíças.

Dentre as suíças, como um gorjeio do bosque, saía um belo nariz alexandrino de dois hemistíquios, artisticamente longo, disfarçando o cavalete da cesura, tal qual os da última moda no Parnaso. À raiz do poético apêndice brilhavam dois olhos vivíssimos, redondos, de coruja, como os de Minerva[1]. Tão vivos ao fundo das órbitas cavas, que bem se percebia ali como deve brilhar o fundo na fisionomia da estrofe. O grande doutor Ícaro de Nascimento! Vinha ao Ateneu exclusivamente para declamar uma poesia famosa, que havia algum tempo era o sucesso obrigado das festas escolares do Rio: *O mestre*. Logo depois dos prêmios, teve a palavra.

Durante meia hora houve uma coisa estranha: uma convulsão angustiosa de barbas no espaço. Crescente. Desapareceu o poeta, desapareceu o palanque, encheu-se o anfiteatro, foi-se o trono com a alteza regente, a longa mesa com Aristarco e o excelentíssimo do Império, enovelaram-se as arquibancadas, desapareceu tudo numa expansão incalculável de suíças, jubileu de queixos. Ninguém mais se via, nada mais, no caos tormentoso de pêlos, onde uma voz passava atroadora, carga tremenda de esquadrões pela noite espessa, calcando versos como patadas, esmagando, rompendo avante.

Até que tornamos a ver o nariz. Acalmaram pouco a pouco as barbas. Recolheram-se como uma inundação que se retira. Estava acabada a poesia. Ninguém percebeu palavra do berreiro, porém a impressão foi formidável.

Depois de uma parte de concerto, que foi como descanso reparador, seguiu-se a oferta do busto. Teve a palavra o professor Venâncio.

Aristarco, na grande mesa, sofreu o segundo abalo de terror daquela solenidade. Fez um esforço, preparou-se. É preciso às vezes tanta bravura para arrostar o encômio face a face, como as agressões. A própria vaidade acovarda-se. Venâncio ia falar: coragem! A oscilação do turíbulo pode fazer enjôo. Ele receava uma coisa que talvez seja a enxaqueca dos deuses: tonturas do muito incenso. Gostava do elogio, imensamente. Mas o Venâncio era demais. E ali, diante daquele mundo! Não importa! Viva o heroísmo.

Era conveniente postar-se em atitude severa bastante e olímpica, para corresponder à glorificação de Venâncio. Pronto.

O orador acumulou paciente todos os epítetos de engrandecimento, desde o raro metal da sinceridade até o cobre dúctil, cantante das adulações. Fundiu a mistura numa fogueira de calorosas ênfases, e sobre a massa bateu como um ciclope, longamente, até acentuar a imagem monumental do diretor.

Aristarco depois do primeiro receio esquecia-se na delícia de uma metamorfose. Venâncio era o seu escultor.

---

1 Deusa latina da sabedoria e das artes.

A estátua não era mais uma aspiração: batiam-na ali. Ele sentia metalizar-se a carne à medida que o Venâncio falava. Compreendia inversamente o prazer de transmutação da matéria bruta que a alma artística penetra e anima: congelava-lhe os membros uma frialdade de ferro; à epiderme, nas mãos, na face, via, adivinhava reflexos desconhecidos de polimento. Consolidavam-se as dobras das roupas em modelagem resistente e fixa. Sentia-se estranhamente maciço por dentro, como se houvera bebido gesso. Parava-lhe o sangue nas artérias comprimidas. Perdia a sensação da roupa; empedernia-se, mineralizava-se todo. Não era um ser humano: era um corpo inorgânico, rochedo inerte, bloco metálico, escória de fundição, forma de bronze, vivendo a vida exterior das esculturas, sem consciência, sem individualidade, morto sobre a cadeira, oh, glória, mas feito estátua.

"Coroemo-lo", bradou de súbito Venâncio.

Nesse momento, o Clímaco, estrategicamente postado, puxou com força um cordão. Da capa verde dilacerada, emergiu a surpresa: o busto da oferta. Um pouco de sol rasteiro, passando a lona, vinha de encomenda estilhaçar-se contra o metal novo.

— Coroemo-lo! — repetia Venâncio, num vendaval de aclamações. E, sacando da tribuna esplêndida coroa de louros, que ninguém vira, colocou-a sobre a figura.

Aristarco caiu em si. Referia-se ao busto toda a oração encomiástica de Venâncio. Nada para ele das belas apóstrofes! Teve ciúmes. O gozo da metamorfose fora uma alucinação. O aclamado, o endeusado era o busto: ele continuava a ser o pobre Aristarco, mortal, de carne e osso. O próprio Venâncio, o fiel Venâncio, abandonava-o. E por causa daquilo, daquela coisa mesquinha sobre a peanha, aquele pedaço de Aristarco, que nem aos menos era gente!

Mal acabou de falar o professor, viu-se Aristarco levantar-se, atravessar freneticamente o espaço atapetado, arrancar a coroa de louros ao busto.

Louvaram todos a magnanimidade da modéstia.[1]

Mas o dia acabou insípido para o diretor. Ruminava confusamente a tristeza daquela rivalidade nova — o bronze invencível.

Por que não usam os grandes homens, em vez de poltronas, pedestais?

Que vale a estátua, se não somos nós? A adoção do pedestal nas mobílias teria ao menos a vantagem de facilitar a provação da glória, de vez em quando, da glória efetiva, glória atual, glória prática.

Tinha-se ali a um canto a coluna. Era vir a necessidade, nada mais fácil: galgava-se a elevação, ensaiava-se a postura; esperava-se imóvel que cedesse o espasmo. Mas... não! Força era aceitar a verdade amarga.

O monumento prescinde do herói, não o conhece, demite-o por substituição, sopeia-o, anula-o.

Com os diabos! Por que há de ser isso afinal a imortalidade: um pedaço de mármore sobre um defunto?!

---

1 Note a ironia mordaz com que o narrador trata o diretor ciumento da própria estátua.

À noitinha retiravam-se os convidados, as famílias, multidão confusa de alegrias e despeitos. As mães acariciando muito o filho sem prêmio, os pais odiando o diretor, olhando como vencidos para os que passavam satisfeitos, os outros pais, os colegas do filho, menos enfatuados da própria vitória que da humilhação alheia.

Humilde, a um canto, à beira da corrente dos que iam, pouco além da entrada do anfiteatro, mostraram-me uma família de luto, a família do Franco. O desembargador, de chapéu na mão, esquecendo de cobrir-se: homem baixo, fisionomia acabrunhada, longas barbas grisalhas, calvo, olhos miúdos, pálpebras em bolsa.

Tinha vindo de Mato Grosso um ano mais tarde do que pretendia. O correspondente dera a notícia.

Andava agora mostrando à família o Rio de Janeiro. Viera à festa colegial, ao colégio do filho, para distrair a filha, a raptada, que ali estava com a mãe e duas irmãs menores, muito pálida, delgada, num idiotismo sombrio, insanável de melancolia e mudez, pestanas caídas, olhar na terra, como quem pensa encontrar alguma coisa.

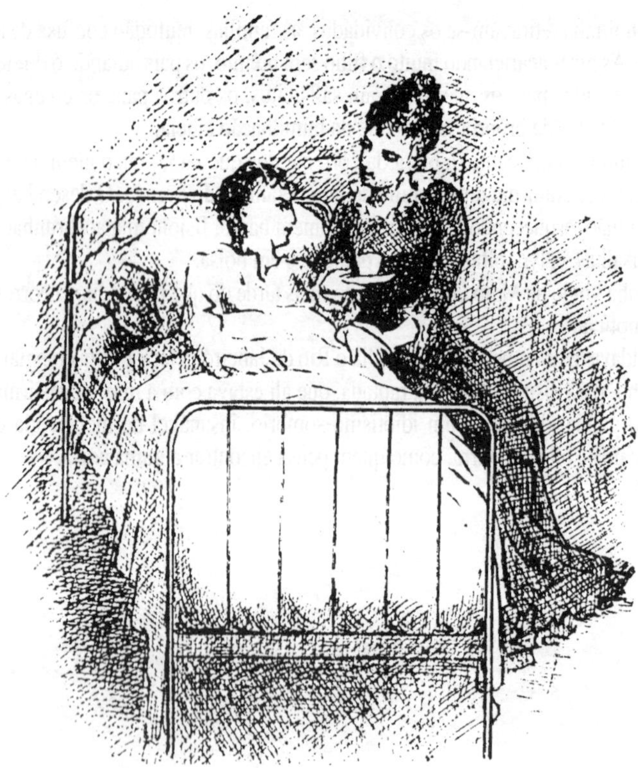

12

Música estranha, na hora cálida. Devia ser Gottschalk[1]. Aquele esforço agonizante dos sons, lentos, pungidos, angústia deliciosa de extremo gozo em que pode ficar a vida porque fora uma conclusão triunfal. Notas graves, uma, uma; pausas de silêncio e treva em que o instrumento sucumbe e logo um dia claro de renascença, que ilumina o mundo como o momento fantástico do relâmpago, que a escuridão novamente abate...

Há reminiscências sonoras que ficam perpétuas, como um eco do passado. Recorda-me, às vezes, o piano, ressurge-me aquela data.

Do fundo repouso caído de convalescente, serenidade extenuada em que nos deixa a febre, infantilizados no enfraquecimento como a recomeçar a vida, inermes contra a sensação por um requinte mórbido da sensibilidade, eu aspirava a música como a embriaguez dulcíssima de um perfume funesto; a música envolvia-me num contágio de vibra-

1 Louis Moreau Gottschalk (1829-1869) foi um pianista e compositor norte-americano. Viveu durante algum tempo no Rio de Janeiro, onde compôs uma *Fantasia triunfal sobre o Hino Nacional Brasileiro.*

ção, como se houvesse nervos no ar. As notas distantes cresciam-me n'alma em ressonância enorme de cisterna; eu sofria, como das palpitações fortes do coração quando o sentimento exacerba-se — a sensualidade dissolvente dos sons.

Lasso, sobre os lençóis, em conforto ideal de túmulo, que a vontade morrera, eu deixava martirizar-me o encanto. A imaginação de asas crescidas fugia solta.

E reconhecia visões antigas, no teto da enfermaria, no papel das paredes rosa desmaiado, cor própria, enferma e palejante... Aquele rosto branco, cabelos de ondina, abertos ao meio, desatados, negríssimos, desatados para os ombros, a adorada dos sete anos que me tivera uma estrofe, paródia de um almanaque, valha a verdade, e que lhe fora entregue, sangrento escárnio! Pelo próprio noivo; outra igualmente clara, a pequenina, a morta, que eu prezara tanto, cuja existência fora no mundo como o revoar das roupas que os sonhos levam, como a frase fugitiva de um hino de anjos que o azul embebe... Outras lembranças confusas, precipitadas, mutações macias, incansáveis de nuvens, enlevando com a tonteira da elevação; lisas escapadas por um plano oblíquo de vôo, oscilação de prodigioso aeróstato, serena, em plena atmosfera...

Panoramas completos, uma partida, abraços, lágrimas, o *steamer*[1] preto, sobre a água esmeralda, inquieta e sem fundo, a gradezinha de cordas brancas cercando a popa, os salva-vidas como grandes colares achatados, cabos que se perdiam para cima, correntes que se dissolviam na espessura vítrea do mar; a câmara dourada, baixa, sufocante, o torvelinho dos que se acomodam para ficar, dos que se apressam para descer aos escaleres...

Uma janela. Embaixo, o coradouro, espaçoso; para diante mangueiras arredondando a copa sombria na tela nítida do céu; além das mangueiras, conglobações de cúmulos crescendo a olhos vistos, floresta colossal de prata; de outro lado montanhas arborizadas, expondo, num ponto e noutro, saliências peitorais de ferrugem como armaduras velhas. No coradouro estendidas, peças de roupa, iriadas de sabão, meias compridas de ourela vermelha, desenroladas na relva, saudosas da perna ausente, grandes lençóis, vestidos rugosos de molhados; acima do coradouro, cordas, às cordas camisas transparentes, decotadas, rendadas, sem manga, lacrimejando espaçadamente a lavagem como se suassem ao sol a transpiração de muitas fadigas; saias brancas que dançavam na brisa a lembrança coreográfica da *soirée* mais recente.

Quando o vento era mais forte, enfunava as roupas estendidas, inflando ventres de mulher nas saias, nas camisas. Ângela aparecia. Sempre no seu raio de sol, como as fadas no raio de lua. Saudava-me à janela com uma das exclamações vivas de menino surpreso. Sem paletó, às mãos, empilhados, dois montes de roupa enxaguada. Ajudava a lavadeira para distrair-se. Falava olhando para cima, afrontando o dia sem cobrir os olhos.

Estava aborrecida, uma preguiça! Uma preguiça! Uma vontade de deitar no colo! Começava as infinitas histórias, narradas devagar, como derretidas no lábio quente, muito repisadas, de quando era pequena, aventuras da imigração, as casas onde trabalhara; con-

1 Em inglês, "navio a vapor". Note como o narrador mais retrata impressões que narra fatos. O importante não é contar como e por que ficou doente, mas o que lhe restou na mente dos acontecimentos vividos.

tava as origens do drama do outro ano... Tratara de acomodar os dois para ver se as coisas chegavam a bom termo; a desgraça não quis. Agora, para falar a verdade, gostava mais do que morreu. O assassino era muito mau, exigia coisas dela como se fosse uma escrava; era bruto. Mas era de Espanha, companheiros de viagem, e um homem bonito! Sacudido, eu bem tinha conhecido; mas judiava dela; batia, empurrava: olhe, ainda tinha sinais, e levantava candidamente o vestido para mostrar, no joelho, na coxa, cicatrizes, manchas antigas que eu não via absolutamente, nem ela.

Cessava a música...

As venezianas abertas davam entrada à claridade do tempo. Entrava simultaneamente um burburinho imperceptível de árvores, falando longe, gorjeios ciciados de pássaros, gritos humanos indistintamente, atenuados pela imensa distância, marteladas miúdas de canteiro, tremor de carros nas ruas, miniatura extrema de trovão, parcelas ínfimas da vida pulverizadas na luz...

A porta da enfermaria descerrava-se devagarinho e na matinê de musselina elegante e frouxa aparecia a amável senhora. Vinha verificar se eu dormia, saber como passava agora.

Bastante a sua presença para reanimar-me no leito. Tão boa, tão boa no seu carinho de enfermeira, de mãe.

Junto da cama um velador modesto e uma cadeira. Ema sentava-se. Pousava os cotovelos à beira do colchão, o olhar nos meus olhos — aquele olhar inolvidável, negro, profundo como um abismo, bordado pelas seduções todas da vertigem. Eu não podia resistir, fechava as pálpebras; sentia ainda na pálpebra com o hálito de veludo a carícia daquela atenção.

Ao fim de algum tempo, a senhora, a ver se eu tinha febre, demorava-me a pequenina mão sobre a testa, finíssima, fresca, deliciosa como um diadema de felicidade.

Eu me perdia numa sonolência sem nome que jamais lograram produzir os mais suaves vapores do narcotismo oriental.

Com o regime fortificante dessa terapêutica, voltava-me rapidamente a saúde.

Logo depois da festa de educação física, que foi alguns dias depois da grande solenidade dos prêmios, eu adoecera. Sarampos, sem mais nem menos. Por motivo dos seus padecimentos meu pai seguira para a Europa, levando a família. Eu ficara no Ateneu, confiado ao diretor, como a um correspondente.

Meia dúzia de rapazes eram meus companheiros. Que terrível soledade o Ateneu deserto. No pátio, o silêncio dormia ao sol, como um lagarto. Vagávamos, bocejando pelas salas desmontadas, despidas, as carteiras amontoadas num canto, na caliça dos pregos somente das cartas com alguns quadros restantes de máximas, por maior insipidez, os mais teimosos conselhos morais. Nos dormitórios, as camas desfeitas mostravam o esqueleto de ferro pintado, o xadrez das chapas cruzadas. Principiava um serviço vasto de lavagem, envernizagem, caiação; vieram pintores reformar os aspectos do edifício que se renovavam todos os anos.

Os tristes reclusos das férias, ficávamos, no meio daquela restauração geral como coisas antigas, do outro ano, com o deplorável inconveniente de se não poder caiar de novo e pintar.

Nessa situação, como do excesso de brilho das paredes em sol, que debatiam fulgores na melancolia morna da circunvizinhança dos morros, começaram a doer-me os olhos até a lágrima, forrou-me a língua um sabor desagradável de castanhas cruas. Seria isso o gosto do aborrecimento? Pesava-me a cabeça, o corpo todo como se eu me cobrisse de chumbo.

Assim passei alguns dias, sem que me queixar. Certa manhã, descubro no corpo um formigueiro de pintinhas rubras. Aristarco fez-me recolher na enfermaria, um prolongamento de sua residência para os lados da natação. Veio médico, o mesmo do Franco; não me matou. Dona Ema foi para mim o verdadeiro socorro. Sabia tanto zelar, animar, acariciar, que a própria agonia aos cuidados do seu trato fora uma ressureição.

A enfermaria era um simples lance da casa, espécie de pavilhão lateral, com entrada independente pela chácara e comunicando por dentro com as outras peças.

A senhora não deixava a enfermaria. Vigiava-me o sono, as crises de delírio, como uma irmã de caridade.

Aristarco surgia às vezes solenemente, sem demorar. Ângela nunca. Fora-lhe proibida a entrada.

Junto da cama, dona Ema comovia-se, mirando a prostração pálida ao reabrir os olhos de um desses períodos de sono dos enfermos que tão bem fingem de morte. Tirava-me a mão, prendia nas dela, tempo esquecido; luzia-lhe no olhar um brilho de pranto. A alimentação da dieta era ela quem trazia, quem servia. Às vezes por gracejo carinhoso queria levar-me ela mesma o alimento à boca, a colherinha de sagu, que primeiro provava com um adorável amuo de beijo. Se precisava andar no aposento para mudar um frasco, entreabrir a janela, caminhava como uma sombra por um chão de paina.

Eu me sentia pequeno deliciosamente naquele círculo de conchego como em um ninho.

Quando entrei em convalescença a graciosa enfermeira tornou-se alegre. Às escondidas do médico, embriagava-me, com aquela medicina de risos, gargarejo inimitável de pérolas a todo pretexto. Tagarelava, agitava-se como um pássaro preso. Cantava, às vezes, para adormecer-me, músicas desconhecidas, tão finamente, tão sutilmente, que os sons morriam-lhe quase nos lábios, brandos como o adejo brando da borboleta que expira. Quando me julgava adormecido, arranjava-me ao ombro a colcha, alisando-a sobre o corpo; uma vez beijou-me na têmpora. E retirava-se, insensivelmente, evaporava-se.

Por um acaso da distribuição acústica dos compartimentos da casa, ouvia-se bem, agradavelmente amaciado, o som do piano do salão. A amável senhora, para mandar-me da sua ausência alguma coisa ainda, que acariciasse, que me fosse agradável, traduzia no teclado com a mesma brandura sentida as músicas que sabia cantar. Nenhuma violência de execução. Sentimento, apenas, sentimento, sucessão melódica de sons profundos, destacados como o dobre em novembro dos bronzes; depois, uma enfiada brilhante de lágrimas, colhidas num lago de repouso, final, sereno, consolado... Efeitos comoventes da música de Schopenhauer[1]; forma sem matéria, turba de espíritos aéreos.

A primeira vez que me levantei, trêmulo de fraqueza, Ema amparou-me até a janela. Dez horas. Havia ainda a frescura matinal na terra. Diante de nós o jardim virente, constelado de margaridas, depois, um muro de hera, bambus à direita; uma zona do capinzal fronteiro; depois, casas, torres, mais casas adiante, telhados ainda a distância, a cidade. Tudo me parecia desconhecido, renovado. Curioso esplendor revestia aquele espetáculo. Era a primeira vez que me encantavam assim aquelas gradações de verde, o verde negro, de faiança, luzente da hera, o verde flutuante mais claro dos bambus, o verde claríssimo do campo ao longe sobre o muro, em todo o fulgor da manhã. Tetos de casas, que novidade! Que novidade o perfil de uma chaminé riscando o espaço! Ema entregava-se, como eu, ao prazer dos olhos. Sustinha-me em leve enlace; tocava-me com o quadril em descanso.

Absorvendo-me na contemplação da manhã, penetrado de ternura, inclinei a cabeça para o ombro de Ema, como um filho, entrecerrando os cílios, vendo o campo, os tetos vermelhos como coisas sonhadas em afastamento infinito, através de um tecido vibrante de luz e ouro.

Desde essa ocasião, fez-se-me desesperada necessidade a companhia da boa senhora. Não! Eu não amara nunca assim a minha mãe. Ela andava agora em viagem por países remotos, como se não vivesse mais para mim. Eu não sentia a falta. Não pensava nela... Escureceu-me as recordações aquele olhar negro, belo, poderoso, como se perdem as linhas, as formas, os perfis, as tintas, de noite, no aniquilamento uniforme da sombra... Bem pouco, um resto desfeito de saudades para aquela inércia intensa, avassalando.

Apavorava-me um susto, alarma eterno dos felizes, azedume insanável dos melhores dias: não fosse subitamente destruir-se a situação. A convalescença progredia; era um desgosto.

No pequeno aposento da enfermaria, encerrava-se o mundo para mim. O meu passado eram as lembranças do dia anterior, um especial afago de Ema, uma atitude sedutora que se me firmava na memória como um painel presente, as duas covinhas que eu beijava, que ela deixava dos cotovelos no colchão premido, ao partir, depois da última visita à noite, em que ficava como a esperar que eu dormisse, apoiando o rosto nas mãos, os braços na cama, impondo-me a letargia magnética do vasto olhar.

O meu futuro era o despertar precoce; a ansiada esperança da primeira visita. Saltava da cama, abria imprudentemente a vidraça, a veneziana. Ainda escuro. Uma luz em frente, longínqua, irradiava solitária, reforçando pelo contraste a obscuridade. Por toda a parte o firmamento limpo. O mais completo silêncio. Dir-se-ia ouvir no silêncio azul das alturas a crepitação das estrelas ardendo.

---

1 Filósofo alemão (1788-1860) que escreveu também sobre a natureza da música.

Eu tornava ao leito. Esperava. Não dormia mais. Ao fim de muito tempo, entrava na enfermaria, vinha ter aos lençóis de mansinho, como uma insinuação derramada de leite, a primeira manifestação da alvorada. O arvoredo movia-se fora com um bulício progressivo de folhagem que acorda. A luz meiga, receosa, desenvolvia-se docemente pelo soalho pelas paredes.

Havia no aposento um grande cromo de paisagem, montanhas de neve no fundo, mais à vista, uma vivenda desmantelada, uma cachoeira de anil e pinheiros espectrais, trabalhados, encanecidos por um século de tormentas. A madrugada subia ao quadro, como se amanhecesse também na região dos pinheiros. Eu esperando. A madrugada progredia.

Toucava-se a vegetação de cores diurnas. Dialogava o primeiro trilar da passarada. Eu esperando ainda. E ela vinha... com a aurora.

Trouxe-me uma vez uma carta, de Paris, de meu pai.

"... Salvar o momento presente. A regra moral é a mesma da atividade. Nada para amanhã, do que pode ser hoje; salvar o presente. Nada mais preocupe. O futuro é corruptor, o passado é dissolvente, só a atualidade é forte. Saudade, uma covardia, apreensão outra covardia. O dia de amanhã transige; o passado entristece e a tristeza afrouxa.

Saudade, apreensão, esperança, vãos fantasmas, projeções inanes de miragem; vive apenas o instante atual e transitório. É salvá-lo! Salvar o náufrago do tempo.

Quanto à linha de conduta: para diante. É a honesta lógica das ações.

Para diante, na linha do dever é o mesmo que para cima. Em geral, a despesa de heroísmo é nenhuma. Pensa nisso. Para que a mentira prevaleça, é mister um sistema completo de mentiras harmônicas. Não mentir é simples.

... Estou numa grande cidade, interessante, movimentada. As casas são mais altas que lá; em compensação, os tetos mais baixos. Dir-se-ia que o andar de cima esmaga-nos. E como cada um em sobre a cabeça um vizinho mais pobre, parece que a opressão, aqui, pesa da miséria sobre os ricos.

A agitação não me faz bem.

Abro a janela para o *boulevard*: uma efervescência de animação, de ruído, de povo, a festa iluminada dos negócios, das tentativas, das fortunas... Mas todos vêm, passam diante de mim, afastam-se, desaparecem. Que espetáculo para um doente! Parece que é a vida que foge.

Dou-te a minha bênção..."

Momento presente... Eu tinha ainda contra a face a mão que me dera a carta; contra a face, contra os lábios, venturosamente, ardentemente, como se fosse aquilo o momento, como se bebesse na linda concha da palma o gozo imortal da viva verdade.

"Ah! Tem ainda um pai", disse Ema[1], "uma querida mãe, irmãos que o amam... Eu nada tenho; todos mortos... Aparecem-me às vezes à noite... sombras. Ninguém por mim. Nesta casa sou demais... Deixemos essas coisas.

---

1 Note que dona Ema, agora bem próxima do narrador, perdeu o "dona".

Não sabe o que é um coração isolado como eu... Todos mentem. Os que se aproximam são os mais traidores..."

A convivência cotidiana na solidão do aposento estabelecera a entranhada familiaridade dos casais.

Ema afetava não ter mais para mim avarezas de colchete. "Sérgio, meu filhinho." Dava-me os bons dias. Saía, voltava fresca, com o grande, vernal sorriso rorejado ainda do orvalho das abluções. Rindo sem causa: da claridade feliz da manhã, de me ver forte, quase bom.

Debruçava-se expansiva, resplendendo a formosura sobre mim, na gola do *peignoir*, como um derramamento de flores de uma cornucópia.

Tomava-me a fronte nas mãos, colava à dela; arredava-se um pouco e olhava-me de perto, bem dentro dos olhos, num encontro inebriante de olhares. Aproximava o rosto e contava, lábios sobre lábios, mimosas historietas sem texto, em que falava mais a vivacidade sangüínea da boca, do que a imperceptível confusão de arrulhos cantando-lhe na garganta como um colar sonoro.

Achava-me pequenino, pequenino. Sentava-se à cadeira. Tomava-me ao colo, acalentava-me, agitava-me contra o seio como um recém-nascido, inundando-me de irradiações quentes de maternidade, de amor. Desprendia os cabelos e com um ligeiro movimento de espáduas fazia cair sobre mim uma tenda escura. De cima, sobre as faces, chegava-me o bafejo tépido da respiração. Eu via, ao fundo da tenda, incerto como em sonhos a fulguração sideral de dois olhos.

E fora preciso que soubesse ferir o coração e escrever com a própria vida uma página de sangue para fazer a história dos dias que vieram, os últimos dias...

E tudo acabou com um fim brusco de mau romance...

Um grito súbito fez-me estremecer no leito: Fogo! Fogo! Abri violentamente a janela. O Ateneu ardia.

As chamas elevavam-se por cima do *chalé*, na direção do edifício principal. Imenso globo de fumo convulsionava-se nos ares, tenebroso da parte de cima, que parecia chegar ao céu, iluminado inferiormente por um clarão cor de cobre.

Na casa de Aristarco reinava o maior silêncio.

As portas abertas, todos tinham saído. Precipitei-me para fora da enfermaria.

Entre os reclusos das férias contava-se um rapaz, matriculado de pouco, o Américo. Vinha da roça. Mostrou-se contrariado desde o primeiro dia. Aristarco tentou abrandá-lo; impossível: cada vez mais enfezado. Não falava a ninguém. Era já crescido e parecia de robustez não comum. Olhavam todos para ele como para uma fera respeitável. De repente desapareceu. Passado algum tempo vieram três pessoas reconduzindo-o: o pai, o correspondente e um criado. O rapaz, amarelo, com manchas vermelhas, movediças, no rosto, mordia os beiços até ferir. O pai pediu contra ele toda a severidade. Aristarco, que tinha veleidades de amansador, gloriando-se de saber combinar irresistivelmente a energia com o modo amoroso, tranqüilizou o fazendeiro: "Tenho visto piores".

Carregando a vista com toda a intensidade da força moral, segurou o discípulo rijamente pelo braço e fê-lo sentar-se. "Tu ficarás, meu filho!" O moço limitou-se a responder, cabisbaixo, possuído de repentina complacência: "Eu fico". Dizem que o pai o tratara terrivelmente, vendo-o apresentar-se em casa, evadido.

Com a proximidade da festa dos prêmios o caso do desertor ficou esquecido, e ninguém foi jamais como ele exemplo de cordura.

Ardia efetivamente o Ateneu. Transpus a correr a porta de comunicação entre a casa de Aristarco e o colégio.

Não havia ainda começado serviço sério de extinção. A maior parte dos criados eram licenciados por ocasião das férias; os poucos restantes andavam como doidos, incertos, gritando: "fogo!"

Fui achar Aristarco no terraço lateral, agitado, bradando pelas bombas, que estava perdido, que aquilo era a sua completa desgraça! Ao redor dele pessoas do povo, que tinha acudido, trabalhavam para salvar o escritório, antes que viessem as chamas.

O incêndio principiara no saguão das bacias.

Por maior incremento do desastre, ardia também, no pátio, uma porção de madeira que ficara das arquibancadas, aquecendo as paredes próximas, ressecando o travejamento, favorecendo a propagação do fogo.

O susto de tal maneira me surpreendera que eu não tinha exata consciência do momento. Esquecia-me a ver os dragões dourados revoando sobre o Ateneu, as salamandras imensas de fumaça arrancando para a altura, desdobrando contorções monstruosas, mergulhando na sombra cem metros acima.

O jardim era invadido pela multidão; o bairro inteiro concorria; vociferavam lamentações, clamavam por socorro. Dominando a confusão das vozes, ouvia-se o apito da polícia em alarma, cortante, elétrico, e o rebate plangente de um sino, a distância, como o desânimo de um paralítico que quisera vir.

O fogo crescia ímpetos de entusiasmo, como alegrado dos próprios clarões, desfeiteando a noite com a vergasta das labaredas.

Sobre o pátio, sobre o jardim, por toda a circunvizinhança choviam fagulhas, contrastando a mansidão da queda com os tempestuosos arrojos do incêndio. Por toda a parte caíam escórias incineradas, que a atmosfera flagrante repelia para longe como folhas secas de imensa árvore sacudida.

Quando as bombas apareceram, desde muito tinham começado os desabamentos. De instante a instante um estrondo prolongado de descarga, às vezes surdo, agitando o solo como explosões subterrâneas. Às vezes, a um novo alento das chamas, a coluna ardente desenvolvia-se muito e avistavam-se as árvores terrificadas, imóveis, as mais próximas crestadas pelas ondas de ar tórrido que o incêndio despedia. As alamedas, subitamente esclarecidas, multiplicavam as caras lívidas, olhando. Na rua, ouvia-se arquejar pressurosamente uma bomba a vapor; as mangueiras, como intermináveis serpentes, insinuavam-se pelo chão, colavam-se às paredes, desapareciam por uma janela. Nas cimalhas, destacando-se em silhueta, sobre as cores terríveis do incêndio, moviam-se os bombeiros.

Perdido completamente o lance principal do edifício: sala de entrada, capela, dormitórios todos da primeira e da segunda classe. Uma turma de salvação procurava isolar o refeitório e as salas próximas, entregando-se a um serviço completo de vandalismo, abatendo o telhado, cortando o vigamento, destruindo a mobília.

Para o terraço lateral, onde se conservava Aristarco, impassível sob a chuva chamuscante das fagulhas, chegavam continuamente os destroços miserandos da salvação: armários despedaçados, aparelhos, quadros de ensino inutilizados, mil fragmentos irreconhecíveis de pedagogia sapecada.

A frente do Ateneu apresentava o aspecto mais terrível. De vários pontos do telhado, semelhando colunas torcidas, espiralavam grossas erupções de fumo; às janelas superiores o fumo irrompia também, por braços imensos, que pareciam suster a mole incalculável de vapores no alto. Com a falta de vento, as nuvens, acumuladas e comprimidas, pareciam consolidar-se em pavorosos rochedos inquietos. Às janelas do primeiro andar as chamas apareciam, tisnando os umbrais, enegrecendo as vergas. Tratadas a fogo, as vidraças estalavam. Distinguia-se na tempestade de rumores o barulho cristalino dos vidros na pedra das sacadas, como brindes perdidos da saturnal da devastação.

Nos lugares ainda não alcançados, bombeiros e outros dedicados arremessavam para fora camas de ferro, trastes diversos, veladores, que vinham espatifar-se no jardim, com um fracasso de esmagamento. As imagens da capela tinham sido salvas no princípio do incêndio. Estavam enfileiradas ao sereno, à beira de um gramal, voltadas para o edifício, como entretidas a ver. A Virgem da Conceição chorava. Santo Antônio, com o menino Jesus ao colo, era o mais abstrato, equilibrando a custo um resplendor desproporcional, oferecendo ante os terrores a amostra de impassibilidade do sorriso palerma, que lhe emprestara um santeiro pulha.

O trabalho das bombas, nesse tempo das circunscrições lendárias, era uma vergonha. Os incêndios acabavam de cansaço. A simples presença do coronel irritava as chamas, como uma impertinência de petróleo. Notava-se que o incêndio cedia mais facilmente sem o empenho dos profissionais do esguicho.

No sinistro do Ateneu a coisa foi evidente. Depois das bombas, a violência das chamas chegou ao auge. Do interior do prédio, como das entranhas de um animal que morre, exalava-se um rugido surdo e vasto. Pelas janelas, sem batentes, sem bandeira, sem vidraça, estaladas, carbonizadas, via-se arder o teto; desmembrava-se o telhado, furando-se bocas hiantes para a noite. Os barrotes, acima de invisíveis braseiros, como animados pela dor, recurvavam crispações terríveis, precipitando-se no sumidouro.

No meio da multidão comentava-se, explicava-se, definia-se o incêndio.

"Que felicidade ser o desastre em tempo de férias! Dizem que foi proposital..." Afirmava-se que o fogo começara de uma sala onde estavam em pilha os colchões, retirados para a lavagem da casa. Diziam que começara simultaneamente de vários cantos, por arrombamentos do tubo de gás perto do soalho. Alguns suspeitavam de Aristarco e aventuravam considerações a respeito das circunstâncias financeiras do estabelecimento e do luxo do diretor.

A notícia do incêndio, apesar da hora, espalhara-se em grande parte da cidade. Nas ruas do arrabalde havia um movimento de festa. Grande número de alunos tinham concorrido a testemunhar. Alguns empenhavam-se com bravura no serviço. Outros cercavam o diretor, em silêncio, ou fazendo exclamações sem nexo e manifestando os sintomas da mais perigosa desolação.

Aristarco, que se desesperava a princípio, refletiu que o desespero não convinha à dignidade. Recebia com toda a calma as pessoas importantes que o procuravam, autoridades, amigos, esforçados em minorar-lhe a mágoa com o lenitivo profícuo dos oferecimentos. Afrontava a desgraça soberanamente, contemplando o aniquilamento de sua fortuna com a tranqüilidade das grandes vítimas.

Aceitava o rigor da sorte.

Et comme il voit en nous des âmes peu communes
Hors de l'ordre commun il nous fait des fortunes.[1]

Depois de algumas horas de sono, voltei ao colégio. O fogo abatera. Parte da casa tinha escapado. Refeitório, cozinha, copa, uma ou duas salas. Foram respeitados os pavilhões independentes, do pátio. Funcionavam ainda as bombas, refrescando o entulho carbonizado e as paredes. De todos os lados, como de extensa solfatara, nasciam filetes de fumaça, mantendo um nevoeiro terroso e um cheiro forte de madeiras queimadas. As paredes mestras sustentavam-se firmes, varadas de janelas, como arrombamentos, iguais, negrejantes como da ação contínua de muitas idades de ruína.

Sobre as paredes internas que restavam, equilibravam-se pontas de vigamento, revestidas de um bolor claro de cinza, tições enormes, apagados. Na atmosfera luminosa da manhã flutuava o sossego fúnebre que vem no dia seguinte sobre o teatro de um grande desastre.

Informaram-me de coisas extraordinárias. O incêndio fora propositalmente lançado pelo Américo, que para isso rompera o encanamento do gás no saguão das bacias. Desaparecera depois do atentado.

Desaparecera igualmente durante o incêndio a senhora do diretor.

Dirigi-me para o terraço de mármore do outão. Lá estava Aristarco, tresnoitado, o infeliz. No jardim continuava a multidão dos basbaques. Algumas famílias em *toilette* matinal passeavam. Em redor do diretor muitos discípulos tinham ficado desde a véspera, inabaláveis e compadecidos. Lá estava, a uma cadeira em que passara a noite, imóvel,

1 Tradução do texto francês: "E como vê em nós almas pouco comuns / Fora da ordem comum traça-nos os destinos".

absorto, sujo de cinza como um penitente, o pé direito sobre um monte de carvões, o cotovelo espetado na perna, a grande mão felpuda envolvendo o queixo, dedos perdidos no bigode branco, sobrolho carregado.

Falavam do incendiário. Imóvel! Contavam que não se achava a senhora. Imóvel! A própria senhora com quem ele contava para o jardim de crianças! Dor veneranda! Indiferença suprema dos sofrimentos excepcionais! Majestade inerte do cedro fulminado! Ele pertencia ao monopólio da mágoa. O Ateneu devastado! O seu trabalho perdido, a conquista inapreciável dos seus esforços!... Em paz!... Não era um homem aquilo; era um *de profundis*[1].

Lá estava; em roda amontoavam-se figuras torradas de geometria, aparelhos de cosmografia partidos, enormes cartas murais em tiras, queimadas, enxovalhadas, vísceras dispersas das lições de anatomia, gravuras quebradas da história santa em quadros, cronologias da história pátria, ilustrações zoológicas, preceitos morais pelo ladrilho, como ensinamentos perdidos, esferas terrestres contundidas, esferas celestes rachadas; borra, chamusco por cima de tudo: despojos negros da vida, da história, da crença tradicional, da vegetação de outro tempo, lascas de continentes calcinados, planetas exorbitados de uma astronomia morta, sóis de ouro, destronados e incinerados...

Ele, como um deus caipora, triste, sobre o desastre universal de sua obra.

Aqui suspendo a crônica das saudades. Saudades verdadeiramente? Puras recordações, saudades talvez, se ponderarmos que o tempo é a ocasião passageira dos fatos, mas sobretudo o funeral para sempre das horas.

Rio, janeiro-março de 1888.

---

1 Expressão latina que significa "das profundezas do abismo". São as palavras iniciais do salmo 130, penitencial, que é recitado nos ofícios dos mortos. No texto, são usadas pelo narrador para dizer que Aristarco era a própria encarnação da dor e da angústia. No livro todo, Aristarco foi comparado a um deus. E agora?